U0856762

花火
魅丽文化
花火工作室

万千春光不如你

赏雨时节
著

（全2册）

1

江苏凤凰文艺出版社
JIANGSU PHOENIX LITERATURE AND ART PUBLISHING LTD

图书在版编目（CIP）数据

万千春光不如你：全2册 / 赏雨时节著. -- 南京：江苏凤凰文艺出版社，2019.10
ISBN 978-7-5594-0190-8

Ⅰ.①万… Ⅱ.①赏… Ⅲ.①长篇小说－中国－当代
Ⅳ.①I247.5

中国版本图书馆 CIP 数据核字(2019)第178571号

万千春光不如你：全2册

赏雨时节 著

出 版 人　张在健
责任编辑　张　倩　王　青
特约编辑　黄　欢　蒋晗婧
装帧设计　苏　荼　熊　婉
出版发行　江苏凤凰文艺出版社
南京市中央路165号，邮编：210009
网　　址　http://www.jswenyi.con
印　　刷　湖南凌宇纸品有限公司
开　　本　880mm×1230mm 1/32
印　　张　18
字　　数　471千字
版　　次　2019年10月第1版，2019年10月第1次印刷
书　　号　ISBN 978-7-5594-0190-8
定　　价　72.00元

目录

CONTENTS

目录

CONTENTS

楔子

贺铭南，关注时尚的女生几乎没有人不知道这个名字。

自从他成为瑞季集团新一代掌权人，集团上下焕然一新。旗下所经营的商场和奢侈品牌暂且不提，最让人津津乐道的，还是他创立的时尚品牌店。独树一帜的设计与品位让它成为城市新地标和年轻人拍照打卡的圣地。

贺铭南本人更是成为媒体的宠儿，无数的记者以能够采访到贺铭南为荣，但只可惜他极其低调神秘，极少在大众面前露面，这种特立独行的风格，更加推高了他的人气。

贺铭南的新店开业，天没亮客人就开始排队，现代女性的购买力惊人，差点把店买空。

“瞧瞧，现在的女孩子真是疯狂。俗话说‘三十年河东，三十年河西’，当年贺铭南刚转来的时候那寒酸样，谁知道会是贺家人，早知道当时就应该对他好点。”

同学聚会，姜醒身边的女同学对着贺铭南的采访感慨。

她又八卦地问姜醒：“你们还有联系吗？当年你们那关系……”

姜醒平静地搅动手里的汤匙：“很多年不联系了。”

女同学点点头：“也是，人家身份不一样了，怎么可能还跟过去的老同学扯上关系？”

女同学一张嘴停不下来：“听说这次聚会班长给他发了邀请，人家压根没理，真是眼睛长在头顶上，这么傲气迟早吃大亏，你说是不是啊？姜醒。”

吃亏？姜醒想了一下，他要是能吃亏就见鬼了。

见姜醒不答，女同学有点不爽。

一顿饭吃下来索然无味，姜醒找了个借口，提前溜了。

姜醒走出饭店，给还在聚会的同学发消息：“我先走了。”

同学追出来找姜醒，却没看见她，奇怪地嘟囔：“飞毛腿？走这么快。”

他们不知道，姜醒一出门，就撞见了她的克星，还落到了人家手上。

饭店停车场。

夏末秋初天气多变，北方的冷空气渗透东南的湿暖，晚间气温骤降，肆虐的风吹起姜醒连衣裙的下摆，露出纤细笔直的双腿，她不由抱紧了光溜溜的双臂。

这时，一个声音突然传来：“姜醒，你躲我？就连同学会你都要确定我不在你才来，你在怕什么？”

姜醒循声望去，眼前这个英俊挺拔的男人不知道在这里等了她多久，他散漫地靠在车边，指间夹着一支烟，橘红色的烟头明明灭灭。

如果参加聚会的同学在这里，一定会惊讶，这不就是那个“眼睛长头顶上”的贺铭南？

姜醒无视贺铭南想往前走，结果被他一把抓住手腕，轻轻一带，就到了他怀里。

姜醒的个头在女生里算高的，但跟他一比，就成了小鸟依人，她用力挣扎：“贺铭南，你放开！”

“不放。”

贺铭南不给她挣脱的机会，把她搂得更紧了。

姜醒的腰仰靠在车身上，双手被贺铭南擒在胸前，他俯身贴近，用下巴蹭她的脸颊。

他垂下眼睑，一副失魂落魄的样子："这辈子都不放，想丢下我，你想都别想。"

姜醒突然倒吸一口凉气，她感觉下嘴唇一阵疼痛："你属狗的吗？"

贺铭南凶狠而没有章法的吻落在她的唇上。

车门不知道是什么时候被打开的，姜醒被他塞进车后座。

他脱下自己的外套，姜醒目光警惕："你干吗？"

贺铭南被姜醒眼中的防备刺痛，他把外套盖在她腿上："你不耐寒，又受不了热。我见不到你，冬天怕你冷，夏天怕你热。降温了，你也不知道保暖，你们设计师是不是都这样，要风度不要温度？"

寒风卷着叹息吹过。

"你手伸出来。"姜醒说。

贺铭南听话地伸手。

姜醒把手伸进自己衣服里，姿势别扭，不知道在干什么。过了几秒，她的手上多了个东西，她把东西放在贺铭南手上。

贺铭南愣住："什么？"

姜醒下巴微扬："暖宝宝啊，你以为女孩子都傻吗？"

贺总被美人无情嘲讽。

"有件事，暖宝宝肯定不行。"他说。

"什么？"

"暖床。"

姜醒忍无可忍："贺铭南！"

先前还凶神恶煞的贺铭南顿时委屈巴巴："我报恩不行吗？姜醒，别躲我，求你了。"

他半是叹息、半是哀求："你想要我拿你怎么办……"

这语气真要了她的老命。

贺铭南就是她的克星，当年她就应该知道。

第一章
全校都觉得我们是仇敌

那会儿，姜醒和贺铭南刚刚念高中。姜醒是学校里的风云人物，她想不出名太难了，她是出了名的冷美人，人美性子野，开学没多久，“醒姐”这名号就在同学中间流传开来。

姜醒前后经历过两任同桌，第一任欺负她前桌的女同学，被姜醒看到，她把人叫到外面干了一架，两人都挂了彩。

班主任问姜醒为什么打架，她不愿牵扯别人，就说：“我看他不顺眼。”

班主任恨铁不成钢，让她叫家长来。

姜醒她爸接到电话的第一句话是：“谁赢了？”

“姜醒。”

她爸放心了：“老师，你放心，回头我一定教育她下手轻点。”

班主任一听，脸色更黑了。

最后，姜醒爸爸派了个秘书来接受教育，班主任气得拍桌子：“上梁不正下梁歪，家长不重视，孩子能学好吗？”

姜醒一战成名。

第二任同桌处得也不怎么顺利，没两天就被姜醒浑身上下散发的冷气给冻跑了，据该同学说，坐姜醒旁边，就像坐在移动的制冷空调旁，冷风呼呼地吹。

从此，老师再也没给姜醒安排过同桌。

姜醒对此十分满意，乐得清净。

所以，当新生贺铭南转过来的第一天，就坐到姜醒边上的位子时，班上所有同学都用敬畏的眼神看着这位俊秀少年。

那些眼神翻译过来的意思大约是“以身饲狼”“傻萌新单挑Boss（游戏中首领级别的守关怪物）”“哪里来的斯巴达勇士？有好戏看了”……

但可惜，不知情的贺铭南对其中的弯弯绕绕一无所知。

后面有个空位，看起来挺安静的，他便坐了，就这么简单。

他放下自己的东西，姜醒还没有来上课，他看了一眼空着的位子，抽屉里放着姜醒没动过的崭新课本。

贺铭南没多想，收回了视线。

他样貌不俗，气质出众，让人不禁想到电影里沉静而忧郁的白衣少年。最关键的是，他选择了这么一个座位，这一切令他迅速成为全班最火热的话题，无数的目光围绕着他。他和那个传说中家里捐了一栋楼才勉强被塞进林城私立高中的姜醒不同，贺铭南是货真价实的大学霸，是拿着全额奖学金进来的。

一个上课睡觉、下课打闹，一个天资卓越、眉清目秀，这样对比鲜明的两个人凑在一块儿，所有人心中只有一个想法——有好戏看了。

班上同学迅速地交换眼神，课后聚在一起兴奋地讨论：“你们说，这次这位新同学能坚持多久？”

“一周。”

“三天。”

“我赌一天，等醒姐见到人，能容忍他在旁边坐着超过一天我表演吃课桌。”

聚在一起的同学听了这话，大笑着捶桌。

课桌是真的无辜。

姜醒不知什么原因请了一周的假，算算日子，差不多快回来上课了。

贺铭南过了两天一个人坐的日子，虽然还没见到姜醒，但已经听了很多关于她的传闻。

好事的同学给他灌了一耳朵的八卦之后问他："你不打算换个位子吗？"

贺铭南摇头。

为什么要换？

他三年的高中生活大概不会无聊了。

高个子，打架很厉害，超凶——谁知道贺铭南在同学们的大力宣传之下，脑补出的姜醒是一个怎样的形象？

贺铭南处事低调，话不多，班上同学跟他讲话，他也会回应，但是总让人有一种距离感。

明明大家都是未成年，但他身上独特的气质好像把他与众人隔开了，竖起了一道无形的屏障。

老师私底下夸贺铭南成熟、懂事、学习好，十三班终于来了个乖巧的孩子。

老师们久旱逢甘霖，见到贺铭南就两眼发光。

至于老师们为什么这么激动就要说到十三班的特殊性了。

姜醒所在的班级，也就是贺铭南转入的班级，在林城私立高中里面十分特殊，这个班级刺头特别多。里面最多的学生有两类，一种是学习特别好的，但是难搞，另外一种是家里特别有钱的，也难搞。

贺铭南进入十三班，在有些人眼里就是小绵羊进了狼窝。显然，这不是一个容易融入的新集体，都说"物以类聚，人以群分"，贺铭南这个后来者究竟能不能在这个班级里面生存还是未知。

课间活动时间，有几个男生把贺铭南约到学校偏僻的小角楼，三楼的器材室，说要跟他聊天。聊天哪里不能聊，非要找个小角落？明显是经过两天的观察，决定要给他一个下马威。

贺铭南样貌出众，五官分明，眉眼如画，见到几个高壮的穿着球衣的男生围上来要跟他认识认识，他也不犯怵，面上波澜不惊，淡定地回应："好。"

这反应倒让几个男生有点摸不着头脑，难道这个贺铭南有什么他们不知道的背景？不应该啊。

所以当姜醒到校时，看到的就是以多欺少的一幕。

姗姗来迟的姜醒绕到学校后门，先把书包丢进墙内，里面没几本书的书包轻飘飘地落在草丛里。

然后，只见姜醒驾轻就熟地把校服裤裙的裙摆往腰上一撩，动作利落地爬上墙头，轻松一跃，跨坐在粉白的墙上。她鼻梁上架着一副超大的墨镜，不知什么缘故，一直没有摘掉。

就在她准备跳下去的时候，她举目一瞧，正好看见角楼上的一群人。

凭借 2.0 的视力，姜醒眯眼仔细一看，好像是他们班的。姜醒从不多管闲事，对他们上课时间聚在这里搞什么鬼一点兴趣都没有。

但是，很快她发现她错了。

"醒姐——"

姜醒脚步一顿，麻烦，被喊住了啊。

"你快来！"

姜醒皱眉，这群人怎么回事？叫声好像有点凄惨，听听，还破音了。

姜醒摆摆手。

——好啦，知道你们想我，不过是一周没见到，不用这么激动的啦。

几个男生见姜醒完全意识不到他们面临的形势有多严峻，一个个都很想哭。

凄惨就对了。

原本以严俊昊为首的平时横行霸道惯了的几个大个子男生，看不惯贺铭南清高，想给转学生一点颜色看看，没想到这次他们看走眼了，偷鸡不成蚀把米，贺铭南根本不是什么好欺负的小绵羊。

一开始，严俊昊深情地抚摸着自己昨天刚刚花重金找"托尼老师"设计的发型，然后昂着四四方方的下巴警告贺铭南："小子，你是班上的新人，还不太了解我们班上的情况。我告诉你，我非常不喜欢你的眼神，以后注意表情……表情什么来着？”

“哥，叫表情管理。”跟班提醒。

“对，表情管理。”跟追星表妹学来的新词汇，用上了。

严俊昊旁边的跟班帮腔说：“你今天早上是不是瞪了我们昊哥一眼？你认真道个歉，这事咱就算过去了。”

“你们想我怎么道歉？”贺铭南看着他们唱双簧，那眼神仿佛在看一个闪闪发光的“智障”。

搞了半天，这群人是来碰瓷的。

另一人捏了捏拳头，对他说：“看你的诚意咯。”

贺铭南一言不发，看他们的眼神带着一丝慈祥而惋惜的心疼。

心疼他们的智商。

对方仿佛受到了贺铭南眼神的刺激，不断挑衅，嘴上语言骚扰不停，严俊昊为了增加自己“凶残”的说服力甚至从兜里掏了空盒烟出来加戏。

在他们多次试探性的假动作和拳头擦过贺铭南的脸颊之后，贺铭南实在没耐心跟他们过家家，抬手握住了严峻昊在眼前晃啊晃的手。

“我看到了，是贺铭南先动的手！”电光火石的一刹那，严俊昊的跟班大叫。

“拍下来了吗？”

“大哥放心，我们取证了！”

“上啊。”

贺铭南一脸黑线。

等到姜醒跑上来的时候，贺铭南已经把战场扫荡干净了。

严俊昊一群人东倒西歪的，正痛苦地呻吟。

“哥，我疼。”小卷毛说。

“我也疼。”浓眉大眼的短寸头也跟着哀号。

“你哪里疼？”小卷毛问。

“我腿疼，你哪里疼？”

“我胃疼。”

“我腿不会断了吧？”

“胃出血要去医院吗？嘤嘤，我不想去医院。”

最后化为一声来自灵魂的拷问：“大哥，你说，为什么花儿这样红？”

严俊昊进行最后的挣扎：“贺铭南，小心我叫我哥来揍你哦！”

贺铭南再次无语，皱着眉看他们。

中央戏精学院欠他们一人一座小金人。

就在这时，一把清扫用的大扫帚准确地打在严俊昊脑袋上，姜醒正义的声音从天而降：“严俊昊，我看你港片看多了吧，港片教你打不过就叫你哥来的？就你这样还欺负人。”

姜醒上来之前，贺铭南已经结束了这场实力悬殊的战斗，没有见到全过程的姜醒似乎误会了什么。

这也要怪贺铭南，他天生的好模样和凶神恶煞的严俊昊一行比起来，怎么看都像是被欺负的那个。

被贺铭南揍了一顿的严俊昊四人组又被姜醒举着大扫帚撵着打，叫苦不迭。

“女神！姑奶奶！醒姐！别打了，我们跟他究竟谁欺负谁啊？”

“还狡辩，以多欺少还有道理？”

传说中，正义女神身披白袍，一手提秤，一手持剑。但姜醒呢？只见她戴着一副超大的墨镜，举着超过半人高的大扫帚，形象太过混搭，难以形容。

姜醒扭头，问贺铭南：“你还好吗？”

贺铭南此刻安安静静地倚着墙边，气质干净，一双眼水润灵动，微微向下的眼角令鲜明的五官变得柔和起来。他白色校服T恤的扣子掉了一个，领口敞开，露出脖子下面晃眼的白皙肌肤。他扯了扯衣领，漫不经心又略带痞气的姿势由他来做都变得赏心悦目起来。

瞧瞧他这副模样，像是会打人的样子吗？

不可能打人的，这辈子都不可能打人的。

不管谁看了，都会被他过分清俊无害的外表迷惑。

严俊昊几人有苦难言。

姜醒打量贺铭南，贺铭南也在看她。

大名鼎鼎的醒姐的出场果然令人一见难忘。

“同学，你是……”贺铭南开口。

姜醒还不知道她多了个同桌，而这个同桌就是眼前的少年。

她推了一下鼻梁上架着的墨镜，潇洒地说：“是我——墨镜侠。”

空气有几秒钟的凝固。

“扑哧——”围观的严俊昊几人当中，不知道是哪个没眼色的没忍住，笑出了声。

姜醒冷冷地瞪了他们一眼，他们顿时噤声。

她抬头一看，美少年也被逗笑了。不要问她为什么冒出这么中二的回答，她不知道，真的不知道，要是知道也不会这么尴尬了。

姜醒轻轻咳嗽了两声：“要是没什么事就回吧，都不用上课的吗？”

没想到，有一天，这么义正词严的话能从姜醒口中冒出来。

说完，姜醒就要带着严俊昊他们几人离开。

“等等。”

“嗯？”姜醒停住脚步。

贺铭南不知从哪里变出一堆咖啡，他说：“本来几位同学说，想要跟我聊天，我准备了咖啡，哪知道没聊成，但咖啡剩了不少，谢谢你……你要不要来一杯？”

贺铭南表情认真，他是真的有些苦恼怎么处理这堆咖啡。

严俊昊吐血，这个贺铭南怎么回事？说找他聊聊，以为是开茶话会吗，这个世界上竟还存在这样的老实人？

严俊昊刚想说，他们醒姐是什么乱七八糟的东西都会喝的人吗，结果下一秒，他们就看着姜醒接过那杯看起来已经凉透的速溶咖啡，抿了一口。

姜醒：“谢谢，口味很好，可惜凉了。”

速溶咖啡口味能有什么差别？

严俊昊很想摇姜醒的肩膀——姐，你醒醒，贺铭南给你下了什么迷魂药？

贺铭南充满歉意地说："抱歉，是我考虑不周，下次请你喝热的。"

严俊昊几人想说"小子，你还挺会撩。别做梦了，排队约姜醒的人早排到铜锣湾了，哪里轮得到你"，可下一秒——

姜醒微微一笑："好啊。"

算了，打脸多了也就习惯了，不疼，不疼。

最后，一群人离开的时候，手上一人捧了一杯贺铭南在食堂冲的速溶咖啡。

诸位"不良"少年一脸的生无可恋。因为姜醒说："浪费可耻，要珍惜人家的心意。"

贺铭南真心觉得浪费，姜醒真心同意浪费可耻，诸位"不良"少年真心觉得跟他们不在一个频道上。

严俊昊垂死挣扎："醒姐，你都不知道，那个小子不简单，人前人后两张脸。"

小卷毛帮腔："姐，你一定要给我们报仇啊。"

姜醒闻言点点头："我知道了。"

她知道什么了？

姜醒停下脚步，严肃地说："不要再让我看见你们欺负人。"说完，她也不需要他们的回答，直接走远。

严俊昊几人彼此对视，握紧小拳拳。

等到姜醒知道，未经她允许的贺铭南坐到她旁边，一定会生气的！等着瞧吧，醒姐一定会看清他的真面目。

姜醒走进班级，喧闹的同学瞬间安静，齐刷刷地看向她，然后陡然爆发更加猛烈的噪音。

姜醒挑眉，总觉得同学们的眼神有点怪。

她的朋友白棠棠好奇地看着她，问："醒醒，你身体怎么样了，怎么还戴着墨镜？”

姜醒不是多话的人，白棠棠也只是听她提过请假去做个小手术。

她还没来得及回答，就见数学老师走进教室，板着脸看着鸭子塘一样的班级，沉声怒斥：“安静，上课铃都响两遍了，你们没听到吗？”

枪打出头鸟，数学老师指着姜醒：“姜醒，站着干什么，还不坐下？”

姜醒单肩背着书包，在自己的座位前站定。

哦，她终于知道为什么同学们看她的眼神奇怪了，原来是她又多了个同桌啊。

在角落安静埋首做题的贺铭南逆着光，听见声音抬起头来，正巧对上姜醒的黑色镜片。

贺铭南冲她微微一笑，有些高兴：“是你呀。”

“嗯。”姜醒觉得自己的耳根红了，教室里好热。

周围的同学见到姜醒“冷淡”回答的样子：“醒姐看起来很生气，你看，耳朵都气红了。”

班级群里飞快地传递着姜醒的动态，同学们表面上正襟危坐，双手却藏在课桌抽屉里打字。

姜醒坐下，向贺铭南轻声说：“重新自我介绍一下，我是姜醒。”

贺铭南笑起来的时候双眼如好看的月牙：“贺铭南。铭记的铭，‘孔雀东南飞’的南。”

这时，一根粉笔头擦着姜醒的脸颊落在她身后画着黑板报的黑板上。

姜醒微微偏头，看向前方。

“姜醒，把你的墨镜摘了，你看看你哪里还有点学生的样子？”砂纸摩擦般粗糙的声音传来。

数学老师是个苛刻的中年人，黑且瘦，他沉下脸的时候学生都怕他，他最反感学生挑战他的权威，迄今为止，他教学生涯的最大遗憾就是没把姜醒给治服帖了。他一直盯着姜醒，恨不得拿放大镜找她的缺点。

上一次，数学老师为了姜醒在课上睡觉的事情和她大战了一场。

众所周知，姜醒是十三班的“困难生”，“一上课就好困，好难醒”的那种“困难生”。

当时，他发现姜醒课上睡觉，还用书遮着脸，就冲过去掀了她的书。

姜醒解释：“老师，我有病。”

“什么病？”

“嗜睡症，您知道吗？”

数学老师大骂：“我看你是懒癌。”

姜醒小声补充：“可能是晚期。”

全班哄堂大笑。

最后，姜醒在教室靠墙罚站一节课。但下一次，她照样睡她的，数学老师也只能憋着气。

自此，醒姐声名远播，只可惜不是什么好名声。

眼看姜醒又要和数学老师杠上了，塑料同窗情的同学们一个个跟小鹌鹑似的伸着脖子等着看好戏。

姜醒从座位上站起来，缓声和数学老师说：“老师，我的眼睛……”

数学老师：“摘掉再跟我说话！”

姜醒摘下墨镜。

她一双眼灵动有神，上扬的丹凤眼，宽宽的双眼皮，说不出的古典洋气。此刻，好看的眼睛有一只呈现反常的红色，因为座位靠窗，又是阳光正好的时候，接触到光线之后，一直关注着她的贺铭南看见她条件反射地眯起眼睛，看起来不是很舒服的样子。

数学老师正在气头上没注意到这些，因为动作过大把姜醒放在桌上的墨镜扫到了地上。

姜醒看着地上的墨镜，一言不发。

她的沉默使数学老师更加生气，无异于火上浇油。

“课你别上了，出去站着好好反省一下怎么尊重老师、尊重课堂。”

姜醒没有反驳，直接走到教室外面，靠墙站着。她垂着眼，低头看脚下走廊的深色地板，不知道在想些什么。

过了一会儿，姜醒面前突然多了一片阴影，为她投下一片清凉。

她惊讶地抬头，一双手遮在她的眼前，为她挡住了刺眼的光。然后，她的手上多了一副墨镜，正是她被数学老师扔到地上的那副。

来人用清冽的声音问她："你不戴上吗？难道要我帮你？"

姜醒笑了，胸中的郁闷顿时烟消云散。她也不知道自己是怀着怎样的心情，闭上眼，抬起下巴，无比自然地说："那你帮我戴啊。"

墨镜回到她的鼻梁上，她睁开眼，映入眼帘的是贺铭南俊美的脸。

看美人果然会让人的心情变好啊，难怪有个成语叫"赏心悦目"。

她的眼睛舒服多了，她不是故意要在学校戴墨镜，而是她眼睛里面长了个小颗粒，刚做完手术，术后有些畏光，毛病倒是不大，就是会不停地流眼泪，十分破坏形象，不然她才不乐意透过黑漆漆的墨镜看教室里的东西。

这时，她感到贺铭南的手背在她脸颊上轻轻碰了一下。

有什么冰冰凉凉的东西接触到贺铭南的手背，他轻声安慰道："同桌，别哭了。"

她威武霸气的形象啊，多年经营，毁于一旦！

姜醒的心在滴血。她狠狠抹了一把脸，试图解释："我没有。"

——别瞎说，我没哭。

——我，醒姐，超凶的。

然而，姜醒的鼻子有点堵，声音有些闷，软绵绵的，毫无说服力。

贺铭南还在笑。

还笑，还笑……可是，他笑得有点好看啊。

第二天，八卦群体已经从班级群扩大到学校贴吧，最新消息——

"高一十三班 JX 被数学老师罚站，H 姓男同学跑出去嘲笑她，醒姐超生气，都气哭了！"

群内最新发言："H 姓男同学要完"。

两位当事人完全不知道，为什么全校都觉得他们是仇敌？他们看起来就这么不搭吗？

如果知道，姜醒一定会认真劝告：“同学们，上网冲浪最重要的守则是什么？

“不信谣，不传谣，从我做起。”

第二天，不知是哪位热心同学想起当初他们立下的赌约。

某位同学说，如果贺铭南能在姜醒旁边坐超过一天，就直播吃课桌。

同学贴心地在当事人面前竖了一个倒计时小牌牌，还有十二个小时，加油！

姜醒打了个喷嚏，心想她这又是被谁惦记了？

周四下午是每两周轮一次的华尔兹训练，教育局讲究素质教育，林城私立高中率先响应。

积极调动学生舞蹈热情的老师面对一团散沙、歪七扭八的学生，恨铁不成钢地说：“电影《歌舞青春》看过没？孩子们，青春就是要动起来。”

同学们：“嗯，好的。”

然后，没有然后了。

学生 A：“不想跳舞。”

学生 B：“最后还要汇报表演。”

男生的怨气更重：“饶了我们吧，打球可以，跳舞真不行。”

总之，想象总是美好的，过程总是曲折的，结果暂时还不知道，且看看吧。

能承担林城私立高中一年学费的家庭，条件都不差，华尔兹对这些家庭的孩子来说不算新鲜，但对贺铭南来说就不一样了，听说他是小地方转学过来的。

除了知道他成绩特别好，是拿了奖学金被特别招进来的，大家对他的背景所知不多。

和往常一样，学生们两人排成一排，在体育老师不时响起的哨子声里，几个同时上体育课的班级终于在体育馆里把队伍整好了。

一眼看去，人人都有固定的舞伴，只有贺铭南形单影只。

老师数着拍子，贺铭南站在最后一排，安安静静的，试图拆解他们的动作，班上的同学他谁也不熟，他们的动作已经学了好几节，没人告诉他要怎么做。

音乐响起时，所有人都动了起来，贺铭南的不和谐顿时被凸显出来。

“十三班最后一排的男生，怎么回事，你是在绣花吗？练几周了，还这样？”体育老师大声点名。

所有人都停了下来，齐刷刷地看向贺铭南。

他轻轻吐出一口气，扬起脸，对老师说：“老师……绣花不是这么绣的。”

硬核学霸，有一说一。

“你绣过吗？”老师问。

“我没有。”贺铭南如实回答，“老师您呢？”

对不起，老师也没有。

一阵沉默，诡异的沉默。

“老师，他是我们班新来的，之前没学过。”一个声音突然从上方响起，是姜醒。

姜醒因为眼睛还在康复期，所以没有参加训练，坐在体育馆上方的观众席上。

这场不大不小的尴尬终于被化解，体育老师顿时松口气。听了姜醒的解释，体育老师脸色缓和，他对姜醒说：“那我把这位同学交给你，你负责把他教会，下节课我检查。”

嗯？体育老师的嘱咐让人始料未及。

“我会努力的。”贺铭南率先应下。

姜醒看着他，若有所思。

体育老师离开后，姜醒和贺铭南之间的气氛有些尴尬。

姜醒没说话，贺铭南打破沉默：“我去练习。”

姜醒跟着走过去，找了个好角度，她站在高处，胳膊肘撑着观众看台一层的栏杆，手掌托着精巧的下巴。

贺铭南不受她视线干扰，该干吗干吗。他态度认真，但怎么看都是瞎比画。

终于，姜醒忍不了了：“听说你成绩很好。”

“嗯。”贺铭南停下动作。

这人咋一点都不谦虚？

姜醒：“看来学霸也不是无所不能。”

贺铭南表示同意：“当然，你看我跳舞就很差劲。”

先怼自己，让别人无话可怼。

天被聊死了。

再见。

谁知贺铭南话锋一转，仰头问：“所以资质不好的学生，你还乐意教吗？”

“看你的诚意咯。”

贺铭南迟疑了一秒钟，然后试探着喊她：“老师？”

姜醒感觉胸口中了一枪。

“姜老师？”贺铭南的声音悦耳，软绵绵地滑入姜醒的耳朵里。

姜醒感觉自己连续中枪。不要喊了，醒姐已经不在了，再喊下去她就要位列仙班了！

喊人“老师”的人面不改色，被人喊的那个却默默脸红。

姜醒跺跺脚，长长地叹了口气：“你跟我来……”

贺铭南跟上她。

姜醒带着贺铭南来到隔壁楼的练舞房，这里的条件比闷热不透气的体育馆好多了。最重要的是这个通透明亮的空间，只有他们两个人。

“一对一教学，贵宾待遇，怎么样？”姜醒向他展示舞房。

贺铭南的眼睛里笑意流淌。

姜醒差点被他的笑容闪到腰："先跟你说清楚，我教你可不是为了什么别的原因，下次不许给我们班丢脸，知道吗？"姜醒扶着腰，努力板着脸。

如果班主任在这里，听到姜醒的话，一定跌破眼镜，万事不过心的姜醒什么时候集体荣誉感这么强了？

贺铭南郑重地说："你放心，你教我，我不会给你丢脸的。"

姜醒就是随口胡诌，没想到会收到贺铭南如此郑重其事的回应，搞得她像是在欺负他似的。

姜醒问他："笑得这么灿烂，我教你心情很好吗？"

贺铭南大方承认："当然。"

"嗯？"姜醒为他的坦荡感到诧异。

贺铭南解释："按照科斯定律，你是我的'最优选择'。"

姜醒："说人话。"

"这是经济学原理……"

"社会残酷，你这样的人出了校园最容易被打知道吗？"

"真的吗？"

"真的。"

"以前不知道，现在知道了。"

"说重点。"

"上次欠你一杯咖啡，这次又欠你一个人情，欠一个人的人情总比欠两个人要强。"

贺铭南不擅长社交，更没有和同学们打成一团的想法，和人产生交集对他而言是一件麻烦事。但意外的是，和姜醒的短暂相处让他感到舒适。只是这样的舒适感出现得太急速，又太轻忽，以至于他一时间难以明白。

听了他的话，姜醒一口老血噎在嗓子眼，按照老祖宗的智慧来说，这不就是逮住一只羊薅毛，要薅秃了吗？

"我还以为你对我……"

“什么？”

“算了，没什么。有没有人夸过你，你真是个可爱的钢铁直男？”

贺铭南一脸茫然：“钢铁侠一样直爽可爱的男孩？”

“我……”

姜醒无奈，深深吐出一口气。

夕阳西斜，金色的流光透过窗户倾泻进来，透过墨镜，贺铭南看见姜醒的眼睛，一双眼既黑又亮，眼珠转动时尽显灵动娇俏。

圆舞曲从手机中流淌而出，她向贺铭南伸出手：“来吧，同桌。”幸好，她没被贺铭南气昏头，还记得正事。

放学后，学校贴吧帖子更新——

“新情况！JX把H姓男生带走了。”

爬楼看见更新的同学们顿时倒吸一口凉气，十分关心H姓男同学的人身安全。

“打起来了？”

有人忧虑地留言：“没叫120救护车吧？”

“其实，有没有人觉得，把小NN放在JX旁边被辣手摧花，浪费了。”

“你们能不能不用缩写？”

“手动翻译，小NN=小南南，JX=姜X。”

“担心NN。”

“担心+10086。”

给同学们一个背影，他们能脑补出整个世界。

要说为什么这么多人关注姜醒和贺铭南的动向，其实不难理解。他们的反差看起来实在太大，贺铭南看起来斯文清秀、寡言少语，而姜醒特立独行、天不怕地不怕，这样难得一见的对照组如何不引人注目？

次日早自习，就连姜醒的好友白棠棠都目光灼灼地盯着后排的座位。

备受关注的同桌两人都还没到教室。同学们的心情就好像一部影片到了最精彩刺激的部分，悬念只差一秒就要揭开，但是网突然卡了。

打赌“吃课桌”的同学最着急。

然后，在十三班同学们的注目之下，贺铭南施施然走进来，坐在自己的座位上，岿然不动。

同学们在他的脸上和身上左看看，右看看，完好无损。

这可有意思了。

白棠棠按捺不住好奇，问：“贺铭南，你们昨天练得怎么样？”

贺铭南整理书本的动作顿住，抿着唇，脸上的情绪难以分辨。

“挺好。”

时间倒回昨天下午，两人的相处总体来说相当和谐。

当时，姜醒问他：“你介意我拉一下窗帘吗？”

贺铭南摇头，当然不介意。

窗帘合上，光线透过亚麻色的窗帘，调出梦幻昏暗的黄。

姜醒摘掉墨镜，室内灯光柔和，贺铭南第一次有机会清晰且长久地打量姜醒的容貌，乌黑明亮的眼睛嵌在她精致的脸上，满是蓬勃的生气。

伴随着音乐，贺铭南的影子与姜醒的影子重叠，舞步交错。

华尔兹的动作需要配合，随着乐曲越发高昂轻快，他们旋转、侧身、手掌相碰……

然后，双手交握。

视频里的双人舞示范也是同样的动作，但贺铭南碰到姜醒的时候，心中涌动的情绪和看视频时截然不同。

姜醒的眼睛是深不见底的漩涡，看一眼，就会被吸引，任何宝石与之相比都会黯然失色。

挺好。

第二章

有多甜，比你甜？

从贺铭南那里没有得到想要的答案，白棠棠知道他就这个脾气，冷冷清清，话不多，于是也就不再追问。

谁知，姜醒来后重重地把书包往位子上一放。

贺铭南轻声和她打了声招呼：“早。”

姜醒：“哼。”

白棠棠一头雾水，什么情况，不是“挺好”？

看起来，姜醒不太好。

“怎么了？”白棠棠问。

“你问他。”姜醒轻轻瞥了贺铭南一眼。

求生欲使贺铭南正襟危坐，他无辜地摇头，努力把自己的存在感缩到最小。

后来白棠棠才知道，事情的全部是这样的——

那天黄昏，夕阳西下，舞蹈房独属于他们的时光。贺铭南和姜醒的手，手碰到了，它们……握在一起了！

贺铭南的手掌宽大，姜醒的手掌绵软，他们就如同无数电视剧演的那样，在美好的光线下四目相对。

姜醒羞涩地微微低头。她变了，变得容易害羞，她再也不是叱咤风云的林城私立高中一姐了。

难道，这就是命中注定的相遇?

姜醒的心思千回百转时，只听贺铭南说:“姜醒同学，你手好凉。”

“嗯？”

“你要多喝热水。”

多喝热水什么鬼?

“不想喝热水，我想喝奶茶。”姜醒眨巴眨巴眼，决定再给他一个机会挽救一下这场对话。

“一杯全糖奶茶的含糖量最多时超过六十克，相当于十三颗方糖，骑车三小时才能消耗，你确定吗？”

标准的死亡回答。

“我胖？”

贺铭南连连摇头:“不是胖，是增加肥胖风险。”

四舍五入，还是胖。

再见。

啊，朋友，再见吧，再见吧，再见吧!

姜醒的回忆到此为止。

“去他的命中注定！”姜醒猛然拍桌。

贺铭南看向她。

姜醒:“咳，没说你，我说这本小说。棠棠，小说还你，你这是什么小说？剧情太扯淡了，一点都不好看。”

白棠棠看着怀里突然被塞进来的一本包着皮的书，翻开一看，明明是一本《世界名著赏析》。

白棠棠嘴角抽搐。罢了，随他们吵去吧，她和她的指导书都是无辜的。

好在贺铭南的情商还不算无药可救，他不知道从哪里变出一杯酸奶塞到姜醒的抽屉里，然后戳戳她的胳膊。

“不要，拿走，减肥，没资格吃。”

贺铭南又戳。

姜醒十分有骨气："别喊我，没结果。"

贺铭南苦恼，他好像把新同桌惹恼了，怎么办？

午休的时候，贺铭南一个人坐在操场旁挂满花藤的走廊上，思考人生。

严俊昊三人组路过的时候，只见贺铭南一脸落寞，十分忧郁。

严俊昊旁边的小卷毛突然心生感慨："看见贺铭南的侧脸，我一男的都心动，难怪好多女生喜欢这一款。"

然后，只见留着改良版莫西干发型的严俊昊率先向后退了一步，另一边站着的板寸头少年也跟着后退。

"你们不知道吗？贺铭南在校草提名榜上人气不低呢。"

两人继续后退。

小卷毛："你们干吗？"

严俊昊的表情奇怪："你告诉我，'攻'的反义词是什么？"

"防啊。"小卷毛纳闷，"你们怎么回事？古古怪怪的。"

这时，贺铭南突然喊住了他们，三个人顿时紧张地顿住脚步，谁也不想回头。

小卷毛扯了扯严俊昊的衣袖，连连使眼色："大哥，怎么办？他来了，他向我们走过来了，他想干什么？"

"我怎么知道？"严俊昊闷闷地说。

然后他就感到一股推力把他推到贺铭南面前，两个跟班小弟表情无辜，握着拳头在后面为他加油。

——大哥，你强你先上，我弱我观摩。

严俊昊一脸"人间不值得"的表情。

他努力挺胸，不想丢了他们"林城私立高中铁三角"的颜面。

"什么事？"

贺铭南一脸严肃："严同学，我想向你们请教一个问题。"他说，

“如果一个女生问你，她喝奶茶会不会胖，你怎么答？”

这是新时代旗帜下的脑筋急转弯？

“不是脑筋急转弯。”贺铭南似乎看透了他的想法。

“唔……”这可把严俊昊这个大个子难倒了。

小卷毛听了抢答：“我知道，当然是告诉她，你怎么能有种想法呢？你这么瘦，不管喝多少杯都不会胖的啊。”

贺铭南瞬间醍醐灌顶，原来是这样？

他用欣赏的目光看着小卷毛：“同学，你很有前途。”

贺铭南走后，小卷毛美滋滋地对同伴们说：“你们看到没有？南哥还是很亲切的，他刚刚夸我了呢。”

严俊昊翻了个白眼

板寸头无言以对。

——你好骄傲哦。

一天辛苦的课程结束后，姜醒叼着酸奶吸管，一手捧着奶茶，一手拽着贺铭南的衣袖出现在烧烤摊。

白棠棠看着他们，用眼神询问：“你们和好了？”

姜醒小幅度点头，愉快的样子像一只被顺毛的小猫咪。

两人找位子坐下来，气氛融洽。

白棠棠看了一眼贺铭南，无奈地摇摇头。所以说，何必呢？最后还不是要给她买奶茶。

她又拍拍姜醒的肩膀。

所以姜醒又何苦呢？还不是要像个老父亲一样原谅他。

烧烤摊的聚会主要是为了聚众吃“课桌”，打赌输了的戴眼镜的男同学站起来咳嗽了两声，说：“今天请大家吃烧烤的主要原因，大家都知道了，祝贺我们醒姐和贺铭南喜结同桌缘。”

“百年修得同船渡，千年修得隔壁桌。”

“一杯奶茶，敬两位新同桌。”

掌声响起来。

姜醒懒洋洋地举杯："谢谢朋友们的祝福。"

干了这杯奶茶。

喝了一口，姜醒侧头对贺铭南说："有点太甜了，腻。"

贺铭南惊讶："有多甜，比你甜？"

姜醒的奶茶没拿稳，差点脱手，她大惊，贺铭南这是去哪里进修了？堪称脱胎换骨，效果惊人。

她小声说："你不必这样……我都不习惯了，你以前那样，也挺好。"

姜醒会后悔的，一定会后悔的。

贺铭南忙松一口气："真的吗？"

"真的。"

两人交头接耳。

"那下次给你买半糖。"

"好。"

聚会进行到高潮，戴眼镜的男同学拎上来一个定制的蛋糕。

打开一看，蛋糕上放着课桌的翻糖模型，同学们挤在一起笑着拍照。

"绝了，没想到真的吃'课桌'。"

姜醒也跟着笑。

她问贺铭南："怎么样？我们自己赢回来的课桌，吃吗？"

贺铭南摇摇头："你想吃哪块？我给你切。"

这时，姜醒的前同桌，就是被姜醒的冷气冻跑的那个，跑过来情绪复杂地对姜醒说："醒姐，你一定要对新同学好一点，不要像对我那样。"

这哀怨的语气是怎么回事？姜醒感觉自己像是个被吐槽的渣男。

这位男同学又对贺铭南说："贺铭南同学，我们醒姐脾气不好，你要多多包涵。"

姜醒微微昂起下巴，一副大佬的模样："还要你说？贺铭南是我的人，我罩他。"

“是不是？”姜醒侧头问。

贺铭南没反驳，轻声应了一声：“嗯。”

——你说什么就是什么。

贺铭南的颜粉和事业粉女同学们大惊。

——铭南同学，你要是被威胁了，你就眨眨眼。

姜醒的拥趸们——女神，求你再考虑考虑，我们也想成为被醒姐罩的人啊！

贺铭南冲姜醒微微一笑，那笑容看得姜醒心都要化了，越发想要保护新同桌，甚至操心贺铭南这样单纯的男孩子，万一在外面被别人欺负了怎么办？

贺铭南对这个同桌也很满意，真是个可爱的女孩子，和传闻中的完全不同。

今天的姜醒也在努力想要保护别人呢！同学们，请相信，这是一对团结有爱的同桌。

姜醒的眼睛终于痊愈。

周末，她和白棠棠及几个熟悉的朋友约好出门玩。他们从小住一个学区，从小升学路径差不离，彼此都熟悉。

当白棠棠拉着姜醒下楼的时候，姜醒惊讶地发现，以程舟为首的男生齐刷刷地骑了一排自行车停在她家楼下。

没错，就是那种两个轮子，跟炫酷没什么关系的自行车。

姜醒十分诧异，咋了，节能环保还是消费降级？

要知道，程舟这帮男生爱车如命，平时出行都骑着重机车，别提多扎眼。同学们私底下都叫他们“机车帮”，有一次被程舟听见了，对方被他吓得腿软，他不咸不淡地来了句：“这名字不错。”

程舟是林城私立高中出了名的混世魔王，比姜醒他们高一个年级。

程舟板着脸按了两声铃，笔直的大长腿跨在自行车上，冲着白棠棠喊：“还不走？”

白棠棠正跟姜醒说话，闻言，笑着跳到他的车后座上，向姜醒解释："我跟程舟说，摩托车太危险，无证驾驶风险大，交通安全，人人有责，他也觉得有道理。"

听见这话，程舟脸上阴晴不定，脸色几番变换，最后还是忍住了什么都没说，点头默认。

姜醒的表情石化了一秒钟，白棠棠不愧是交管局局长的闺女，安全意识就是强。她心里快要笑疯了，谁的话对程舟都不管用，还不是败在白棠棠手下了。

不然怎么说一物降一物呢？

一群人黑着脸，蹬着小车车来到新开的电玩城。

姜醒是个玩跳舞机的高手，她和白棠棠一人一边，跳舞机周围很快围了不少人，程舟带来的人还给她们起哄鼓掌，场面一度十分浮夸。

"白棠棠，你怎么在这儿？"这时，一个突兀的声音响起。

白棠棠擦了擦额头上的汗，回头一看，一个穿着校服，戴着黑框眼镜，圆头圆脑的男生正看着她，目光里尽是谴责。

她随口说："来玩啊，你呢？"

男生说："我补习班刚下课正要坐车回家，从这里穿过去，就是车站。"

"哦。"白棠棠不说话了。

男生又说："你怎么跟他们玩在一起？"

白棠棠皱眉。

男生不懂看她的脸色，不依不饶："你快点跟我走，不要在这里不学好。白棠棠，我一直以为你是洁身自好的好学生。"

不学好？不洁身自好？

白棠棠觉得莫名其妙，她的成绩一直保持在班级前十名，虽说没有什么远大志向，但是也没有放松过自己的学业。她爸妈都没有干涉过她交友，这位不知从哪里冒出来的男同学却一口一个她不学好，把她的朋友全骂了。

“这呆子是谁？”刚拿了汽水过来的程舟阴沉沉地问。

“竞赛班的同学，不熟。”

程舟把汽水塞到白棠棠手里，转身向男生走过去，他用胳膊圈住男生，推着那人向外走：“来，我们出去谈谈。”

男生慌了神：“你干吗？放开我。”

程舟的一帮兄弟起哄：“找你聊天而已，走走走。”

“醒醒，你等我，我马上回来。”白棠棠担心他们动手，又把汽水塞到姜醒怀里，急匆匆追程舟他们去了。

有异性没人性！

可怜的姜醒，就这样抱着好几瓶汽水被留在了原地。

这时，姜醒突然听见电玩大厅的另一边传来一阵欢呼，她循声望去，看见一群家长带着的小萝卜头正围着一个穿黑白熊猫玩偶服的工作人员欢呼尖叫。

“熊猫好棒”的叫声此起彼伏。

原来，大熊猫正在带他们玩投篮游戏，别说，大熊猫的玩偶服看着笨拙，但是他动作利落潇洒，投篮更是一投一个准，显示板上的分数一直在往上涨，很快投篮机就把一张游戏赠券吐了出来。

大熊猫取过赠券，递给其中一个小孩子，摸摸他的头：“拿去换礼品吧。”

然后他又给了家长几张宣传单：“我们的课程了解一下。”

家长们乐呵呵地接过传单，有几个还仔细咨询了一下培训中心的课程内容。

姜醒不由得佩服，现在教育机构招生的套路不得不服。

孩子们散开之后，大熊猫走到边上摘下了他的头套，在无人注意的角落蹲下休息。姜醒眼睛一花，再定睛一看，才发现她真的没看错，发传单的人就是贺铭南。

头套闷热，戴久了根本坚持不住，贺铭南的头发被汗水打湿，他正口渴，就见一瓶清凉的橘子汽水递到他眼前。

“喝吗？”

他抬头一看，姜醒跟批发饮料似的，抱着汽水，目光灼灼地看着他。

抢在他开口之前，姜醒说：“不计算热量我们还是好朋友。”

贺铭南：“嗯……”

“你在这里兼职？”姜醒问。

“嗯。”贺铭南接过她手上的汽水，仰头喝了一口，喉结随着吞咽的动作滚动。

贺铭南在林城没有亲属，他需要挣钱，日结的工作对他来说非常符合心意。

“那我跟你说话，不打扰你吧？”姜醒问。

贺铭南摇头。

这时，有个声音替他回答：“不打扰，他下班了。”

贺铭南惊讶地看着老板，挂着金链子的老板非常有生意头脑，楼上楼下的培训班和电玩城，都是他开的。

老板用一个“过来人”怀念青春的眼神看着他们，和蔼地对贺铭南说：“有你在，我们的宣传工作进展快多了，所以你放心跟你的小同学玩吧，工资我照样一分不少给你。”

姜醒感慨：“这世界上还是好人多。”

于是，姜醒的周末聚会意外变成了和贺铭南两个人的电玩之旅。

姜醒好奇地观察贺铭南身上的玩偶服。

贺铭南见姜醒盯着他看，有些疑惑，他看了看姜醒，又看了看旁边的投篮机。他的目光在姜醒和投篮机之间梭巡了好几回，突然，他好像明白了什么。

他站起来，走到投篮机前，拿起一个篮球递到姜醒跟前：“你也想玩吗？”

姜醒摇头，还是盯着他看。

贺铭南：“你……”

姜醒的左脚轻轻碰了一下右脚的后跟，小声说：“你转过去，我能不能……”

贺铭南顿时紧张，小姑娘要干吗？

他心想，姜醒是要抱他吗？不，不行。如果同意了，是他占了人家便宜，还是被人占了便宜？可他转念又想，姜醒一个人落单被留在这里看起来好像蛮可怜的，被朋友丢下了吗？她还叫他背过身去，不会是要哭了吧？

姜醒永远不会明白，一个表情看起来冷冷淡淡的少年，内心戏会这么多。

结果，只听姜醒一脸向往地说：“我能不能……摸摸你的尾巴？”

嗯？尾巴？

姜醒是如此地不按常理出牌，贺铭南刚刚吐出一半音节的“你”字尴尬地卡在喉咙。

“当，当然可以。”

姜醒顿时喜笑颜开。她满足地狠狠撸了一顿熊猫玩偶服的尾巴，幸福地想，果然跟她预想的一样，手感又软又舒服，跟撸猫似的。

她半眯着眼，仔细品着这尾巴，圆、滑、嫩……

贺铭南背对着姜醒，感觉到她轻微的动作，他非常配合地撅了下屁股。之后他才反应过来，玩偶套子宽大，又有支架支撑，他这么小幅度的撅屁股有什么用？尾巴也不会更翘呀。

于是他假装什么都没发生，挺了挺背。

姜醒依依不舍地松开手里的尾巴，然后她突然想起什么似的，恶狠狠地威胁贺铭南：“我撸尾巴的事你不准说出去，知道吗？”

原来醒姐喜欢毛茸茸的东西。

姜醒又问他：“你一会儿准备干什么？”

她本想问问贺铭南要不要看刚上映的《超凡蜘蛛侠》，“我请你看啊”几个字就在嘴边，可无奈贺铭南是个老实人，他说：“回家看书。”

好吧。

他真的起错名字了，他不应该叫贺铭南，他就应该叫“贺直男”。

姜醒有一种冲动，请他出一本书，名字她已经帮他想好了——论一百种把天聊死的方法。

月考临近，老师把姜醒郑重地托付给了贺铭南，她的快活日子眼看就要到头了。

班主任的诉求很明确，希望他们能共同进步，如果不能，会考虑给他们安排新的座位。

班上向来有“一帮一”的传统，但如果搭配的同学效果不佳，拉低学习效率，就会考虑重新安排。

贺铭南的成绩有目共睹，几次测验他都不声不响地全部拿下第一名，班上的同学都知道，他这个奖学金学生的分量扎扎实实，不掺水。

他就是一座宝藏，可别说，想跟他坐的人还真不少。

谁不想抱大腿呢？但可惜，大腿瞎了眼，自己把自己打包扎好蝴蝶结，稳稳当当坐在姜醒旁边不挪窝。

班主任还是没有放弃姜醒这个上课睡觉、下课打闹的小青年，让她在不耽误贺铭南学习的情况下，也跟着学学。

班主任语重心长：“你是个有潜力的孩子。”

姜醒痛哭。

——您看我的潜力在哪儿，我改还不行吗？

贺铭南也受到了班主任的嘱托。姜醒如临大敌，一整天都怕贺铭南突然提出要给她补习，非常苦恼要用什么办法让新同桌明白——她就是块朽木，不用雕了，就让她自生自灭吧。

她提心吊胆了一整天，各科课代表路过他们桌收作业的时候，姜醒不停地用余光看贺铭南，看得她的眼睛都要抽筋了。

要问醒姐写不写作业？往常自然没人敢管，但现在多了一个贺铭南……

事情的发展和她想的不大一样，贺铭南目不斜视，交了作业之后就不管她了。

啥意思？姜醒眨眨眼。

——敌不动，我不动。敌还是不动，我只好诱敌深入。

于是，姜醒改变策略，从书包里掏出一本崭新的空白练习册，摊在桌上。

——看，除了封面上龙飞凤舞地写着本姑娘的大名，一个字都没有！

贺铭南没看她。

姜醒再接再厉，又掏出课本，同样一片空白，生怕贺铭南注意不到，她轻轻咳嗽一声，不动声色地把书往他那边推了一点。

贺铭南转了转头，姜醒屏住呼吸，该来的还是要来了。

他站起来了。

姜醒仰头看着他，盯着他的嘴唇。他要说话了，果然，他就是班主任的人。来吧，她已经准备好了，她要用实际行动告诉他，补作业是不会补的，这辈子都不会补的，美男计对她没用！

贺铭南说："麻烦让让。"

姜醒发蒙："啊？"

贺铭南的嘴角挂着笑："上厕所，你也去吗？"

姜醒连连摇头："不了不了，约不起，我们不蹲一个坑。"

贺铭南的笑意更浓了。

姜醒挪开椅子让他出去——朋友，您请。

等到贺铭南回来，他几乎没费什么劲，一句话就让姜醒改变了主意。

他轻声叹息："姜醒，你知道班主任今天的意思吗？"

"学不好就换座位。"姜醒说。

"对。"贺铭南望着姜醒，坦言，"我不想换，你呢？"

姜醒的目光直直地望进了贺铭南乌黑的眼睛里，她听说，想要知道一个人的心意，就和他对视，对视超过三秒，就能听见心声。

贺铭南的双眸深不见底，姜醒不自觉地捂住自己的胸口。

她一直在自我催眠，换就换，谁怕谁，从来都是她威胁别人，她什么时候被人威胁过？

什么时候？现在呗。

她说："我知道了，别管我。"

说罢，姜醒就气呼呼地把课本竖起来挡住脸，不说话了。她好气，气自己心都快跳出来了，真没出息。

她单方面的冷战持续到放学，她不说话，贺铭南竟然也跟个没事人一样没跟她说话，她更气了。

姜醒一抬头，发现班上只剩下几个同学。她坐在座位上，沉着脸转笔。

几个同学纷纷转头看她，一副要做坏事怕被她破坏的样子，她只好跟他们说："你们该干吗干吗，不用管我。"

于是，一群人神神秘秘地把教室的门窗关好，又把窗帘拉严实了，做贼似的。一个头发齐肩的姑娘拿出一个U盘，神秘兮兮地说："今天我请大家看片，男生一个都不许走，谁走谁是叛徒。"

男生们顿时起哄："什么片？"

低像素的画面被投屏播放，字幕显示——贞子。

原来是几个女生想看恐怖片自己又不敢看，于是拦住了几个男生让他们留下来壮胆。

随着惊悚诡异的背景音乐响起，女生们的尖叫声此起彼伏。

"啊——"

"啊啊啊——"

可是叫着叫着，女生们感觉有点不对劲，她们松开捏在一起的手，扭头看向同一个方向。

"啊啊啊——"声音是从老熟人严俊昊的方向传来的。

"严哥，我怕。"短寸头男生说。

"不要慌，我也怕。"严俊昊一本正经地安慰他。

"哥，你这样一点也没有安慰到我们。"小卷毛抱住严俊昊。

"不怕不怕，这世界上没有鬼，电影里面都是假的，你看那影子身上裹的哗哗响的都是塑料袋。”

“我不看，我不看。”

“你看，你看。”

“不！我不看，我就不看。”

女生们面面相觑，一脸茫然。

为什么他们能叫得比她们还大声？于是，女生们也不看电影了，改看男生。

坐在后排的姜醒感觉天灵盖快被他们吵翻了，扔了个粉笔头到他们身上：“别吵，再给自己加戏就出去。”

一群男生收了声，埋怨地说：“醒姐能不能不要戳穿我们。”

女生们这才反应过来，追着他们这群戏精要打。

“咦？姜醒，你在写作业？”

有人发现后排的灯没关，姜醒正对着作业冥思苦想，差点没把自己坐成一尊“思考者”雕像。

“很稀奇吗？”姜醒转着手里的笔，淡淡地说。

“当然……”女同学话锋急转，“没有。”

配着恐怖片的背景音乐写作业，姜醒不愧是姜醒，心理素质一流。

“你怎么不回家写？”另一个男生问。

“没什么，怕我妈见到我写作业大惊小怪。”

同学们顿时理解地点点头，然后自觉把后排的空间让给了姜醒。

一通打闹下来，他们一点害怕都感觉不到了，也就没了看恐怖片的气氛。原本还有人想继续看，但他们一回头，就能看见对着作业奋笔疾书的醒姐。于是，他们自我检讨，姜醒都开始用功了，他们还有什么理由继续放纵自己？然后，恐怖片被调了静音，搭配着奇怪的画面，一群人开灯都拿出了作业本……

等到贺铭南敲门的时候，把他们吓了一跳，以为老师来了，离讲台最近的女生飞速跑过去把投屏关了。

敲门声停了一会儿，又响起，声音不急促也很清晰。

“谁啊？”

“我，开门。”

一听不是老师，大家顿时放松，给贺铭南开了门。

“哎呀，你吓死我们了，还以为是老师呢。”

于是，贺铭南进门之后看见的就是这么一番景象，一群平时不爱学习的人在姜醒的带领下都在……写作业。

严俊昊几人苦恼地围在教室后排，望着习题，不会，真的不会，醒姐，求放过啊。

真是太阳打西边出来了，贺铭南看看姜醒，姜醒呆呆回望。

哦，她偷偷用功被人抓包了。

真是倒霉他爸给倒霉开门——倒霉到家了。

贺铭南的目光扫过同学们，率先开口打破了尴尬的沉默，他说：“你们是打算留下来参加晚自习吗？”

住校生晚饭后有固定的晚自习时间，姜醒这群走读生从没有参加过。

贺铭南见识到了他的同学们究竟溜得能有多快，一个个脚下生风。

开什么玩笑？自习？抱歉，告辞。

一群人瞬间没了踪影，教室里就剩下贺铭南和姜醒两个人。

姜醒把作业本默默往贺铭南那里推了推，可怜巴巴地望着他：“不会。”

“哪里不会？”

“都不会。”

贺铭南不语。

姜醒小声说：“你教教我。”

贺铭南目光微凝，低缓的声音中充满无奈：“你下午不是这么说的。”

惨，打脸来得太快，就像龙卷风。

第三章

从今天开始，她要做一朵柔弱的娇花

然后姜醒就充分见识到了贺铭南的霹雳手段，他大手一挥，在她的书上圈圈画画：“基础题型你先试试，不懂我再给你讲。”

他强调：“都非常基础。”

姜醒的手在颤抖：“是不是有点多？”

“多吗？”贺铭南惊讶。

姜醒哭丧着脸，神仙怎么懂凡人的苦？

姜醒做题，他也做题，教室里安静得只剩下笔尖写字的声音。过了一会儿，贺铭南的题目似乎做完了，捧了本书优哉游哉地看。

姜醒忍不住说：“贺铭南，你是我罩的人，也就是我小弟没错吧？”

贺铭南：“逻辑上这样讲没毛病。”

“人家小弟都帮大哥抄作业、逃课和打架，为什么我家小弟跟个大爷似的做监工？”

贺铭南默默收起一只跷在课桌上的腿，又收回另一只腿，两只腿端正放好，摆出最“弱小可怜又无助”的模样，他眨巴眨巴眼，“是这样的吗？”

姜醒点头。

贺铭南收起笑容：“那你去找别人吧。”

姜醒：“我——”一句脏话被她硬生生咽下。

“贺·钢铁直男·假装柔弱·钮钴禄·铭南”第无数次把天聊死。

姜醒：“你就是想气死我，好继承我的《黄冈密卷》！”

贺铭南：“你去，找你别的小弟去，醒姐小弟三千，别取我这一瓢。”

“去就去。”姜醒一拍桌。

她又说：“喂，我真的去了。”

贺铭南：“我送送你？”

姜醒气呼呼地跑出去了。她三步一回头，磨磨蹭蹭地往前走，等了半天也没人追上来，她带着一颗支离破碎的心站在楼下，冷风吹过，无聊地揪地上泛黄的草。

没人疼没人爱，她是可怜的小白菜。

她发现，她好像吵架跑出家门的“耙耳朵（怕老婆，妻管严）”丈夫啊，在楼下驴拉磨似的转了一根烟的时间，又灰溜溜地跑回去。

姜醒回教室的时候，贺铭南伏案的姿势都没变。

她不免泄气。

贺铭南抬了抬眼皮：“回来得挺快。”

姜醒：“你管人家拉屎快不快！”

过了一会儿，姜醒受不了两人的沉默，率先低头，用她的兔子笔戳贺铭南的手背。

“贺铭南。”

贺铭南不为所动。

姜醒又戳他的手背，贺铭南不理。

“铭南，南南。”

“阿南南南……”

贺铭南受不了了：“好好说话。”

“我错了。”姜醒认错。

贺铭南：“你错在哪里了？”

“我没有三千小弟。”

“那你有多少？”

姜醒竖起一根手指：“一个，就你一个。”

贺铭南怀疑地看着她。

姜醒拽着贺铭南的袖子不撒手：“你要是不相信，我把我的心声唱给你听啊！Oh——only you（只有你）——我的眼里只有你没有他，你是电你是光你是唯一的神话——”

魔音入耳，没有一个字在调上，姜醒的歌声简直要掀翻屋顶。

贺铭南捂住姜醒的嘴，两人四目相对。

姜醒动动耳朵，听，有电流声穿过。

悄悄升起的月亮扯过一片云，遮住她害羞的脸。

很久很久以后，姜醒才反应过来，她上当了！她就要贺铭南这一个不听指挥的小弟有什么用？不等于光杆司令吗？

坑！

但已经迟了，贺铭南记住了。说好一个，只有一个，一辈子一个。

后来贺铭南的手指缠着姜醒的发丝，委屈地说：“怎么没用？你想怎么用就怎么用啊。”

校贴吧，“绝无可能对照组观察八卦贴·JXMN专楼”有路人更新——

“放学之后路过十三班，听见有歌声传出来。”

“没想到，JX（姜醒）折磨小NN（小南南）的手段又升级了。”

楼下：“此话怎讲？”

“醒姐放弃物理攻击，改为精神攻击了。”

史上最可怕的精神攻击——姜醒唱歌。

校友甲：“瑟瑟发抖，害怕。”

校友乙：“都这样了还要坚持坐在一起，不愧是宿命中的死敌。”

群众的猜想总是这样，适逢其会，猝不及防。

姜醒眼中的贺铭南——我小弟。

贺铭南眼中的姜醒——小姑娘。

吃瓜群众眼中的他们——宿敌同桌来了！注意，掩护掩护，惊起一滩鸥鹭。

就在全年级都在准备月考的阶段，姜醒遇到了两件事。

一件是，姜醒和贺铭南的华尔兹组合入了体育老师的眼，于是决定让他们加入汇报演出，就安排在期中考之后的运动会上。

姜醒原来的舞伴是个女孩子，既然决定要男女组合，老师给出了妥善的安排。

姜醒皱眉，她不是喜欢出这种风头的人，再说，汇报演出这种事，听起来就不像是她会干的事。她看了一眼身边的奖学金全优生，也许他会喜欢，那她就勉为其难地参加一下吧。

而贺铭南的第一反应就是麻烦，他讨厌应付一切麻烦的人和事。但是“姜老师”的动作真的很标准优雅，虽然她平时看着虎，但如果他拒绝，小姑娘一定会失望的吧？

想了想，贺铭南还是决定勉为其难地答应体育老师的请求。

从来没有被如此嫌弃过的会演：“小同学，你们怎么回事？”

另一件事，是高二的程舟和几个男同学在隔壁二中打篮球的时候被人堵在操场了。

二中和林城私立高中的恩怨由来已久，隔着一条街，谁也瞧不上谁。

听到这个消息，白棠棠紧张得不行，火急火燎地要去看情况，姜醒拦住她：“你打算怎么进去？”

白棠棠愣住：“走进去？”

“就穿着你这身校服？”

白棠棠低头看看：“呃……”

姜醒带着她：“跟我走。”

两人急匆匆地往外走，与贺铭南擦肩而过，贺铭南耳朵边上飘过“二中……程舟……”等零星的词语。

到了二中，姜醒才知道这次爆发的矛盾和上次他们在电玩城遇到的那个四眼书呆子有关。上次他在电玩城缠着白棠棠说些莫名其妙的话，被程舟警告。本以为这事就这么结束了，没想到在这儿等着。

二中校篮球队的人个个人高马大，和程舟几个人在篮球场上对峙，双方在球场上就不愉快，新仇旧恨加在一起，虽然还没动上手，但火药味飘出老远，差不多可以做一顿烟熏羊排了。

“你要给那个四眼书呆出头？”程舟单手抱着篮球看着对方。

白棠棠着急：“醒醒怎么办？他们不能在这里打起来。”

群架、斗殴、不同学校间的群体冲突，几顶帽子砸下来程舟绝对逃不过处分。

姜醒一声叹息，年轻人就是冲动热血，对方一挑衅就要开打，也不想想，这是别人的主场，最好的结果也不过是“杀敌一千，自损八百”。

姜醒拍拍衣服走到两队人马中间，松开牵着白棠棠的手，把她送到程舟跟前。

程舟惊讶地看着白棠棠：“你怎么来了？”

姜醒随口接了一句：“儿行千里母担忧啊。”

程舟和白棠棠都无言地望着她。

她哈哈一笑：“我的意思是，白棠棠担心你，担心得头发都要白了。少年不知头发贵，老来秃顶空流泪。”

在场的众人，包括二中的篮球队员都不由自主伸手摸了摸自己的头发，还好还好，头发还在。

过了一秒，突然有人反应过来：“姜醒，不关你的事，你走开。”

姜醒惊讶：“没想到我的名字校友也知道，见笑见笑。”

她一拱手：“西北玄天一片云。”

二中的人本来不想搭理姜醒的，但是忍不住接了下去：“乌鸦落在凤凰群。”

“满桌都是英雄汉。”

“谁是君来谁是臣？”

谁让她选的是《智取威虎山》的片段，不由自主就念了出来，大意了！

好好的约架被她这么一掺和，真的好像“我是戏精”的拍摄现场。

姜醒：“既然校友知道我的名字，那我就直说了，不知道校友能不能给我一个面子……”

姜醒话音未落，就听二中的人果断拒绝：“不能。”

程舟必须出来挨打！

程舟一行人也蠢蠢欲动，气氛紧张，随时可能爆发。

这时候二中的篮球教练匆匆赶来，高高壮壮的教练一边走一边抱怨：“我都准备回家了，你们这群不省心的。”

二中篮球队员盯着姜醒，眼睛都红了，他们自己的矛盾自己解决，喊教练来算什么好汉。

没错，是姜醒喊的人。

姜醒笑脸相迎，像一只快乐的小鸟一样热情地冲向教练：“教练！求你了，把他们借给我们动漫社吧！”

没错，她刚刚想说却被打断的话其实是：“各位能不能给个面子加入我们社团？”

教练：“什么社？”

“动漫社。”

“干什么的？”

“Cosplay，就是角色扮演。”

“他们能扮演什么？”

姜醒一脸认真：“《黑子的篮球》。”她补充，“要不……《灌篮高手》也行？”

教练皱眉：“省队选拔在即，必须全心投入训练，不能有任何差池，你们都清楚吗？”

姜醒微笑：“当然，谁不知道省队的考察严格，这时候谁想要节外生枝。”她加重了“节外生枝”四个字，然后话锋一转，“但我们两校一衣带水、友谊深厚，同学们肝胆相照、情深意长，联合动漫社也是一件有意义的好事，是不是？”

众人看着姜醒……这么多成语，语文老师一定很感动。

“省队选拔”几个字如同紧箍咒一样套在二中体育生的脑袋上，不得不偃旗息鼓。

教练突然注意到站在后面，不知道做什么表情的程舟一行人，问：“他们不是我们学校的，来干吗的？”

姜醒抢先解释：“都是社团同好，来排练的，是不是？”姜醒用眼神警告他们别乱说话。

程舟他们只好说：“是。”

教练感慨，终于松口：“孩子们的热情令人动容啊，等你们作品展出的时候一定要通知我们。”

一场风波消散无形，在场男生的话题已经从“不服来战”“找打”过渡到了“新番追到哪里了”“黑子哲也好帅”。

姜醒无语，他们不会真的要 Cosplay 吧？

白棠棠戳她：“我们什么时候有了动漫社？”

姜醒：“刚刚。”

就在姜醒准备功成身退时，她一抬头，看见了站在篮球馆另一边的贺铭南。

姜醒高高兴兴地跑过去：“你怎么来了？”

“午饭要没了。”贺铭南言简意赅。

姜醒听了自动翻译——学校现在禁止外卖，你再不回去食堂收摊了，你就要没饭吃了。

姜醒秒变星星眼，小弟真的好贴心。

她眨眨眼：“所以你是来接我的吗？”

“嗯。”

“那我们走吧。”

这时二中的人突然围了过来，姜醒没听见他们在另一头小声说：

“是南哥，南哥来了。”

所以姜醒警惕地看着他们，反射性地把贺铭南护在身后。

贺铭南自然地握住她的手腕：“没事，他们找我的。”

贺铭南冲他们点点头：“人我先带走了。”

二中的人突然变客气了：“南哥，不留下来吃饭吗？”贺铭南还没回答，只听对面又说，“我们食堂的饭菜味道不错。”

“我喜欢番茄牛肉，你们呢？”

“青椒炒蛋也好。”

突如其来的七嘴八舌的和谐画面是怎么回事？

贺铭南：“我家小孩作业还没写完，我们要先走了。”

谁？谁家小孩？

——贺铭南，你变了。你变得有野心，想做我爸爸了。

姜醒眼中闪过精光：“贺铭南，做我爸爸，你想都别想。”

贺铭南表示很无辜。

“我爸妈感情好着呢，我妈不吃嫩草。”

贺铭南无言以对。

过马路时，贺铭南仍没有松开姜醒的手腕，还叮嘱着：“看路，别看我。”

“哦。”姜醒后知后觉地问贺铭南，“不过，他们为什么叫你南哥？”

贺铭南神色无比自然地说：“我跟他们打游戏认识的，游戏里面我叫南歌，歌曲的歌。”

“原来如此，我就说嘛。”

这种蹩脚的解释，也就姜醒能相信。

最近，贺铭南的名声在学校里面越发响亮起来。

月考后，物理老师拿着贺铭南的卷子要报分数时，有同学忍不住起哄：“满分！满分！”

物理老师愣了一下：“你们偷看卷子了吗？

“贺铭南，来拿卷子，满分。”

即使有同学猜到他又是满分，但得知结果的那一刻还是忍不住惊呼。

“贺铭南，第一名”这句话他们已经听到麻木了。

校园里没有秘密，一上午的课没上完，又多了好多女生来看贺铭南。

他和姜醒这周的位子正好轮换到窗边，就靠着外面走廊。姜醒的余光瞥见好几个其他班的女生已经来来回回在窗外绕了好几圈，还有人兴奋地指着贺铭南的方向说：“就是他，就是他。”

姜醒趁贺铭南不注意，瞪了她们一眼，又不是动物园的猴子，有什么好参观的？

课间，还有个看起来羞涩乖巧的女生在窗边小声地问姜醒：“你好，请问……你们班的贺铭南在吗？”

姜醒没好气地回答：“不在。”

女孩子又怯怯地说：“那能不能麻烦你帮我交给他一个东西？”

姜醒心想，不得了，贺铭南才来没多久，盯着他的女生都能建个后援会了。

“不……”她本想拒绝，却突然话锋一转，“也不是不可以。”

姜醒看着手里的能量巧克力棒，还有上面贴着的粉色爱心便签纸连连摇头，她得找地方把它们处理掉。

可没等她行动，贺铭南就回来了。

“你藏了什么东西在身后？”贺铭南好奇地问。

姜醒不爽地拿出东西扔他怀里：“你粉丝给你的，让你不要太辛苦哦，铭南哥哥。”

贺铭南只扫了一眼便说：“不吃。”

“嗯？你不喜欢甜食吗？”

贺铭南从外面回来有点热，他扯了扯衣领：“又不是你给的，不吃。”

“如果是我给你就吃？”

他歪头：“嗯。”

姜醒心中疯狂咆哮：贺铭南，这个动作！啊啊啊，卖萌是犯规的你知不知道？

她努力维持表面镇定，拼命告诉自己，她是一个没有感情的杀手，不能被卖萌犯的笑容击倒。

“哦，这样啊……”她淡淡地说。

姜醒如同满怀担忧的老母亲一般松了口气，紧接着又不放心似的叮嘱：“同桌啊，你一定要听我的，千万不要早恋，外面的世界很复杂，好多感情女骗子。”

这句话飘到了白棠棠的耳朵里，她满头问号。

——姜醒，你这千年的狐狸，装什么聊斋？

然后，她又同情地瞥了一眼贺铭南。

瞧瞧，多么善良单纯的男孩子，姜醒讲什么他都信。

贺铭南认真地点点头：“我知道，歌里面唱过——小和尚下山去化斋，老和尚有交代，山下的女人是老虎，遇见了千万要躲开。”

“山下的女人是老虎，我也是？”

白棠棠竖着耳朵。

——得了吧，你比老虎还厉害。

贺铭南摇头。

“我不是女人？”

贺铭南又摇头，他说：“你是大哥，我们最尊敬的人。”

白棠棠想给贺铭南竖一个大拇指。

——壮士，除了你还有谁能把姜醒怼得说不出话来？

姜醒心想，果然，贺铭南生下来就是为了气死她的。

今日份生气，达成。

姜醒捂胸口：“快拿我的速效救心丸来！”

总成绩排名公布，姜醒和贺铭南这对最佳对照组再次成为话题中心。

已经习惯了别人目光的姜醒无奈扶额，怎么办呢？她生来就是要成为焦点的。

姜醒这次终于不是倒数第一名了，她荣升倒数第二名，因为倒数第一名的同学题目写了一半拉肚子，后面的题一题没做。

小弟们稀稀拉拉的掌声响起来：“恭喜醒姐，长足进步！”

“首战告捷！”

“战绩辉煌！”

“年年有今日岁岁有今朝！”

姜醒制止了他们的“彩虹屁”，她说：“经过我的深思熟虑，以后你们不许叫我醒姐。”

“啊？”

“那要叫什么？”

姜醒妩媚一笑：“叫我醒妹妹，尤其在贺铭南面前，知道了吗？”从今天开始，她要做一朵柔弱的娇花。

第二天，姜醒一大早就到了班上，她拦截贺铭南：“贺铭南同学，我有题目不会，能不能向你请教一下？”

五分钟后……

“讲题就讲题，为什么要来小花园？”贺铭南疑惑。

姜醒在桂花树下左右摆弄衣服，暗示了半天，贺铭南都没看出来她在干吗，只看她一会儿摸摸衣服，一会儿摸摸头发。

“你头痒？”贺铭南猜测。

“我头不痒，我头疼。”姜醒扶额。

“怎么搞的，没睡好？”

姜醒：“看见你，我头疼！”

贺铭南一脸无辜。

姜醒无语地放下拨弄头发的手，抖抖裙摆：“你没觉得我今天的衣服很好看吗？充满了女人味。”

贺铭南盯着看了半天，仔细品了品，在姜醒的期待中回复：“和昨天的不一样吗？”

姜醒：“昨天是校服，今天不是，你说呢？”

贺铭南恍然大悟：“啊……都是白的。”

是是是，一百个口红色号，在男生眼里，都是红的。

道理她都懂，但还是意难平，她问：“贺铭南，你喜欢理科还是文科？”

“理科。”

“数理化，你最喜欢哪一科？”

“物理。”

姜醒冷冷一笑，呵，理科男。

最后，这场由姜醒发起的“高等中学小型学术交流会”还是勉强进行了下去。

两人坐在小花园的石桌上，姜醒一侧头就能看见他又密又长的睫毛，他眨眼的时候，像一把顽皮的小扇，扑闪扑闪。

贺铭南讲了一会儿，突然问她：“你听懂了吗？”

姜醒顿时回神，目光躲闪，小声答：“懂了一点点？”

就在贺铭南要继续追问的时候，姜醒拽他的校服衣摆：“你听，有声音。”

贺铭南果然听到一阵轻微的“咕咕”声，疑惑地看着她。

姜醒委屈地扁嘴：“贺铭南，我饿。我都还没吃早饭，营养跟不上头脑怎么跟上？”

姜醒说话时距离贺铭南不远不近，她微微上挑的眼角流转着灵动的光，不知怎么，让贺铭南联想到山里的妖精。

《倩女幽魂》里小倩冲书生的回眸一笑，大约如此。

贺铭南拿她没有办法，只好掏出鸡蛋糕分给她：“吃吗？”

姜醒飞快地吃掉。

贺铭南跟她客气一下：“还要吗？没吃饱的话我这里还有。”

但姜醒就不是客气的人，最后她题没做多少，把贺铭南在食堂买的鸡蛋糕全给吃光了。

看着姜醒捧着鸡蛋糕左手一个右手一个吃得香的模样，贺铭南觉得他刚刚的眼神可能出现了一点小差错，姜醒即使是妖精，也只能是仓鼠精。

贺铭南先回到教室，他的同班室友见到他很少这么迟才进教室，就一脸奇怪地问："干什么去了？"

贺铭南："投喂去了。"

室友："小动物？"

贺铭南狡黠地眨眼："算是吧。"

周一升旗仪式照常举行，检查校服的同学走到十三班跟前的时候，旁边的同学不知道在跟姜醒说什么，把她逗笑了。

不巧，这天轮值的同学是贺铭南的忠实粉丝，一直看姜醒不顺眼，她看见姜醒校服里面穿着自己的衣服，心中一喜，终于找到机会找姜醒麻烦了。

"姜醒，没按规定穿校服，记一次。"

"我的外套和裙子不是校服吗？"

"不是全套。"

轮值的短发女生一边在本子上记上姜醒的名字，一边冷笑着嘲讽："看看你们班的人都像什么样子，学生不像学生，尤其是你。"

短发女生来自三班，全年级成绩最好的班，在这个以成绩论成败的环境里，她觉得自己有底气鄙视批评任何人。虽然"13 班"和"3 班"只差了一个数字"1"，但成绩一个头一个尾，天差地别。

"你怎么说话呢？！"十三班的同学愤愤不平。

见他们起了口角，班主任皱眉，走过来问他们发生了什么事。

说着说着，短发女生突然指着贺铭南对他们说："你们班就不能学学贺铭南怎么穿的吗？"

贺铭南也很无辜，他就因为对方一句话被拉了仇恨。

这时，班主任调停说：“同学，你名字记也记了，我们班同学有什么不妥的地方，我回头会讲。”

三班女生对班主任护犊子的说法很不满意，皱着眉继续说：“高老师，我觉得你的管理方法很有问题，难怪是吊车尾班级。”

班主任年轻面嫩，被人当众打脸，她先是愣了一下，然后反应过来，憋着气，眼角微微发红。

同学们顿时哗然。

这时，贺铭南做了一个让人意外的举动，他走出队伍背过身，脱掉了自己的短袖校服，然后套上校服外套，在姜醒的身旁站定。

他的动作实在太快，快到姜醒只看见他脱了上衣之后，里面的白色背心一闪而过。

贺铭南瘦而不弱，后背线条结实流畅。他如果到球场上去，不知道要迷倒多少女孩。

他一脸严肃地说：“同学，我现在也没穿全套，麻烦你把我的名字也记上。”

“这……这怎么一样……”三班女生被贺铭南的举动气得说不出话来，脸涨得通红，“你们班真是没救了！”

“这是我的个人行为，不代表我们班，更不代表我们班的班主任，你可以说我，但不要上升到其他人。你刚刚指责我们老师的管理方法，那我也想请教一下你轮值的方式方法。”

队伍里有人附和，声音不大不小：“就是，拿着鸡毛当令箭。”

三班女生气呼呼地看着他们，俗话说，双拳难敌四手，又遇上贺铭南这个不按常理出牌的，她讲不过这群人，一跺脚，愤愤地走了。

散会时，有男生走过去，对着贺铭南的肩膀轻轻撞了一下：“哥们，够骨气啊。”

他们看着贺铭南，而贺铭南看了一眼姜醒，确认她的情绪没有受到太大影响，才扭头对他们微微笑了一下，无所谓地耸肩。

严俊昊痴痴地看着贺铭南的背影：“完了，我要黑转粉了。”

小卷毛：“大哥，你说我们如果请求跟贺铭南混，他能收下我们吗？”

严俊昊拒绝：“不行，难道我们铁三角兄弟今日就要被人收编解散吗？”

小卷毛：“不是的，我们是改组。”

“改组？”

“改成‘林城私立高中第一学习小组’。”

“我觉得这个名字好，响亮。”

板寸头投赞同票：“不错，我听说粉随 idol（偶像），相信我们跟随贺铭南的步伐以后，学习进步，人也跟着精神。”

突然，严俊昊突然感受到一阵冷气，正在跟贺铭南讲话的姜醒，突然回头瞪了他们一眼。

小卷毛猛然想到什么：“现在贺铭南的主要扶贫对象是醒姐，我们这样算不算是在跟醒姐抢人，挖醒姐墙脚？”

严俊昊连连摆手：“不可能，醒姐高兴还来不及呢。”

“为什么？”

“你想啊，醒姐最讨厌什么？”

“学习。”

“贺铭南，那就是学习的化身，四舍五入，就是醒姐最讨厌的人。”

“所以……”

严俊昊兄弟三人相视一笑。学神，他们来了！春天，他们来了！

班主任走到贺铭南面前，喊他去办公室谈话。

姜醒紧张兮兮地看着贺铭南，年轻的班主任瞥了她一眼：“你别看，一会儿轮到你。”

姜醒不担心自己，只担心贺铭南脸皮薄，受不了老师的批评，不像她身经百战，早就练就了一副钢筋铁骨。

她回到班上，在座位上如坐针毡，屁股跟着火似的，怎么也坐不住。

严俊昊劝她：“醒姐，你这么动来动去的也没用啊，等贺铭南回来，你不就知道情况了吗？”

姜醒瞪他：“谁是你姐？”

严俊昊睁大眼：“老妹？”吓得他都破音了。

姜醒：“嗯哼。”

严俊昊三人对望一眼，纷纷表示怕怕的。

姜醒还是不放心：“贺铭南又不是你们，班主任讲一句重话，他不知道要难过几天。”

严俊昊想了一下贺铭南揍人的样子，喃喃地说：“不能吧……”

姜醒猛然站起来：“不行，我要去看看。”

严俊昊几人面面相觑，越发摸不着头脑。最后，他们得出结论，姜醒真的很着急看贺铭南倒霉。

就在姜醒匆匆要走出教室的时候，贺铭南回来了。

姜醒猝不及防和他撞了个满怀。

她一抬头，目光撞进贺铭南星辉般闪耀的眼里，如同一只迷途的鸟，徒劳地扇动翅膀，宇宙茫茫，一头栽进未知的网。

她飞快地向后退了两步，贺铭南只感到怀中一空，女孩子的香气若有似无，陌生的触感让他也呆愣了片刻。

姜醒对他的感受一无所知。

“你没事吧，老班骂你了？”见他站着不动，姜醒感到疑惑。

贺铭南摇头。

姜醒心想，他看起来怪怪的，一定是班主任骂太狠了。她在身上摸了半天，终于从口袋里掏出个东西：“别难受，我请你吃糖。”

一颗大白兔奶糖静静地躺在她手心，兔子图案对着他，非常可爱的样子。

姜醒一双微微上挑的桃花眼正期待又略带歉意地望着他，像只讨喜的小狐狸。

贺铭南接过糖，冲她微微一笑。那笑容，别提多甜了。

上课铃打断了姜醒想要说的话——她的同桌在老师进门的瞬间就进入听课模式，自动屏蔽了身边的姜醒。

贺铭南，是个狠人。

好在姜醒的郁闷没有持续很久，课间，贺铭南把奶糖剥开放在嘴里，糖果碰到舌尖，浓郁的奶味充满了口腔。

姜醒撑着脑袋问他："甜吗？"

"甜。"

"那你等一下。"

姜醒猛地站起来，从座位上弹出去，旋风一样在教室里搜刮了一圈又回来。然后就见姜醒变戏法似的，抱着口味各异、五彩缤纷的糖果和零食，"哗啦啦"摊在贺铭南的桌面上。

她说："都给你，软糖、果糖、话梅糖，你要什么糖有什么糖。"

贺铭南惊讶地看着她："你……"

姜醒摆摆手："你放心，他们不会说什么的。"

白棠棠路过，揉揉眼睛，开着玩笑："放心，我们都在醒姐的淫威之下，被欺负惯了，更何况醒姐这是借花献佛，拱手山河讨你欢呀……"

白棠棠笑得好八卦。

"平时你们也没少吃我的。"姜醒飞去一个傲娇的眼神。

姜醒把课本竖在面前不理她，宽大的书页遮住了她和贺铭南的半张脸。

贺铭南向前凑了凑，他和姜醒两人的脸便完全埋进了课本。他轻声问："那你会欺负我吗？"

姜醒诧异："我干吗欺负你？别听她瞎说。"

贺铭南摇头："我不是那个意思，"只听他缓缓说，"我是说……如果你欺负我，我也是乐意的。"

真是要疯了！姜醒的脸猛地红得要烧起来。

"谁要欺负你！"姜醒扭头。

白棠棠适时地打开她的电子书架，默默递到姜醒面前，姜醒定睛一看，文章标题大字写着——村霸与她的柔弱村花美人。

她条件反射地想，美人……一定是奶糖味的。

姜醒落荒而逃。

后来，班主任没忘记姜醒这事，找她到办公室说话。

“我看过你的档案，你过去的成绩很出色。”班主任说。

“老师，你也说那都是过去的事了……”姜醒站在阴影里，神色不明。

班主任半晌不知道说什么，只好说：“以后校服穿好。”

“我知道了。”她难得乖乖答应，不忘说，“高老师，早晨的事都是我的错，跟贺铭南没关系。”

班主任古怪地看了她一眼：“你们两个倒是有趣。”

“什么？”

班主任说：“贺铭南主动提出想要跟你继续同桌，我等着看你们的学习效果。”

第四章

贺铭南从今天开始做大哥

严俊昊三人一直想跟贺铭南套近乎。他们正苦恼在学校里面没找到机会，没想到这个休息日，机会来了。

严俊昊顶着一头新染的扎眼的红棕色头发，大摇大摆地走在台球厅前面的马路上，后面跟着小卷毛宁逸和板寸头韩辛两人。

阳光正好，光线折射的角度也十分妙，严俊昊对着台球厅的玻璃欣赏自己的新发型，忍不住说："Tony 老师手艺不错，这个发型衬得我又帅了一点。"

小卷毛耿直地问："周一上课肯定会被老班叫去理发店染回来的，不是白忙活？"

严俊昊摇摇手指："这你就不懂了，快乐总是短暂的，短暂的快乐就不要了吗？"

如此有深意的问题叫人无法反驳。

突然，板寸指着玻璃门里面说："哥，你看你看。"

严俊昊正陶醉在自己的绝世美颜里："正看着呢，我知道我很帅。"

小卷毛更大声："不是的！你快看，那个穿工作服的是不是贺铭南？"

严俊昊："你当南哥属八爪鱼的吗？哪里都有他打工的身影？"

话音刚落，他就发现打脸了。

三人推门进去，贺铭南恰好转过脸来，看见他们，没有什么特别的反应，又转身去做自己的事。

小卷毛疑惑地问：“南哥刚刚是看到我们了吧？”

三人颇有点路遇偶像的紧张和兴奋。

板寸搓搓手：“那我们现在要怎么办？”

这时，店老板迎上来问他们要买几个小时，三个人做了个嘘声的动作。

——不要吵到我们铭南哥哥。

严俊昊掏空口袋把身上所有零钱都给了老板，对老板使眼色让他给点空间。

老板奇怪地看了他们一眼，自言自语：“女生来看小贺就算了，怎么男的也来？我要不要做一张小贺的海报挂门口啊？”

严俊昊他们再看向贺铭南时，才发现他正和人比赛，比赛进行到尾声，绿色的台球桌上剩下的球不多。

贺铭南身材挺拔而纤细，工作服是一身衬衫外罩小马甲，极好地勾勒出他紧实流畅的腰线。

他漫不经心地用巧克粉打磨台球杆皮头之后，轻微摇晃放松双肩，利落地俯身，一双无辜的眼顿时变得暗藏杀气。对准，击球，一杆进洞。他起身，微笑……紧张的气氛顿时一松。

看见这样的贺铭南谁能不夸一句……

“好腰！”声音从旁边传来。

严俊昊三人不停鼓掌的手僵在半空，扭头去看隔壁桌表情兴奋的几个女生。

“好球，我的意思是好球。”女生注意到他们的视线，“你们也是来看贺铭南的吗？”

然后严俊昊三人也不知道发生了什么，在女生的要求下参与了贴吧校草评选的投票，为贺铭南贡献了三票。

女生塞了一把免费提供的瓜子感谢他们。

三人磕着瓜子不由地感叹，想要引起贺铭南的注意，竞争压力真大！

一口气清掉桌上的球，和人打赌进行比赛的贺铭南干净利落地赢了这一局。跟他比赛打台球的人不甘心地看着他，脸色难看。

贺铭南说：“怎么，想要赖？”

对方是几个成年人，人高马大，为首的那个拍了一张红票子到贺铭南手里，说了句“晦气”，然后便领着人走了。

贺铭南对着他们的背影说：“不够，场地费付了吗？”

几个社会人士看起来凶神恶煞很不好惹的样子，严俊昊三人连忙跑到贺铭南身后。

——保护我方贺铭南。

气氛剑拔弩张，对方静默了几秒，最后想象中的冲突没有爆发，为首的光头在吧台又扔下一张红色钞票，瞪了店老板一眼，走了。

严俊昊顿时扒住台球桌：“吓死我了。”

然后他看见小卷毛和板寸都看着他，他捂住嘴：“我说出来了吗？”

“是的。”

“刚刚那几个人怎么回事？”小卷毛问贺铭南。

“没事，他们不会再来了。”

顺着贺铭南的目光望过去，刚好可以看见一边散落在地上破碎的酒瓶玻璃碴子，看来是大白天喝了点酒来闹事的。

“太，太，太危险了……”严俊昊说。

贺铭南看了他们三个温室里花朵一眼，无语地把球收拾好。

然后，严俊昊三人只见他走到还在讨论他的几个女生的台球桌边，问：“你们好，你们刚刚拍我的视频了吗？”

女生连连点头：“拍，拍了。”

“我能看看吗？”

“给你。”对方欣然同意。

贺铭南手指轻轻一点，把视频删了，然后把手机还给她们：“抱歉，我不习惯入镜，我只是个普通人。”

几个女生涨红了脸，连声说“对不起，打扰了”，然后跑开。

严俊昊三人姿势统一地叹息：“这就是高人气的烦恼吗？”

唉，想要。

贺铭南从吧台要了一杯汽水捧在手里，玻璃杯上飘着一片柠檬。他懒散地靠在吧台的高脚椅上，嘴里叼着吸管，看了一眼墙壁上的挂钟。

“大哥，你从今天开始就是我们大哥了！”严俊昊突然冲贺铭南喊了一嗓子。

贺铭南看着他们，内心是拒绝的。但是不等他说话，三人就齐齐向他喊：“大哥好！”

台球厅的客人都向他们看过来。

贺铭南皱眉：“我不搞团体。”

严俊昊：“但你有社团啊。”

“什么社团？”贺铭南反问。

“我们都听说了，动漫社。”

“报名。”

“求加入。”

“我会画太阳。”

“我会画苹果。”

“我会画爸爸妈妈我的一家。”

贺铭南：“我们之间能不能有一次正常的成年人的对话？”

板寸是个老实人：“可是我们就是未成年呀。”

贺铭南想打人，可是忍住了。

“南哥在等人吗？”三人好奇。

严俊昊话刚落音，一个身影推门进来，抖落一身阳光。

“我来了，没迟到吧？”她说。

严俊昊三人吃惊地张着嘴，眨巴眨巴眼，呆滞地看着眼前的姜醒。

一个打扮精致的姜醒。

一个为了贯彻自己的“姜娇花”人设拼了的姜醒。

要知道，平时姜醒就是那传说中不羁的风，T恤、热裤都是常规打扮，五颜六色的头发跟着心情变，但现在他们眼前的姜醒，一头柔顺的黑色中长发披在脑后，丝绒裙坠至脚踝，丝质腰带系在腰间，裙摆随着脚步荡漾。

三人组看呆了。

贺铭南不动声色地挡在姜醒面前，突然不想让他们看。

姜醒默默拨开贺铭南，她进来的时候，看到的就是这四人奇异的搭配。

“你们怎么在一起？”她问。

“嗯……我们……”

“路过。”

“对，路过。”

“哦，那你们现在……”姜醒皱眉。

“我们还有事。”严俊昊说。

“对，我们这就走了。”小卷毛连连点头。

“马上走。”板寸附和。

这三个人真的适合说相声，他们不去讲相声绝对是相声界的损失。

姜醒耸肩，转而望向贺铭南：“我们走吗？”

贺铭南：“我去换个衣服。”

贺铭南又为她要了杯蜜桃味汽水。

姜醒等他的时候闲着没事也在台球桌上比画了几下，贺铭南从后面出来，问她：“想玩吗？”

“你台球很厉害？”姜醒问。

贺铭南的一双眼又恢复了它原本无辜的样子，他说：“一般般。”

姜醒一听这话，拉着他说：“那你今天遇对人了，我教你几招我的必杀技，保证你以后杀遍球坛。”

“真的吗？”贺铭南的眼睛亮起来，“我想学。”

还在原地做背景的三人组，他们不敢相信自己的眼睛。严俊昊揉揉眼睛，他看见的一切都是真实的吗？

威武霸气的醒姐一副娇俏淑女的模样，刚刚还大杀四方的贺铭南是怎么做到在姜醒面前如此柔弱无害的？

他对这个世界产生了深深的怀疑。

贺铭南警告地看了他们一眼，严俊昊瞬间感觉后脊梁骨发凉。

虚伪！男人，女人，都虚伪！

三人离开台球厅。站在现实的门外，板寸问：“严哥，我们现在怎么办？”

严俊昊恍恍惚惚地说：“原以为是针尖对麦芒，没想到啊，是大姐头和未来姐夫。”

迎着风，严俊昊又忙否认了自己的说法：“不，这一切都是我的错觉。”

姜醒和贺铭南，怎么可能呢？林城私立高中“双霸”，学霸与校霸，怎么可能……他一定是昏了头，才会产生如此幻觉。

早在几天前，姜醒就和贺铭南约好见面，贺铭南说要带她去个地方。

姜醒从早上就开始翻衣柜，翻了半天也没找到一件满意的，最后终于从角落翻出一条裙子，又不知道配什么鞋，最后穿了小靴子。

等到终于收拾好自己，迎来的是姜妈妈秦悠然愤怒地狂吼：“姜醒，你把你房间翻得像狗窝一样，想造反吗？”

“我会收拾的！拜拜！”

“这么臭美给谁看？”

“我小弟！”

“见小弟需要打扮得这么美吗？”

姜醒走到一半回头，扒着门探出脑袋问秦悠然：“真的，美呀？”

妈妈眼里当然宝贝女儿世界第一美。

姜醒笑眯眯心满意足地走了，顺便回答她前一个问题：“那当然，出门也要让我小弟有排面。”

反正她的鬼话秦悠然一个字都没信。秦悠然还想让她把“小弟”的电话号码和名字留下，她已经跑没影了。秦悠然只好叹气，拎着她心爱的包包也出门聚会去了。

姜醒和贺铭南在台球厅逗留了一会儿，因为来了一桌吸烟的客人，姜醒讨厌二手烟，他们就提前离开了。

走在马路上，姜醒无意识地摆弄自己的裙摆，她抬头看贺铭南，贺铭南正目不转睛地在她身侧走着。

只偷瞄了一下，姜醒就迅速收回自己的视线，可只看了一眼，姜醒的脑子就被他的模样塞满。她满脑子都是为什么他的鼻梁那么挺，睫毛那么长，皮肤那么光滑？他究竟是什么妖精变的？

姜醒对自己的变化感到陌生，优雅淑女式的打扮让她不习惯，脑子里蹦出来就抹不掉的贺铭南，让她更不习惯。

如果贺铭南能够听到姜醒的心声，他一定会惊讶姜醒这祖传的夸人功力，彩虹屁那都不是吹的。

姜醒看贺铭南，贺铭南也在看她。

下一秒，姜醒感到自己的肩上多了个什么，原来是贺铭南把自己的外套披在她肩上。

“我不冷。”姜醒抓着贺铭南的运动外套说。

贺铭南微笑：“有一种冷叫同桌觉得你冷。”

姜醒瞪圆了眼：“我的天，贺铭南，你刚刚是在开玩笑吗？你居然也会说冷笑话！”

姜醒非常给面子地发出一串“呵呵呵”笑：“还挺好笑的。”

贺铭南板起脸，耳尖的一点粉红泄露了他真实的心情：“你不要还给我。”

姜醒果断地说：“才不要！我也在跟你开玩笑，你不要生气呀，小气包。”

小气包卖面包，警察来了摔一跤。

贺铭南不悦地摇头：“谁说我是小气包？”

“那你是什么？”

贺铭南非常认真地想了一下：“奶黄包。”他刚好看见街边店窗口正在卖。

“扑哧——”姜醒笑喷。

哪有人会认真回答这种问题？还说自己是奶黄包。如果刚刚路过的不是奶黄包，是大肉包呢？

贺铭南一本正经：“怎么，不行吗？”

“行行行，香甜可口，我看行。”姜醒突然调皮地冲他眨了一下眼睛，“但是里面黄不黄我就不知道了，who know（谁知道）？”

“s……”

“什么？”

“我是说，know 后面，要加 s。”

请问，她可以说脏话吗？

“你听错了，我加了。”姜醒微笑。

“真的吗？”

“煮的。”

姜醒丢下他飞快往前走。

“哎，姜醒，你……”

直到红绿灯路口贺铭南终于追上她。十字路口，贺铭南终于有机会说：“姜醒，你走反了。”

姜醒停顿了一秒钟，有些咬牙切齿。然后，她长长地叹了气：“贺铭南，我终于知道我的墓碑上要写什么了——感谢有你，在 2013 年的秋天，一个叫姜醒的小姑娘被她的同桌，气死了。”

“嘘。”贺铭南的手指虚虚地悬放在姜醒嘴前。

秋日金黄的街道上，铺满梧桐和银杏的落叶，贺铭南不赞同地摇头：“不要轻易地说‘死’字。在我眼里，你应该每天都开心，充满活力地生活。”

姜醒愣住，惊讶于贺铭南说这句话时的真诚和认真。

她浅浅地勾起嘴角：“原来我在你眼里是这样的。”

充满活力的样子。

她笑着说：“不用你说，谁不想开心？”

五分钟后，姜醒和贺铭南站在新华书店三楼教辅区。

姜醒看着满坑满谷又错落延绵的教辅，眼前一阵发黑。她颤巍巍地指着鲜红的教辅宣传横幅“开学季图书八折，名师视野，越学越优秀”，气得发抖：“贺！铭！南！你对得起老娘刚洗的头吗？！”

为了见贺铭南，姜醒用洗头的实际行动向他致以最高敬意。不值得，洗头不值得。

“姜醒，冷静，我们在书店，你看，大家都在看我们。”

姜醒侧头，她充满杀气的目光和手里捧着《×× 小状元》的低年级小学生目光相接。

小学生扭头就奔向妈妈：“妈！这里有个姐姐好凶。”

姜醒只好揉揉脸，冲他笑了一下。

小学生：“妈妈！那是魔鬼吗？”

姜醒彻底放弃了做个亲切大姐姐的想法，她冲着小学生的方向舔舔嘴唇，无声地说：“是哦，魔鬼最喜欢吃小孩。”

“哇”的一声，小学生立刻爆发出惊人的哭声。

所以说，姜醒真的很怕小孩。

言归正传，她跟贺铭南的事还没说完。她问贺铭南：“你说的开心快乐就是来带我看《王后雄》《五年高考三年模拟》？”

“不是的，我觉得，比起《五三》高中卷，中考卷更适合你现阶段，可以从基础抓起，换个活法也许会有未知的快乐，你觉得呢？”

“是，学习使人快乐。”姜醒生无可恋。

姜醒看着贺铭南亮闪闪的眼睛，冲他勾勾手指：“你过来点，我有话说。”

贺铭南凑近。

“再近点。”

贺铭南的耳朵几乎要贴到她的嘴边了。

姜醒在他耳边放缓声音，咬牙切齿：“贺铭南。”

姜醒比了个中指。

——你这个大傻子。

醒姐现在头顶上就差冒烟了，头一回被人这样气得死去又活过来。

自从认识了贺铭南，她每天都在折寿。

——别了我的朋友，今生没有缘，来世也别见。

贺铭南意识到，他可能真的惹毛了姜醒，因为接连几天姜醒都没怎么搭理他。

前排的白棠棠见了，问姜醒：“你和学霸闹矛盾了啊？”

听说贺铭南约姜醒出门，结果要带她买教辅，严重辜负了姜醒当天能够去做飘柔广告的完美发型，白棠棠惊呼：“谁给他的狗胆？”

姜醒拍拍她的肩，虽然是跟她在一起，但也应该注意别崩了好学生人设。

“狗胆”两个字，太大声了。

课间，贺铭南不知道从哪里给姜醒变出来一杯奶茶，悄悄地递到姜醒手边，然后讨好地扯扯她的衣袖：“生气了？不要生气了，好不好？”

姜醒不理他，贺铭南也不气馁，大有要承包姜醒这个月的奶茶的意思。

他坚持了几天，姜醒先憋不住了：“你挣点钱不容易，别浪费了。”

贺铭南帮她把奶茶戳开，温度不冷不烫刚刚好。他眨巴眨巴一双水灵的眼，笑时露出一口白牙。

“你放心，我挣钱很厉害的。”

此时的姜醒听到这句话并无特别的感受，但多年后她时有感慨，挣钱确实是贺铭南的天赋技能，旁人羡慕不来。

姜醒努力绷着脸不让自己显得太好说话，她说：“一杯太大了，我喝不完。”

贺铭南将手中的奶茶向前递了递：“不怕，我帮你喝。”

他看见姜醒喝了奶茶后，才松了口气：“你喝了我的奶茶，就是不生气了哦。”

姜醒抿嘴，嘴角微微扬起：“我是那么容易生气的人吗？”

贺铭南：“当然不是，你这么可爱温柔！”

贺铭南是决定彻底把“顺毛”的策略进行到底了。

他说“可爱温柔”几个字的时候，没有控制好音量，以至于以他们为圆心的十米范围内的空气陡然安静。

就连当事人姜醒都不由得拍了拍他的小手：“多么帅气的一个小伙子，可惜眼神差了点。但没关系，我很欣赏。”

两人紧张的气氛终于缓和，等到放学时，贺铭南郑重而神秘地对她说：“你书包里有包东西，回家再打开看。”

姜醒诧异：“你给我的？”

她拎起书包，原本瘪瘪的书包因为贺铭南放进的东西多了些分量。

贺铭南似乎有些犹豫，又有几分不好意思，他补充：“不值钱的，希望你收下。”

姜醒诧异：“礼物？”

贺铭南挺不好意思地低头：“算是吧。”

于是回家后，姜醒满心雀跃地拆礼物，拆开包装的那一瞬间——

“贺铭南，我信了你的邪！”姜醒家中传出一声怒吼。

原来，贺铭南送了她“不生气”三件套——《不生气的秘密》《聪明的女人不生气》《不生气的活法：七种技巧让你心平气和》。

姜醒内心久久无法平静。

后来，校园加密论坛有八卦传出，当晚，姜醒折回学校，堵住了从晚自习回宿舍的贺铭南。

据传，她把人堵在了后面的小树林，把人猛地按在树干上。

柔弱的小南南无力反抗，只能发出微弱的呼声：“不，不要。”

这时，一姐露出狰狞的笑容……以下一万字请校友们自行脑补。

当有人壮起胆子向两位当事人求证时，姜醒把人瞪了回去：“开什么玩笑，我是这么凶残的人吗？”

贺铭南也矢口否认：“当然不是那样，我们只是正常的交流。”

事实的真相是，姜醒堵住了贺铭南是真的，把人堵在小树林也是真的。

月影低斜，树影摇晃，月黑风高夜，有故事正在悄然发生……

贺铭南靠在树后的围墙上，低着头。反观姜醒，她一手撑着墙，一手拎着一个不讲究的白色塑料袋，从路人的角度看去，姜醒和贺铭南凑得很近，就好像姜醒“壁咚”了贺铭南似的。

但再仔细看就会发现，她手上的塑料袋上印着四个大字——新华书店。她把塑料袋一把塞进了贺铭南的怀里，迅速说：“不值钱的回礼，不用谢。”

然后，她就非常潇洒地拍拍屁股走了，留下一个背影。

贺铭南打开塑料袋，在亮处一看，来自姜醒的回礼——《哈佛情商课》《情商提升术》《情商改变你的一生》。

贺铭南愣了一秒，望着姜醒离开的方向，忍不住笑，露出一排整齐阳光的白牙。

谁说姜醒不可爱？

因为汇报表演，贺铭南和姜醒的选修课和体育课时间都变成了排练。

这天，排练结束的时候，贺铭南给姜醒带了一罐还温热的牛奶，两人在体育馆门前聊天，旁边还有同样在表演队的同班同学也在说着什么。他们刚刚结束排练，身上暖洋洋的，每个人脸上都挂着笑。

负责排演的老师一定要把姜醒和贺铭南放在队伍的前面，让姜醒代表学生演出这种“乖学生充满荣誉感”的事情已经让她非常别扭了，再被安排到前排……老师，她的人设真的要崩！

但老师的说法竟让人无法反驳。

“你们长得好，配合得又好，好好的脸蛋是用来浪费的吗？”

看着贺铭南帅气的小脸蛋，姜醒竟生出一种无力感。

不能让同桌的漂亮脸蛋被浪费呀，浪费是可耻的——姜醒对贺铭南的责任感油然而生。

她有理由相信，老师选人的时候一定考虑了贺铭南的颜值因素。

姜醒正和贺铭南说话，就在这时，一群不速之客从他们眼前路过。

上次早操事件之后，十三班和三班的不和从暗地里被搬到了台面上，两个班彻底成了死对头。

这次表演队伍里没有三班的人，反倒是姜醒和贺铭南两人和另外几个班上的同学在里面。

三班的人拥簇着一个人从姜醒面前走过的时候，有个男生挑衅着：“都要期中考试了，你们班的人真闲，不想着怎么提高点分数，都跑来跳舞，娘们唧唧的。”

“他们努力有用吗？均分还不是万年吊车尾，早放弃治疗了。”另外一人接着说。

“也是，毕竟人和人生来就不同，平时叫得再响，也改不了活着浪费空气的事实啊。”

也有人畏惧姜醒，当着她的面不敢太嚣张，示意同伴适可而止，但两个班相看两厌，都恨不得把对方摁在地上摩擦，一对上就要吵得停不下来，哪肯放过嘲讽的机会。

好好的体育馆门前一片混乱。

一直在喝牛奶的姜醒终于慢悠悠地把奶喝完了，贺铭南给她买的，不能浪费。

她把易拉罐扔在对方脚边，发出一声响亮的金属声，对方的人吓了一跳，空气顿时安静了。

姜醒不悦地看着三班的这群人，动了动脖子，她凶起来的样子真的十分唬人，一双微微上翘的桃花眼变得锐利冰冷。

她说："喂，你们几个，来找麻烦之前买保险了吗？"

三班众小伙："啥？"

"下次来挑衅我，记得先给自己买保险。"姜醒冷冷地看着他们。

"你有什么可嚣张的？不就有两个臭钱吗？"对方不甘示弱，梗着脖子说。

姜醒对他们的小学生争吵感到万分疲惫。在她看来，现阶段人生的三大夸奖不正是"不就是有钱吗""不就是长得美吗""不就是成绩好吗"？

说这些话的人，真的不明白这些话完全就是负伤害吗？

心累。

几人色厉内荏，嘴上硬气，却下意识地要寻找援助，被他们簇拥着的高个男生显然成了他们此刻的主心骨。

他们试图获得那个高个男生的认同："你这种男人婆，以后谁敢要你啊。星宙，你说是不是？"

这话听着可笑，姜醒发出轻轻一声"呵"。她的人生价值当然不由谁"要"她，或是谁"不要"她而决定。

被叫到名字的男生看着那几人，不耐烦地说："吵死了。"说完，只见他把外套搭在肩上，面无表情地要转身离开。

突然他脚下一顿，踩到了被姜醒砸过去的旺仔牛奶易拉罐，红色罐子上一个大大的笑脸正对着他。

他俯身把瘪了一坨的易拉罐捡起来，随手抛进旁边的垃圾桶，回头看了姜醒一眼，说："随手扔垃圾是个好习惯。"说完，他就迈着大步走了，又跩又狂。

他一走，三班的男生也匆忙跟上，姜醒听见他们喊："星宙，等等我们。"

“星宙”这个名字从姜醒耳边飘过，她问：“刚刚那人谁？”

她的同学给她解释：“陆星宙呀，年级第一名。”小姑娘非常惊讶姜醒居然不知道。

姜醒：“我应该知道？”

大家都看着她，贺铭南也看着她。

姜醒问：“你们都认识？”

所有人点头，除了贺铭南。

姜醒一个胳膊圈住贺铭南，亲昵地说：“看来就我们两个信息落后。”

贺铭南被她圈住，姜醒身上香香的，贺铭南的姿势有些僵硬。

答话的小姑娘又看了一眼贺铭南，握紧小拳头：“不过我们贺铭南一定有机会超过他的！”

姜醒止住她的话：“谁的贺铭南？”

小姑娘瑟瑟发抖：“我，我们班的贺铭南呀。”

姜醒微微摇头：“给你个机会再说一次。”

“醒姐，你的贺铭南。”

姜醒满意地点点头，这才对。然后她松开贺铭南，看着小姑娘诚心发问：“我看你很有前途，你叫什么名字？”

小姑娘大惊，憋红了脸说：“我们已经开学两个月了。”

“对呀，没错。”

“那你怎么可以连我的名字都不知道？”小姑娘幽怨地看着姜醒，如同看一个负心汉。

姜醒揉了揉太阳穴：“可是，班上大多数名字我都叫不出来。”她真的不是故意的。

她看看贺铭南，贺铭南不赞同地摇摇头。好吧，她以为眼熟却叫不出名字是一件再正常不过的事情。

她只好放柔了声音，哄着：“那你说一遍你的，我保证记住。”

“我叫付立姗，你别再忘了。”说完小姑娘瞪了她一眼，气呼呼地跑了。

姜醒无辜地在原地摸摸鼻子，场面有些尴尬。

经过这样的插曲，贺铭南和姜醒两人都有些兴致阑珊。姜醒在前面往教室方向走，贺铭南见她沉默，伸手拉住她的校服外套。

姜醒猛然停住脚步，疑惑地问："怎么了？"

贺铭南仔细端详她的脸色，怕她刚刚听了不好听的话心里难受，安慰着："你不要难过。"

"为什么难过？"

"就是他们刚刚说的吊车尾、男人婆那些难听的话。"

姜醒反问："我是吗？"

"你当然不是。"贺铭南回答得斩钉截铁。

闻言她轻笑着摇头："那不就得了。"

她说："其实，我没有你想的那么在意别人的目光。你、我、他们之所以成为同学，并不是我们自主地选择，是环境、年龄、智力……种种因素综合之下，把我们放在了校园这个特定环境里。不管彼此喜欢不喜欢，三年之后也就散了。谁也没有义务和责任，要变成谁喜欢的样子。"

姜醒的马尾随着她的脑袋晃动扫过她的肩头，像一柄一扫尘埃腐朽的拂尘。

她弯起嘴角："还是那句话，看不惯我，又干不掉我，不服那就憋着。"

姜醒反过来关心他："倒是你，别跟小屁孩一般见识。"

贺铭南伸出手，揉揉她的头发："你都说了是小屁孩，就当个屁放了吧。"

姜醒瞪圆了眼："你还会说这么粗俗的话？"

"我还会更粗俗的。"

姜醒制止他："你等等，我们换个地方说。"

反正都到放学时间了，也没人管他们，姜醒拉着贺铭南就跑，一口气跑到广播站。

贺铭南看姜醒熟门熟路的样子，看来她不是第一次来。

姜醒摇晃他的手说：“就在这里说，朕已经为你承包了整个校园，现在随你说。”

贺铭南一脸怀疑：“确定？”

姜醒点头：“广播设备都关着，怕什么？我跟你说，解压来这里最好了，楼层高，窗外风景广阔，俯瞰整个校园，喊一嗓子，胜过一切灵丹妙药。”

贺铭南：“那我说了。”

姜醒期待地看着他，双手打板：“Action（开始）。”

贺铭南开口嘎嘣脆，自带3D环绕音：“今年是啥子社会，莫要再来叽叽歪歪咯……”

姜醒听他说到一半就笑到不行，从椅子上笑得歪到地上。

“哈哈哈，我，我不行了，笑得我肚子疼。我想知道一个四川人，一个东北人，和一个台湾人在一起，最后会变成什么样？”

但姜醒笑了一半，笑容逐渐僵硬。因为她发现出了个大纰漏，这是哪个遭天谴的没关设备啊？！

这下，全校都听见了。

第五章

世间还有什么话比一句“我在”更动听？

讲真的，和姜醒在一起，想要不出名都难。

有时候姜醒自己都不明白，她这究竟是什么体质。这下是倒霉他外婆给倒霉开门——倒霉到外婆家了。

教务处主任和班主任全部找来了，在办公室开会对姜醒和贺铭南进行批评教育。

主要负责教育的主力军及先锋是教务处陈主任，这一尊大佛不好应付，他一双眼狭长细小，颧骨凸出，脸上脂肪很少。生气的时候，夸张的表情和动作加深了脸上纵横的皱纹，更显出几分刻薄。

他文化水平不高，尤其喜欢逞“官威”，厌恶一切学习不好的学生。姜醒犯事，他不假思索地就要严惩。

陈主任那个气呀：“你们知不知道你们的行为对学校，对同学造成了多大的影响？请家长，必须请家长！”

“你们怎么就非得挑广播室，体育室和音乐室不行吗？”陈主任愤然说。

姜醒十分后悔：“我也非常懊恼，为什么就非要挑广播室，体育室和音乐室不好吗？”

说完，教导处主拍桌：“体育室和音乐室也不行，什么室都不行！

你们这届学生真是气死我啦。”

请家长吗？校方是想要请家长，但奈何家长并不配合。

姜醒老爹的电话打通之后，居然是秘书接的，秘书一副公关的口吻说她会转达。过了一会儿，回电说姜老爹把姜醒的事务全权交由她处理，如果有需要她马上来校。

姜老爹一心扑在生意上，姜醒习惯了。

至于姜妈秦女士，正埋首牌桌，麻将进行到一半正紧张厮杀，什么电话都掐掉，通通掐掉。

姜醒就这么看着他们打电话，她听见几通电话的结果，又默默地低下头去。

至于贺铭南的监护人，更是远在山区，寻不到人。要是能找到，贺铭南也不至于辛辛苦苦在这儿自力更生。

教导处主人还想找贺铭南的资助人，被班主任高老师拦住了，高老师劝说着：“陈主任，你看，这事可大可小，因为是放学时间，在校学生本就不多，两个孩子也不是故意的，给他们一个机会。”

陈主任却不乐意了：“什么叫可大可小？高老师你这话就不对了，你太年轻，不知道注重学生的思想教育建设可不行。”

最后消息传到副校长那里，副校长发话，说念在他们初犯，写个检查就算了。只要他们知错，学校绝不是一个不允许犯错的地方，而是一个给学生机会，可以犯错，犯错之后知错、改错并成长的地方，有时候不必太过上纲上线。

陈主任心里不服气，他不认同副校长的理念，他信奉强硬的教学手段。他提出至少要当着全校同学的面做检讨，副校长没有驳他的面子，这事最后的定论就算定下了。

于是，在全校同学的瞩目之下，姜醒和贺铭南在升旗台上念检讨书。

就擅自进入广播室的“罪行”，姜醒交代得明明白白，她深深忏悔，认识到自己的错误，不应该未经允许擅自进入，最后还给同学们投喂了一发安利。

“如果你们遭遇学习和生活上的压力，可以去我们学校的心理咨询室，咨询室的老师会给大家提供专业的指导，千万不要学我这样的‘旁门左道’，我今天站在这里就是大家的前车之鉴。在这里，我向全校师生道歉，对不起，给大家添麻烦，闹笑话了。”

然后姜醒收获了热烈的掌声。

陈主任气得鼻子冒烟，他让姜醒和贺铭南站在上面是接受批评的，不是来接受掌声的。

林城私立高中的学生怎么回事？真是气坏他了。

所以说，一件原本可以低调处理的偶发事件，这下可好，全校皆知。

贺铭南的检讨更绝，他一脸沉痛地说：“我对不起大家，我一定谨记，说好普通话，文明靠大家。我愿意接受大家的监督，从我做起，共建一个文明阳光的社会。”

底下一群学生小声讨论：“以后我们是不是就不能说叽叽歪歪了？”

“那说其他的可以吗？”

陈主任听不下去了，气哼哼地甩手走人。他一定会证明，副校长和高老师这是在纵容学生，优柔寡断，迟早要完！

广播室风波算是过去了，这事虽然和三班的一群“好学生”没有什么直接关联，但归根结底还是因他们而起。

这两个班级势同水火。三班的学生自然明白贺铭南在广播里面的话，虽没有指名道姓，但说的就是他们。他们就私底下地说十三班的坏话，说他们一群渣滓，不值一提。

什么，贺铭南实力强悍，是个强有力的对手？

三班的人不屑，开什么玩笑？他们可还有陆星宙在。更何况，没有人比他们更清楚，作为林城的三大名校之一，他们能够从优质的学生里面脱颖而出组成三班，领先的不仅仅是头脑，还有家庭从小对他们的投资。这群孩子从小就有着领先于其他孩子的学习进度、一对一的课外补习，每个人至少有一项精专的才艺，体育或艺术，获得省或国级大赛奖章……一切都是为了加分，为了高考或者冲常青藤名校而做的铺垫。

在这样残酷严峻又严丝合缝的竞争之下，从小地方横空出世的贺铭南又谈何黑马？竞争是公平而又不平等的，它客观存在，冷眼等着人们顺从或打破。

话传着传着，传到了十三班人的耳朵里，充分传达了三班对他们的蔑视和挑衅。

贺铭南对姜醒说："不蒸馒头挣口气，姜醒同学，我觉得你应该拿出你应有的实力，为自己正名。"

姜醒揉揉自己睡乱的头发："他们没说错，我就是一个学渣，不值一提，我需要正什么名？"

贺铭南循循善诱："不是的，你这样聪明，怎么能甘于堕落呢？"

姜醒用奇怪的眼神看着他："学渣就是堕落吗？"

贺铭南毫不犹豫地说："当然不是！浪费才智才是。"

姜醒这下彻底无语了，她不明白贺铭南从哪里看出了她的才智。她试图拯救这个眼神不好的孩子，她摁住了贺铭南的双肩，与他对视。

姜醒："你再仔细看看，看看我这张脸。"

贺铭南的目光循着她的声音看过来。

目光相对，姜醒真诚地问："你看出什么没？"

贺铭南疑惑地缓缓眨眼。

姜醒耐心地引导他："胸大无脑，四肢发达，头脑空空，不值得您费心，看出来了吗？"

贺铭南轻轻皱眉，摇头。

姜醒一头栽倒在桌面上，哀号："那你看出什么了？"

贺铭南循循善诱、不厌其烦，面目慈祥得如同入世高僧："我看到了，智慧与美貌并存。"

姜醒震惊了，瞠目结舌。她不知道贺铭南为了骗她学习，竟然出卖自己的灵魂，从此《劝学篇》都要改写。

只听说过看情人和看偶像有滤镜的，没见过看同桌还有滤镜的。

抱着本子路过的白棠棠听了贺铭南的话，一个踉跄差点摔了，她赶紧过来，担忧地看着贺铭南：“学霸，你快给我看看，你是不是彩虹糖嗑高了，不然怎么说的话都带着彩虹味呢？”

白棠棠这是拐着弯说他彩虹屁十级。

贺铭南表情淡然，不予以回应。

姜醒垂死挣扎：“你看我月考不是没努力过，但是没结果。”

贺铭南不同意：“只努力一下子当然没结果。”

严俊昊他们也是爱凑热闹的，围过来想看看姜醒的“才智”在哪里，没想到祸水东引，姜醒停下转笔的手，突然发话：“你说得对，不努力怎知潜力无穷？严俊昊，我看你们也该努力努力，别让老高第一次当班主任就跟着我们受委屈。”

本来严俊昊几个还要跳脚说跟学习不熟，但听到最后，一群人都沉默了。

那就试试呗，不就看书吗？还能掉块肉吗？

不出两天，他们就发现错了，他们真的错了，学习使人日渐消瘦。

随着期中考试的日子一点点逼近，同学们的学习生活变得更规律起来。

纵然重视的人依然重视，不重视的人依然吊儿郎当，但对于姜醒来说，还是有一些东西变了。

为她带来这些变化的人，是贺铭南。

只要一想到这点，她就觉得世事无常，放在两个月之前，谁要是告诉她她会乖乖地坐在图书馆复习，她一定把人嘲得找不到北。

下午五点之后的校图书馆，是一天中最清静的时候，所有人都在忙着吃饭、放学。

姜醒和贺铭南在图书馆最里面做题，整个图书馆只有他们，在姜醒的强烈要求下，贺铭南跟她面对面坐着。

手边上的作业写了没几分钟，姜醒的注意力就从题目转移到了贺铭南的脸上。耳边回绕着贺铭南笔下的沙沙声，日光灯下，天边最后一抹天光勾出贺铭南金色的五官，他栗色的瞳孔因此而散发出金色细碎的光芒。

他埋首书堆，偶然注意到对面的姜醒正看着他发呆。

“看什么呢？看题。”他提醒。

姜醒随口答：“破题目哪有你好看？”

贺铭南哭笑不得：“可惜你参加的考试就是这些破题目组成的。”

姜醒叹息：“如果这些题目都是你，我早就满分了。”

贺铭南想了一下：“真的吗？如果文字都变成我的大头，那不是很恐怖？密集恐惧症会犯的吧？”

“嗯，有道理。”

两个人的思维完全在两条轨道上，鸡同鸭讲，竟然也能进行良好的交流。

姜醒又叹息：“贺铭南，讲真的，你要对我负责。”

贺铭南受到惊吓：“我要负什么责任？”

“你凭一己之力，大幅度提高了我收小弟的颜值标准，要是哪天你不跟我混了，我可能再也找不到小弟了。”

贺铭南思考片刻：“我以为我应该是那个上限，而不是底线。”

姜醒拉住贺铭南的小手，一个劲地叹气摇头：“你要知道，除却巫山不是云啊。”

“这句诗，真的是这么用的吗？”

“我说可以，你有意见？”

贺铭南连连摇头，不敢不敢，他想了一下：“那就这样吧，挺好的。”

“什么挺好？”

“你有一个我还不够吗？”

“这怎么够？人家一呼百应，我除了你就是光杆司令，这可不行。”

“他们都是乌合之众，我给你以一当百，这还不够？”贺铭南睁大眼，控诉姜醒这个做大姐大的不知足，“而且你不是说过，三千小弟只取一瓢？你要反悔？”

姜醒哑口无言，连连否认。

贺铭南轻哼：“骗子，女人的嘴，骗人的鬼。”

“谁说的？我没有。”看着贺铭南的眼睛，姜醒的语气软下来，“好吧，这事我再也不提了好不好？”

“拉钩。”贺铭南说。

姜醒瞪他：“你多大了，这么幼稚的事情我怎么可能做？”

三十秒后，姜醒败下阵来：“拉钩上吊，一百年不许变。”然后，她臭着脸问贺铭南，“满意了哦？”

姜醒回头想想，总觉得他们的对话哪里怪怪的？但哪里怪，她又想不出来。对于想不出的事，醒姐一贯潇洒，那就放一边吧。

贺铭南刚想说什么，突然眼前一暗，图书馆的灯灭了。

姜醒的双眼似乎不适应窗外稀薄的光线，贺铭南的面庞变得模糊朦胧。她想抽回手，但不知什么原因，竟然没抽动，他手上的温度从指尖传来，空气的温度都跟着升了几度。

“贺铭南？”她轻声唤他。

天暗了，她看不清贺铭南的表情。

时间流逝，突然“啪”的一声，白色日光灯再度亮起。

隔壁小办公室出来的图书管理员在门口喊了声：“同学没事了啊，跳闸了。”

等姜醒回过神时，贺铭南早就松开了她的小指，他埋首书堆的模样怎么看都是一个“我心里只有学习”的正直少年。

跳闸来得突然，灯光又恢复得太快，快到让姜醒摸不着头脑。她怅然若失地盯着自己的手，心想，除了猪蹄和凤爪，世界上居然还有第三种生物的手让她想再摸一摸？

难道说……她终于在繁重的学业之下，日渐变态？

姜醒逐渐露出一个变态的笑容。

两位结伴而来的别的班级的同学一过来，就看到姜醒诡异的表情，他们撞邪似的连连后退，同学们严肃的面孔之下是慌张的内心。

害怕！心慌！赶紧溜了溜了。

慌张之余，他们不禁佩服贺铭南，天天生存在姜醒的淫威之下，他需要怎样的钢筋铁骨？贺铭南真是林城私立高中的大好男儿，铮铮铁骨。

话说回来，姜醒不是自私的人，学习这么快乐的事，她不仅自己学，还要带着大家一起团结务实，埋头苦干。

高老师笑了，严俊昊哭了。他是想跟着贺铭南干来着，但是现实发展好像跟他想的有点不一样。

干架和对着作业干瞪眼，差了十万八千里。更何况还有一个只管挖坑不管埋的姜醒，他们是彻底上了贼船。

期中考试如期进行，姜醒是个重视诺言的人，要么不说，说了必做。她答应贺铭南要给老高争气，她也确实是这么做的，一改往日懒散的作风。

从考场出来的时候，贺铭南没有问她考得怎么样，只是冲她微微一笑。

姜醒喜欢看贺铭南的笑容，他的笑容不张扬，有些克制的意味在里面，但这不影响它给人带来的愉悦和安抚，像三月的风，是一年的春光里，最好的时候。

不狂妄，不闪烁，不咄咄逼人。有着超出他这个年龄的包容而温和，这种温和是另一种有别于强硬、尖锐的力量。这大概是独属于贺铭南的温柔吧，是横冲直撞的姜醒学不会却羡慕的温柔。

它更像是从散文优美而捉摸不定的文字里走出来的——那应该是个午后，短短的袖口沾了些风的纤维。

他不问，她也不答，两人在考场外相遇。他们短暂驻足，没有说话，又分别由两拨不同的朋友拥着离开。

姜醒扭头回望的时候，发现贺铭南似乎又长高了，比她印象中更高更挺拔些。

不管考好考坏，秋季运动会紧锣密鼓地在成绩下来之前开始了。

一如往常，运动会安排在距离学校十几公里之外的大型户外体育中心，运动会馆除了校运会还常有明星演唱会在这里举办。

体育馆外悬挂着大幅乐队明星的海报，见姜醒盯着海报，贺铭南问她："你喜欢的明星？"

"我不追星。"她说。

姜醒摇头，没多说什么，两手放在校服兜里，快走两步跟上班级队伍向前走，贺铭南则慢悠悠地跟在她身后。

姜醒和贺铭南因为要准备表演，一早就一起去了后台。他们默契地对视一眼，今天表演，他们要给三班的尖子生们一个惊喜。

男生和女生的换衣间是分开的两块区域，但是化妆准备的地方在一起，化妆室也不是什么正经化妆室，是普通的休息厅隔出来的。地方不小，但一次塞进几十个人就显得拥挤了，地上还铺满了乱七八糟的插座和电线。

姜醒从换衣间进来的时候，手上领着化妆装备，走在路上不留神差点就被绊倒。

突然出现的贺铭南扶了她一把，笑她："怎么迷迷糊糊的？"

姜醒摸摸鼻子："等你救驾呀。"

贺铭南被她逗笑了。

姜醒之前没接触过化妆，这次把家里的化妆箱都拎来了。

付立姗凑过来看她的化妆品，两个带队的年轻体育老师忙一整个队伍根本忙不过来，姜醒只好先笨手笨脚地自己涂睫毛膏。

哪想到她手一抖，睫毛膏戳到眼皮上，她忙用手指去抹，却越抹越糊。

付立姗看着着急："卸妆水带了没？"

自然是没有，她一个化妆小白能把化妆品带全就不错了，哪里想到还要卸妆水。

付立姗热心地说："我去洗手间找点水来。"

"那你快去。"

在旁边的贺铭南听见她们的对话之后，疑惑地指着角落的饮水机说："饮水机的水不能用吗？"

怎么办？智商突然下线。

贺铭南走过去，用纸杯接了小半杯水，无奈地轻声对她说："这么笨可要怎么办呀！"

嘤嘤嘤，让她学习的时候明明不是这么说的，贺铭南这个大猪蹄子。

她这么硬核的校霸少女，居然不会化妆，太失策了，看别人家的校霸都是渔网、破洞、烟熏妆，她决定了，她明天就去友校取经。

太难受，她自闭了。

"等一下，别动。"

贺铭南的声音轻轻敲击她的耳蜗，有东西划过她眼角的时候她下意识地闭上眼睛。

姜醒感到有什么湿润的东西触碰肌肤，她一动不动，过了一小会儿，贺铭南的声音再度响起："好了，睁眼吧。"

原来，贺铭南用纸巾帮她擦掉了涂花的睫毛膏，还好她没选防水的。

姜醒有些别扭地说："谢谢。"

贺铭南揉揉她额前的碎发："跟我不用说谢谢。"

她碰了碰刚刚被贺铭南揉过的头发，没反应过来。

姜醒缓了一秒才轻声说："还是要的。"

贺铭南的脚步似乎顿了一下，但她不确定他有没有听到。她一屁股坐回椅子上，才后知后觉，她怎么在贺铭南面前，越来越没"老大"的威信了呢？

时间一点点过去。

他们拾掇得差不多了，散落的东西还没有来得及收，带队老师匆匆向他们做手势，喊：“走，该你们上场了。”

他们的队伍一上场，姜醒就听见了来自看台的呼声，尤其是他们班的同学，叫得特别响亮，就差给他们拉横幅、亮灯牌了。

十三班的同学们真的有够捧场的，前奏响起之前，突然石破天惊一声吼，正是从他们班的方向传来——

“姜醒两米八，马尾打天下！”

“姜醒冲呀！”有人跟着喊。

“姜醒姜醒你最行，我们对你爱不停——”

糟糕，喊太大声，破音了。

站在第一排，最前面扎着马尾的姜醒如遭雷劈，这是什么当众凌迟的羞耻场面？小同学们，你们怎么回事？她现在还能不能罢工啊？请不要说她是那个班出来的，她不认识，真的。

这群人怎么没事不给贺铭南喊一喊呢？

别说，也许是男生喊得太大声，女生也不甘示弱——

“铭南放心飞，我们永相随！啊啊啊！”

这一会儿轮到贺铭南满头问号，一脸黑线。

同甘共苦，有难同当了，哈哈哈。

有人实在想不出口号了，管他呢，带“南”字的诗句一起上——

“采菊东篱下，悠然见南山。”

“孔雀东南飞，五里一徘徊。”

“种豆南山下，草盛豆苗稀！”

姜醒不厚道地笑了，这都是哪里来的人才？

看台中央的校长和副校长对视一眼，非常欣慰：“我校同学还是这么爱学习。”

“运动会口号都不忘背诗。”

“可以有。”

“但真的没必要。”如果姜醒听见他们的对话一定会为他们添上这后半句。

表演的前半段是中规中矩的华尔兹编舞，华丽，优雅，完成度很高，但是谈不上多大的惊喜，毕竟是大家都知道的表演内容。让所有人没想到的是，舞蹈进行到一半，背景乐突然变了。

一道诡异的声音响起："第四套广播体操，《初升的太阳》。"

猝不及防的同学们："咋回事，改做广播体操了？"

结果下一秒，他们就看见表演队的同学变换队形，三角队形变成了倒梯形，姜醒和贺铭南在中间靠后的位子。

"第一节，伸展运动。"广播体操的背景音还在继续。

所有人都定定地站在原地，低着头。

看台上同学们的声音也跟着小了下来，好奇地观望他们究竟要干什么。也许是预感到他们要搞事，三三两两的人举起手机打开摄像镜头，对准了下面的草坪。

突然，大家非常熟悉的《极乐净土》的音乐响起。

当他们听到前奏的时候还以为是幻听，直到场上的人随着音符开始跳的时候他们才反应过来，姜大佬他们的演出是来真的。

但《极乐净土》是著名的女生宅舞，男生要怎么跳？

紧接着，看台的所有观众就看到了让他们窒息，让他们尖叫的一幕。

原来姜醒她们穿的百褶裙是可以拆卸的，女生裙下穿的是牛仔短裤，她们的舞步摇曳着，和自己的舞伴越走越近，直到身影重叠。

他们的队形再度变换，女生把裙子扔在一边，只有一人例外——姜醒把短裙穿在了贺铭南的腰间。

她的动作快极了，只是一个八拍就完成了角色的变幻。格子百褶裙严丝合缝地穿在了贺铭南身上，出乎意料地毫无违和感，好可爱。

"贺铭南！"

"小公主！"有人喊了一嗓子。

贺铭南好想翻白眼，谁，究竟是谁在起哄？

这群男孩子把妖娆可爱的《极乐净土》改成了充满力道，帅气的舞蹈，由男生来跳也毫无违和感，最让姜醒惊喜的是贺铭南，一开始他是十分抗拒这个艰巨而伟大的任务的。于是在姜醒的提议下，他们采取了一个传统而充满智慧的方法——抓阄。贺铭南自己抽中了这个换装穿小裙子的角色，最后只能接受命运的安排。

就舞台效果来看，精彩程度超出预期。他毫不扭捏，身影纤长挺拔，每个动作都踩在点上，再配上他个性帅气的脸，难怪那么多人要为他尖叫。当然，那个叫“小公主”的不算，那是个意外。

这一幕实在太出人意料了，一言不合就发福利，看台上的人完全坐不住了，纷纷站起来，都不敢眨眼，生怕错过精彩的时刻。

“第二节，跳跃运动。”背景音提示再度响起。

这一回，这听过无数次熟悉的广播腔，变成了点燃同学们巨大热情的火星。运动会的草坪彻底被他们征服，被他们点燃了。

“第三节……”

这还不是全部，这时，音响里的音乐再次变奏。随着密集的鼓点和充满异域风情的打击乐响起，Beyonce(碧昂丝·吉赛尔·诺斯 Beyoncé Giselle Knowles)的歌声响起，一曲《Run the World(运转世界)》无缝衔接。

这个首歌的节奏感极强，风格炫酷炸裂，女孩子们不知道从哪里变出黑色领带系在脖子上，从男生的背后走出来。

她们踩着鼓点开始舞蹈，这段编舞是爵士混合街舞，结合歌曲MV(音乐短片)本身最佳舞蹈设计的动作设计，女孩子帅气的样子在强烈的阳光之下差点闪瞎大家的眼。

姜醒和付立姗两人站在前面，她们的动作和音乐融为一体，跳街舞时她们把衬衫打了个结，抬手时雪白而健康的腰线便展露出来。

如果有人仔细看，还能看见姜醒腹部漂亮流畅的线条。

随着节奏变化，姜醒和付立姗对视一眼，姜醒一下子扯住了付立姗的领带，然后极有张力地把付立姗拽到面前，接着做了一个经典的wave(波浪)动作。然后正对着看台，两位漂亮女孩甩头，姜醒的马尾高高甩起又落下，她潇洒地扯掉头绳，浓密乌黑的发丝随着她的动作披散，青春逼人。

全校同学都感受到了姜醒无与伦比的气场。

男生也加入舞蹈，编舞本身就帅，加上这么多人一起帅，林城私立高中的同学们好像第一次认识自己的同窗一样，除了尖叫竟然不知道怎么才能表达心中的激动。

炸了，真的要爆炸了。

这时不知道从哪里传来惊天一声吼："姜醒，你就是我爸爸，爸爸，我爱你！"

"哈哈哈。"

同学们都笑了，这位勇士说出了他们的心声。

只有贺铭南郁闷，为什么姜醒是爸爸，而他是公主？

姜醒后来劝他："你是王室，这还不好？"她拍拍他的肩膀，"别低头，王冠会掉。"

当然，这些都是后话了，表现还在继续进行。

"第六节……"

热闹激烈的音乐变得舒缓，背景音乐回到了华尔兹圆舞曲《春之声》，曲调悠扬。

姜醒再度和贺铭南站到了一起，百褶裙回到了她的身上，贺铭南牵着她的手，她缓缓旋转，裙摆跟着荡漾。

随着音乐声渐弱，最后一个结束动作，女生把领带为男生系上，表演者如潮水一般后退，只剩下姜醒和贺铭南两人。

姜醒轻抚领带的纹路，她的手悬着放于贺铭南的胸膛之上，想要接触却没有，如同这五光十色，皆是大梦一场。

音乐落幕，人潮退场。

看台上的同学一瞬间变得鸦雀无声，紧接着，爆发出更加猛烈的尖叫。

他们就知道，只要有姜醒在，他们跳个舞都跟别人不一样。"醒爸爸"

就是有这样的本事。

同学们莫名热血，他们不是盲目地兴奋，而是为他们所见到的巨大的新鲜、活力和创造而感到热血沸腾。

没错，他们年轻的生命不仅仅由课本和习题组成，还有许许多多的东西，有已知的，更多的是未知。可正因为未知，他们的每一天都是新鲜，都是希望。

退场的时候，姜醒高举右手，指向前方。

旁人不知道她指的是哪里，但三班的人再清楚不过，她指的是他们。

简直就是赤裸裸的挑衅，世界上怎么会有女孩子像她这样嚣张？

三班骂过他们“娘们唧唧”的人脸色变得难看极了，脸比锅底还要黑。

没错，姜醒就是记住了，他们当时羞辱她的话。她不爱跟人废话，有那个废话的时间，她已经把事情做完了，并且做得漂亮。换个角度想，姜醒还要感谢他们，给了她换穿小裙子和领带的灵感。

她就“娘”给他们看，然后告诉他们，娘吗？一点都不。

回后台的路上，付立姗激动地拉着姜醒说：“姜醒，你有没有听见外面的呼声？我们的表演成功了。”

姜醒向她露出一个坚定的笑容：“嗯。”

凭她一个人，也编不出这样复杂精彩的舞蹈，最后表演成形，还要多亏林城私立高中找来的年轻体育老师实在太优秀了。

不知道体育老师是校方用什么办法挖来的宝藏，曾任国内顶级舞社的教练，看到姜醒几人眼前一亮，绝对都是好苗子，她甚至问姜醒有没有向专业发展的兴趣，被姜醒以她年龄太大拒绝了。

老师竟无言以对。

没事跳一跳还行，要她每天规规矩矩地出现在练舞房，她别的不一定擅长，但退堂鼓一定是专业十级。

提议要改编舞蹈的人是姜醒，支持她想法的人是领队老师，而具体执行和无条件支持的人，多亏了贺铭南，还有付立姗。

付立姗是另一个让姜醒没料到的惊喜，她平时在班上不起眼，不出挑，话也不多。每个班上总会有那么一种同学，他们每天都在，但跟谁的交流都不深，就好像是班里的透明人。

有的人是被动“透明”，有的人则是主动选择了这种状态，就比如说付立姗。

如果不是这次的相处，姜醒可能永远也没机会看到付立姗的另一面。她挺好奇，付立姗分明很好相处，相处过程中也是个开朗热心的人，怎么平时在班上不爱说话呢？

付立姗颇有些傲气地回答她的问题：“我欣赏你，所以我用欣赏你的态度待你。”

“至于别人……”她耸肩，“抱歉，我慢热。”

这真是个绝佳的答案，姜醒几乎要笑出声来。

姜醒又问她：“你这本事看起来是童子功啊，没考虑发展一下吗？”

付立姗对此，态度有些古怪，明明喜欢，却又模棱两可。她没有正面回答：“你没听过那句话吗？万般皆下品，唯有读书高。”

换好服装，姜醒从换衣间出来，穿过休息室走在通往二楼看台的走道上。远远的，她看见人群前面的贺铭南，声音清脆地喊了一声：“贺铭南。”

她的声音不算高，甚至很多走在前面聚在一起讲话的同学都没有听见，但贺铭南脚步一顿，他清楚地听见了，循着声音转头。

他的视线穿过人群，看见姜醒冲他招手。

贺铭南嘴角上翘，笑容洋溢，回应：“嗯，我在。”

世界上还有什么话，比举目四望时，一句“我在”更动听？

第六章

贺铭南那么优秀怎么会看上你呢

教导处主任见了他们的表演直皱眉，不满地说：“这都是什么乱七八糟的，体育组组长呢，怎么带的人？在全校师生面前丢人现眼。”

弥勒佛似的校长笑眯眯地摸着自己圆乎乎的肚子说：“是吗？我看挺有青春活力。”

“什么青……”

原本不屑的教导处主任，那九曲十八弯的肠子突然回过味来，这新晋的体育老师是校长提出招的，校长有意要丰富发展学校的文艺活动，于是他硬生生把后面的话给原封不动吞了回去，毫无压力地换了张脸，说：“也是，我都跟现在的孩子有代沟了。”

“老刘，你得多看看。”校长和蔼地说。

“一定，一定。”教导处主任的脸笑成了一朵花。

贺铭南跳舞的视频传遍了林城私立高中同学们的QQ空间，运动会结束之后的几天里，贺铭南的名字就像乘着风，传进各个学校学生的耳朵里。

逛空间是他，逛校内是他，逛个八卦论坛吧，还能碰见林城的同学给他做免费宣传。

归根结底，还是贺铭南穿小裙子的视频和照片，太出挑，太吸睛。

这是运动会表演吗？

不，明明就是神仙跳舞呀。

原本对他的讨论只限于学生之间，没想到，他的照片在一个最不可能红的地方，红起来了。

没错，就是那个知名问答社群——某乎。

有用户提问：“男孩子美起来就没女生什么事了，是一种什么样的体验？”

很多答主放的都是精修过的商业图片，还有些一言难尽的妖魔鬼怪，贺铭南的照片就成了一股清流。

回答问题的人什么话都没有说，只放了两张贺铭南的照片。

要知道贺铭南表演的时候妆非常非常简单，老师就给他修了一下眉毛，用棕色眼影带了一下眼尾。正所谓天然去雕饰，越是天然简单的，越是珍贵。

在这种艰苦原始的条件下，能把小裙子穿好看，而不是穿成滑稽模样，真是一种本事。最可爱最致命的是，抓拍的人意外捕捉到他扭腰时一脸嫌弃地扯裙摆的动作，水润的大眼有点无辜，又因为眼影的缘故多了一丝明媚诱惑，透出照片的灵气，浑然天成。

好俊秀。

贺铭南瞬间就被一群不知道从哪里涌入的姐姐阿姨抱走了，她们喊着听不懂的“鹅子”“我的崽崽”，各种流行语呼啸而来，奔走相告……

于是，贺铭南意外地上了《某乎日报》的推送，消息传到贺铭南耳朵里的时候，他一脸茫然。

不是他跟不上时代，是世界变化快。

甚至有二中的人辗转搞到了贺铭南的手机号，旁敲侧击地问他：“南哥，这是你们动漫社的作品吗？里面除了穿小裙子的哥哥，有没有穿小裙子的妹妹？”

贺铭南“砰”的一声，把他的老古董诺基亚重重地砸在课桌上。

哼，动漫社，不存在的。现在没有，以后也不会有的，不要再惦记了。

“好风凭借力，送我上青天。”

这一舞，直接把贺铭南送上了林城私立高中校草的宝座。

据论坛校友说，贺铭南大概是林城私立高中成立数十年来，最穷的一届校草。

这次期中成绩下来，贺铭南没有让人失望，一鸣惊人，直接摘取桂冠，和三班的陆星宙并列第一名。

他这个第一名的含金量极高，可以说“第一名”三个字拿出去掷地有声。

当然，期中考试只是校方自己出的卷子，他能不能保持这个名次？在全省考生里究竟是什么水平？还需要时间验证。

只是他这个奇特的样本，实在太诱人了，林城私立高中过往的校草走的都是“神仙下凡”的王子路线，家室好、样貌好、头脑好的那种小男神。

但贺铭南不一样，他这种“人穷志不短，自立自强，奋斗不息，品学兼优”令人动容的社会新闻式人物简直是横空出世。

以前林城私立高中也不是没有出过他这样学生，“林私”每一年都会有名额给需要帮助的学生。但他们没有一个人活得像贺铭南这样，这么受人瞩目，这么……滋润。

可以说，贺铭南不仅是个奇迹，还是个奇葩。小小年纪作为一个外来者，能在排外的林城私立高中里活得如鱼得水的，仅此一人，别无分号。

一些嗅觉敏锐的媒体注意到贺铭南，跑得最快的是刚刚创建公众号的新媒体。

最先联络贺铭南的是一家知名传统媒体的新媒体部，为了十万以上的点击，记者也是拼了。

第一次联络，记者小姐姐被贺铭南拒绝了。

第二次联络，记者小姐姐又被班主任拒绝了。

但她没有放弃，最后找到了校长办公室，校办统一研究之后，觉得这是宣传学校的一次好机会。于是，记者小姐姐如愿采访到了贺铭南，只是她没有想到，贺铭南说话做事的风格，和照片里面看着的呆萌可爱南辕北辙。

当一个挺拔清秀的大眼“睫毛精”站在记者面前，却用冷冷淡淡、一脸严肃的表情，言简意赅地回答她的问题时，记者小姐姐觉得她好像被什么东西击中了。

职业素养让她继续进行采访，但她的内心早已“稻花香里说丰年，‘哇’声一片”。

为了采访她做过功课，当时她还很不屑，觉得网友就是大惊小怪没见识，至于那么腻歪，左一个“我的崽”右一个“抱回家”吗？现在的网友太不矜持了！

然而，现在她的内心只剩下“土拨鼠尖叫”。

——崽崽，你是吃可爱多长大的吗？你是哪里横空出世的，可盐可甜宇宙第一的“睫毛精”啊？

贺铭南看着对面记者姐姐的目光越来越亮，越来越亮，嗯……好像有点怪怪的。

进入正题后，记者问他：“你为什么会同意这样特别的表演形式？”

贺铭南反问：“很特别吗？”

记者：“嗯……我的意思是，一般男孩子都会比较抗拒吧。”

贺铭南：“还好吧，你看，苏格兰不是还有男子穿苏格兰裙的传统吗？”

记者十分受挫，于是她又问：“没有别的考虑吗？”

小姐姐渴望地看着他，不预设一点心理障碍和难度，回去她的文章要怎么写？怎么突出人物的内心矛盾？怎么制造文章的起伏冲突？

于是，在她强烈期盼的目光之下，贺铭南答：“因为穷。”

“啊？”记者呆住。

“全校票选第一名的节目有奖金。”贺铭南一脸淡然地说，他还补充了一下，“大奖。”

再多攒一点，够他在学校放假的时候去外面租个小房间了。

被耿直男孩说蒙掉的记者姐姐企图继续挖掘采访对象的内心世界，于是她换了个问题：“贺铭南同学，你很缺钱吗？我从外部了解到你没有父母，来林城上学是受人资助，你现在生活上有什么困难吗？”

这就是引导贺铭南卖惨了，也是一种博眼球的思路。

贺铭南偏偏反其道行之，他说：“没有，我学习很好的。”

记者再次被惊得一脸茫然。

请问，这其中的关联是……

贺铭南似乎看出了她的疑惑，主动为她解惑：“我们学校考得好都是有奖励的。”

贺铭南停顿了两秒，想到自己是带着宣传母校的任务来的，于是，又一本正经地强调：“很丰厚。

“期中考试第一名奖励……”

“三千元。”副校长接过他的话头。

怎么能让学生自己谈钱呢？多俗气，还是交给老师来吧，他在心里夸贺铭南真上道。

其实这次考试第一名学校只打算奖励一千元，但是都上知名媒体了，奖金要涨，必须涨。

贺铭南微笑地听着副校长说的话，眼中的笑意更深了。

“我们还有期末奖、学期奖、高三考试基金。总之，选择林城私立高中，给您的孩子最好的呵护。”

“孩子的成长只有一次，选择林城私立高中不后悔。”校长办公室的秘书接着说。

记者小姐姐对着眼前三张笑眯眯的脸，很想摔录音笔。

贺铭南很满意，副校长也很满意，办公室秘书也非常满意，只有记者想哭，这都是一群什么人啊？

于是，记者小姐姐决定扩大采访范围，采访一下贺铭南的同学，尤其是同桌姜醒同学。为此，她准备了三个问题——

“在你眼里贺铭南是个什么样的人？”

“你们平时相处得好吗？”

“贺铭南是你的舞伴，舞伴现在受到这么多关注，他的校园生活有变化吗？”

这下记者真的是问对人了，别说记者好奇，姜醒的同学们比记者还要好奇她的答案。

姜醒落落大方地回答她的问题：“贺铭南，很优秀。”

嗯……答了和没答似乎没有什么区别。

第二个回答，姜醒不假思索：“贺铭南同学非常乐于助人，我们互帮互助，相处得非常愉快。”

真的吗？同学们眉头一皱，觉得这个答案别有深意。

竖着耳朵吃瓜的同学们回想了一下姜醒和贺铭南是怎样互帮互助的，贺铭南是怎样“忍辱负重”又是怎么样“百折不挠”督促姜醒学习的……

他们不由得叹了口气，看来醒姐还是记恨贺铭南逼她学习的事情呀。瞧瞧，现在都不直接发怒，改为笑面虎了。但被贺铭南督促学习这件事，同学们真的很想说，如果它对于醒姐来说太过沉重，请让他们帮忙承担吧！

——我们可以，真的可以。

世界上两人之间存在一种气场，网上称之为“CP（搭档）感”。

而姜醒和贺铭南两人的CP感，在外人眼里大概不是零，而是负数。

最后一个问题的答案，姜醒四两拨千斤：“这个问题由贺铭南同学自己回答比较好吧，他的体验比较真实深刻。”

同学们对姜醒刮目相看，她回答得滴水不漏，让人挑不出一丁点毛病。

最后，记者总结地提了一句：“所以你很享受在林城私立高中的学习生活？”

姜醒目光明亮：“当然，有贺铭南这样的好同桌，谁不喜欢念书呢？”

贺铭南和副校长聊了几句，稍迟了一会儿才回到教室，他迈进教室的时候正巧听见姜醒清亮的声音。

醒姐盖章——林私（林城私立高中）好同桌。

贺铭南的脚步一顿，眼中浮现星星点点的笑意。他的目光温柔坚定，琢磨着姜醒的话。

喜欢……念书吗？

真好，以后会更喜欢的。

姜醒没来由地打了喷嚏，咋回事，谁惦记她？

别说，贺铭南是真的上镜。

不说别人，就说姜醒。谁能想到，她偷偷下了一张贺铭南跳舞的照片存在相册，悄悄给他的照片点了一个“喜欢”，放在特别收藏里。

另外，她还干了件不为人知的事。那就是在票选校草的时候，她开了一众小号用全家人的手机号、QQ号、微信号注册了论坛账号之后，把票都投给了贺铭南。

所以说，别看姜醒人前冷酷，人后谁还不是个给人做数据的小仙女呢？

至于贺铭南的采访，其实他没太把它放在心上。在他经历镜头聚焦的高光时刻之后，贺铭南依然淡定得不像话，也不知道他这种超出年龄的成熟恬淡是从哪里来的？

成年人都未必能做得比他好，毕竟只要人的欲望不死，就容易被它摆弄戏耍，一不小心就会丑态百出。

而贺铭南不同，他早早显露了他的本领，他是悬崖上的舞者，越危险，越美丽。

倒是校长，做了个出人意料的决定，宣布了一个惊喜。他决定学习隔壁市某所一流名校的模式，把早操内容交给学生，和老师一起自编舞蹈，让他们想跳什么就跳什么。

“真的吗？”

听说这个消息，学生一蹦三尺高，总算在紧张的学业压力之下，又有一件让他们高兴的事。

同学们劲头十足，很快由学生会开始组织选曲目、投票、编排……各个忙得热火朝天，不亦乐乎。

他们也没有忘记这个变化是因为姜醒、贺铭南他们舞队带来的，于是少不了征求舞队的意见，只是贺铭南和姜醒都没有选择参与。贺铭南不想，姜醒没兴趣。

过了一周，贺铭南的采访稿登出了，获得了意料之外的效果。

原本采访的素材反馈到杂志新媒体部门主编那之后，主编的评价只有两个字：“太平。”

于是记者小姐姐只拿到了一个次条的位置，不是主推的文章，但她也用了十二分的心去写，虽然贺铭南话少，但她还是很喜欢这个采访对象。

啊，崽啊。

所以没想到，虽然这篇给的推送资源不怎么样，但传播效果真不错。

读者的热情留言瞬间淹没了后台。

姜醒也看到了这篇文章，她看着文章里面分析他们的编舞，记者小姐姐好一通夸，她是这么写的：“这支舞是时代的产物，亦是具有先锋精神、领先时代的产物。它以高中生朝气蓬勃的目光重新审视性别与其固有的符号，用倒错的形式颠覆世俗目光，可以说，这是出自林城私立高中的具有实验精神的艺术。就像贺铭南同学说的，舞蹈的参考对象是苏格兰裙背后代表着苏格兰军队的铁血与荣誉，林城私立高中的学生在这样的年纪就已经具备了国际化视野和思维……”

姜醒：“喵喵喵？”

姜醒一目十行，总觉得记者写了那么多字，没一句是人话。所谓，“妙笔生花”，没花也能写成一朵花呀。

全程参与的姜醒自己都没想过这么多，没想到还有人能给他们升华中心思想，这让姜醒哭笑不得。

运动会表演成了林城私立高中招生宣传的活招牌，这原本是一件非常好、全校师生喜闻乐见的事情，尤其是校长，这一回媒体的宣传效应超出他的预期，一时之间林城私立高中在市内的风头无二，没有学校可以与之争锋，一直和林城私立高中“别苗头”的另外两所高中高层在教育局碰头会的时候明里暗里都有些羡慕，校长更是笑得合不拢嘴。

只是没想到，意外横生。

付立姗的母亲找到了老师办公室，有学生匆忙跑进来通知她：“付立姗！快去办公室，你妈妈来了！”。

“为什么事？”

“不知道，似乎吵得很厉害。”

那一刻，姜醒看到付立姗的脸色瞬间变得惨白，仓皇失措和恐惧愤怒的表情在她的脸上交错变幻。

付立姗的反应十分反常，她一言不发，拉开椅子匆匆走出去，因为动作过大，金属桌椅在地上摩擦发出刺耳的声音。

姜醒匆忙跟上。

付立姗妈妈见到她就愤怒地指责她：“你这个不孝女，你居然丢脸丢到学校外面去了！我们家的脸都被你丢光了！”

付立姗随她拉扯发泄怒火，显然是习惯了长辈的指责谩骂，只垂手站着不说话。

门外悄悄围观的同学不知道付立姗的家长在说什么事。

班主任高老师柔声安抚家长激动的情绪：“付太太，你冷静一下，坐下来慢慢说好吗？”

付太太出身书香门第，把家门家风看得比什么都重要。付立姗的外公是德高望重的老教授，付太太顺理成章地以此为志向，也成为一位高校教授。丈夫付先生是大律师，听说他一路走来的成就少不了付太太的帮扶督促。

按理说，付立姗出生在这样一个环境优越的知识分子家庭，应该是一件很幸福的事情。

现在不都流行“起跑线”论吗？照这么看，付立姗就是赢在起跑上的小孩。

但不知从何时起，强势的付太太把子女的成功当成理所当然，也许是曾经的路径给了她十足的信心。

教授和大律师都是体面的职业，只有“体面”的职业才配得上他们家高贵的门第。她是坚信的，也是这样教育孩子的。

但是她有她的想法，子女有子女的想法，付立姗有很多喜欢的东西，她喜欢跳舞，喜欢灯光，喜欢舞台。

付立姗真的喜欢跳舞，这一点她在小时候看见她家楼下少年宫儿童舞蹈团的“小天鹅”们就知道了。看那群穿着漂亮裙子的小女孩们跳舞，是她枯燥苍白的童年唯一的一点色彩，可是她的这一点点色彩也被付太太剥夺了。

付太太站在门后，发现付立姗伸着头向外看，是渴望的背影。

付太太无法让少年宫关门，但她可以搬家。

搬到新家之后，周围的环境经过付太太更加严谨地筛选，保证没有任何不良因素干扰付立姗学习。

所以付立姗在极力忍耐，她拼命地压抑自己，努力让自己变成付太太想要的样子。她渴望舞蹈，但同时也渴望来自父母的爱。

为了得到母亲吝啬的夸奖和疼爱，她愿意砍掉自己的翅膀，沿着他们规划的路径循规蹈矩地前进。但她发现来自母亲的爱太过苛刻，对她来说，太沉重。

从幼儿园开始，她一周七天无休，不是在上课，就是在上课的路上。幼儿园的时候还好点，工作日她只有两个晚上需要上课外班，但是到了小学，父母变本加厉。学到深更半夜她还没办法睡觉，可是她真的很困啊。

到了初中，她常常在一两点的深夜望着一片漆黑的窗外，心脏猛然一阵快速地跳动，她按住胸口。她有点小毛病，心律不齐，容易心跳过快。但为了保住名次，什么困难都是可以克服的，可以忍耐的。

为了未来光辉显赫的人生，她一路走来，念的是最好的幼儿园，最好的小学，最好的高中，日后也一定要念最好的大学，成为人尖。

她说困，付太太告诉她："你不睡，我也跟着不睡，只有你一个人困吗？你还想要怎么样呢？"

她说头晕，付太太会说："每天给你吃那么多维生素、鱼油、螺旋藻……那么多进口营养品都给你吃了，你怎么还这么娇气？不要偷懒。"

渐渐的，她就不说了。她不知道她究竟在为什么努力奋斗，她为她的人生感到茫然无力。

付立姗知道，如果她妈看到她不务正业在学校里面跳舞，还参演节目，一定会疯掉。所以她一直很害怕被她妈知道这件事，但当暴风雨真正来临的时候，好像也没那么可怕。

她听着她妈在班主任办公室里，用尖锐的声音对她这个扶不上墙的烂泥谩骂。

当付太太的朋友拿着付立姗跳舞的视频给她看的时候，她眼前一黑。

她高高在上，指着付立姗说："你看你，身上都穿的什么破烂？裤子这么短，跟没穿有什么两样？"

真是恶毒呀。付立姗无所谓地想。

办公室的门板实在太薄了，付太太的声音从门缝里清晰地钻进外面学生的耳朵。

站在窗台外的姜醒听到付太太这么骂，第一时间就想冲进去，却被贺铭南拉住。她皱眉，贺铭南冲她摇摇头，示意她再看看。

办公室内混乱的场面还在继续。

高老师说："付立姗家长，学生表演和多元化的发展，一向是我们学校倡导鼓励的，付立姗愿意表现自己，是一件好事。"

“好事？”一句嘲讽从付太太两片薄薄的嘴唇里挤出来。

原来，付太太除了发现付立姗跟姜醒他们混在一起跳“不三不四”的舞蹈，还发现付立姗出色的舞蹈基础是因为她挪用了英文补课费，拿了补课费报街舞班。

付太太挑眉，把她从街舞班拿回来的钱扔到付立姗脸上：“你做的丑事我都知道了。”

付太太在发现付立姗搞的把戏之后，大闹街舞培训中心，终于志得意满地拿到了付立姗的退会费，并且让街舞中心的老师承诺再也不会接收付立姗。

“我们家未成年人没有判断能力，你们收她的这么一大笔培训费，没有得到监护人的同意。这次就算了，以后再让我发现，我会让我先生起诉你们。”付太太的语气刻薄而趾高气扬。

付立姗蹲下来把钞票一张张捡起来，捏着这一叠皱巴巴的百元大钞不知道在想些什么。

挪用补课费这件事她不占理，确实是做错了。但一时之间她的脑袋有些麻木，她不知道还能做些什么来留住每周一小时的快乐，哪怕那是她偷来的快乐。

“付立姗，你太堕落了！”

“你让爸爸妈妈非常失望。”付太太的愤怒几乎要把她淹没。

姜醒突然记起她看过的一篇报道，一位亚裔女演员说，她走上表演道路的时候，遭到家里的反对，家里认为她从事表演工作和成为妓女只有一步之遥。

当时阅读那些文字的时候，姜醒没有想到，有一天，她会亲耳听见这样的话。

姜醒冲进办公室，挡在付立姗面前：“阿姨，你这么说我不同意。”

付太太眯起眼看了一眼突然出现在眼前的姜醒，姜醒的脸和视频里的身影重叠在一起，她露出恍然大悟和鄙夷的神情：“小同学，是你啊……”

付太太转向高老师："高老师，我觉得我们家孩子的交友你应该多费心引导一下，和不入流的人交朋友，最后也会落得同样不入流的下场。"

付太太战斗力实在是强，一个人把握住全场。姜醒心想，她或许生错了时代，她这颠倒黑白、指桑骂槐的口才，就应该去春秋战国，做个舌战群雄的诡辩家啊。

让姜醒意外的是，付太太在骂付立姗的时候，付立姗左耳进右耳出，几乎不言语。但付太太攻击的对象变成她之后，付立姗的反应很激烈。

付立姗推了付太太一下，大声说："不许你污蔑她，你别想再夺走我的朋友。"

"朋友"两个字掷地有声。

姜醒还注意到，付立姗用了"再"字。

付太太顿时难以置信地看着推了她一下的女儿，然后爆发出更加尖锐的叫声，听着像破音的花腔女高音。

"付立姗！你翅膀硬了，连妈妈都敢推，是她教你的吗？是老师教你的吗？谁教过你和妈妈动手？"

付太太震碎耳膜的声音一浪接一浪地砸过来，她要去抓付立姗的胳膊。看着因为怒气而双目发红的付太太，姜醒拦了一下，结果付太太手上的腕表没轻没重地在姜醒脖子上划了一道口子。

姜醒捂住脖子。

她还没说什么，付太太就哭了，嘴里念着："我怎么生了这么个冤家？学坏容易，学好难啊。你们老师究竟会不会教？你们赔我的乖女儿！"

这话听着刺耳。什么是乖？言听计从是乖，没有主见是乖，还是学习机器是乖？

付立姗紧紧拽着姜醒的衣袖，看着眼前的闹剧，眼泪在眼眶打转。

这时，请了救兵的贺铭南冲了进来，看见姜醒的伤口在冒出血珠，他用冷淡生硬的声音对付太太说："阿姨，恕我冒犯，您的行为不仅扰乱了我们正常的教学秩序，还对我们的同学造成了人身伤害，您再闹我就要报警了。”

付太太没想到有学生敢这样对她讲话，再次难以置信地瞪大了双眼。

一场闹剧，尽人皆知。付太太被贺铭南搬来的副校长出面，和高老师一起把人请走了。

一群人七手八脚地把付太太请出英语组办公室的时候，外面站了一排十三班的学生。

付太太还想要拉扯付立姗，十三班的同学无声地把她保护在身后，把她和付太太隔离开。

付立姗一直没有流下来的眼泪终于重重地砸在她的帆布鞋上。她和同学们的关系一般，从来没有想过有一天会受到同学们的保护。

这场闹剧像是个蹩脚的演出，开始时轰轰烈烈，结尾时潦草收场。好在付太太这尊大佛总算是被校方稳住，被客客气气地请出了学校大门。

付立姗的情绪不太稳定，白棠棠留下来陪她说话。

贺铭南拉着姜醒就往医务室去。

姜醒本来还想关心付立姗一下，但在贺铭南无声倔强的眼神注视下，她屈服了，乖乖跟着他往医务室去。

她反过来劝贺铭南：“一点小伤，不至于小题大做。”

贺铭南轻哼：“小心无大错，万一有狂犬病呢？”

姜醒终于从低落严肃的情绪里解脱出来，笑出声。

贺铭南这个狗脾气。

她说：“你骂人不吐脏字啊。”拐个弯理解一下，他可不就是在说付太太乱咬人。

贺铭南扬起下巴：“哼。”

姜醒拽着他的袖子，摇摇他的手：“好了，不气不气，我都不气，你气什么呢？”

姜醒看不出贺铭南在想些什么，贺铭南也不会告诉她。

在医务室，校医用酒精棉给姜醒清理伤口的时候，贺铭南看起来比她本人还紧张。他不动声色伸了一只胳膊在姜醒面前。

姜醒疑惑地歪头。

戴着口罩的校医声音闷闷地问："同学，你的胳膊也需要处理吗？"

贺铭南讪讪地收回手，对姜醒说："你要是觉得疼，我的胳膊随时借给你。"

姜醒："我需要你的胳膊干什么？"

"握住它、掐它、咬它都可以。"

——贺同学，你是不是电视剧看多了？言情戏上头，这可不妙。

校医把镊子放在托盘上，然后塞给贺铭南一个创可贴……创可贴？

校医说："伤口贴一下，可以走了。"

贺铭南忙说："她的伤口不需要纱布包扎吗？"

校医推了一下鼻梁上的框架眼镜，沉吟片刻，然后沉重地说："小同学，幸好你送她来得及时，如果拖到明天……"

贺铭南："怎么？"

校医："伤口就自己愈合了。"

姜醒："哈哈哈……"

姜醒在医务室床上笑得东倒西歪，如果不是条件不允许，她还能表演一个笑到打滚。

贺铭南的表情僵硬，校医接了个电话，忙别的去了，他尴尬地拿着创可贴，不知道该怎么办才好。

姜醒调整了一下坐姿，把细小的伤口朝向贺铭南，对他说："帮我贴上吧。"

"好，好的。"贺铭南垂着睫毛，不敢看姜醒的脸，只好盯着她脖子上的伤口。

处理过的伤口周围泛着一点粉色，贺铭南把创可贴对准她的伤口，上下调整，生怕贴歪，直到确认创可贴准确地覆盖在伤口上，他才露出一点满意的笑，严谨度堪比做试卷最后一页最难的附加题。

姜醒看着他的笑容说："这才对嘛，年轻人，就应该多笑一笑，别搞得跟小老头似的。"

总有些时候，比如说此刻，贺铭南觉得姜醒已经看穿了他，看穿了真实的他是个什么样的人。

他很想告诉姜醒，其实他没有她想象中的那样需要别人保护，也不像他表现出来的那样无害，他太卑劣又太贪心，贪恋她给的一点阳光与温柔。

贺铭南垂下眼眸，他就是这么卑鄙呀。

温柔？如果姜醒听见他的心声，一定会跳脚，同桌怕是对她的误解很深。

姜醒戳他："怎么了？"

贺铭南连忙摇头，把乱七八糟的想法都甩出脑袋，他没有忘记之前想跟姜醒说的话："你以后不要这么冲动。"

"怎么？有朝一日刀在手，路见不平一声吼。"

姜醒没觉得自己挡在付立姗前面有什么毛病，她还挺理直气壮。

贺铭南一脸黑线："姜女侠，现在是法治社会，刀具管制。"

"好吧。"

贺铭南接着说："更何况，你还有我，你收小弟是干吗使的？"

"用的啊。"

"没错，所以你一个做老大的，一个劲地往前冲，你还要小弟干什么？就像一个公司里面，所有的事情都让老板做了，那还要员工和管理层干什么？你还要给他们发工资，你冤不冤？"

"冤。"姜醒点头。

"你傻不傻？"

"傻。"姜醒又点头。

"所以我说的有没有道理？"

"在理。"

姜醒差点被他绕晕了:“贺铭南,我才不傻,你才傻,你这个大傻子。”

坑了姜醒的贺铭南连忙跑了,姜醒跟着跑出医务室:“你给我站住。”

医务室校医掏了掏耳朵,啊,年轻人真好,就是欢乐多。

付立姗的妈妈大闹英语组办公室之后,付立姗有两天没来上课,等她回校的时候,同学们都关心地围着她询问情况。

她摇摇头说:“没事,你们别担心,我跟我爸妈他们都说清楚了,就是以后……不能跳舞了。”

大家松了口气,安慰她:“没事没事,舞什么时候都可以跳,现在胳膊拧不过大腿,我们就明修栈道,暗度陈仓。”

“这不是阳奉阴违的意思吗?”有人插嘴。

“什么呀?这叫‘上有政策,下有对策’。”

总之,大家你一言我一语,总算是把这件令付立姗难堪的事揭过去了。

一切都会好起来,就像明天的太阳一定会照常升起。

有人把女儿跳舞当成道德败坏的开始,也有家长把女儿的表演当成了不起的成就。

这明显的对照组就是姜醒的爹姜善同志,以及热衷于跟着凑热闹的秦悠然女士。

看姜爹的名字就知道,单名一个“善”字——为商,行善。

这位先生如果穿越到古代大概就是乡里驰名的大善人,挺着富贵的肚子,一手聚宝盆,一手发红包,人见人爱的大商人。

姜善同志夸姜醒:“女儿像我,做什么像什么,好。”

秦悠然挎着小包包,不屑地看了一眼自家老公滚圆的身材,摇头:“错了,女儿像我,多才多艺,有文艺细胞。”

秦悠然女士过去是电视台女主播,确实有两把刷子,只是嫁人之后就歇了。

姜醒：“呃……”

两位出去较量一下再来？

看了女儿跳舞的视频后，姜善同志在酒局上多喝了两杯，拉着人家合作方的手不肯放，眼含热泪念叨：“还是女儿好啊！给老父亲长脸了。”

下游合作方：“您闺女真有才，像您！”

这句话说到了姜善同志心坎里，顿时就要落泪：“还是老常有眼光。”

常年在外面出差应酬的老父亲好不容易回家了，决定一定要奖励一下闺女。

“我还听说你期中考试名次进步了。”

进步了一点点吧。

姜醒戳着瓷盘里的红色天鹅绒蛋糕，对这个话题没什么兴趣地“嗯”了一声。

但姜善同志不这么看，在他看来，进步再小那也是进步，现在不就讲究那什么夸奖教育吗？

他摸摸自己的头顶，嘬了口杯子里的咖啡，心里想着这外国人的咖啡还是没有咱老祖宗的绿茶好喝：“不错，要夸，还是要夸啊。”

姜醒拿着甜点叉的手顿了一下，声音显得平缓低落：“你们如果早这样……”

多好呢。

姜醒话说了一半，客厅里的气氛明显低落下来。

过了半晌，秦悠然女士转移话题：“既然是要庆祝女儿演出成功，我们出去吃吧。想吃什么？”

姜醒没拒绝：“火锅吧，附近不是新开了家火锅店吗？”

“火锅好，火锅热闹。”秦悠然女士赞成。

姜爸爸突然想起来，跟女儿同桌的贺铭南，提议说：“咱们醒醒的同桌……贺，贺什么的，小贺同学对醒醒的正面影响还是很大的，我们要不要把他叫上一起吃顿饭？”

“贺铭南。”秦悠然女士觉得可以，“是啊，这主意不错，我们谢谢人家。”

姜醒挑眉，好奇地说：“你们对我同桌的名字知道得还挺清楚？”

“你老师打电话来沟通情况的时候说的，而且这孩子不是你的舞伴吗？”

姜醒的手指轻轻抚摸鼻尖：“真的？没有别的什么原因？”

“还能有什么原因？”秦悠然反问。

“你们就不担心我早恋？”姜醒问。

秦悠然女士惊讶：“宝宝，你怎么会有这种危险的想法？”

什么？

“人家贺铭南那么优秀怎么会看上你呢？”

姜醒目瞪口呆。

——妈，我是亲生的吗？妈！

第七章
抱着一盆多肉的少年有点帅

最后姜爸爸姜妈妈还是没有请贺铭南吃火锅，因为姜醒说："都快到饭点了，请人吃饭还要人家随叫随到？太没诚意了。"

"是爸爸考虑不周。"老姜诚恳承认自己的失误。是这个道理，真想请人家吃饭，下次提前约定就是，不差这一回。

"没事啦，你也不是故意的。"姜醒顺势原谅。

秦悠然拉着姜醒帮自己选口红颜色："你看，妈妈今天这一身配什么色号好看？"

姜醒："什么色号都不如四川麻辣锅，让你双唇红润自然有魅力，还泛着自然光泽。"

然后，只见秦悠然女士把姜醒赶出了房门。

姜醒怕她妈真生气了，连忙凑了个头过去说："枫叶红，适合秋冬。其实我们秦女士这么美，什么颜色都好看。"

姜善路过衣帽间，深以为然："那是，也不看看是谁的老婆。"

多么其乐融融的一家，姜醒叹口气，离开了这大型虐狗现场。

但是，为了表达对贺铭南的感激，姜爸和秦女士还是找人买了一堆零食，让姜醒带去学校给他。

姜醒抱着秦悠然女士交给她的一大袋零食问："那我的呢？"

秦悠然女士点了一下姜醒的小脑袋："家里还不够你吃的？快去做事，记得送完就回来。"

姜醒倒吸了一口凉气，从前她妈妈不是这样的，自从知道了贺铭南这个完美对照，她就变成了一棵没人要的小白菜。

姜醒到了校门口，想要通知贺铭南出来拿东西，才想起来贺铭南没有注册微信，也不用QQ，真不方便。

给他打了一通电话，没人接，姜醒干脆自己跑到了男生宿舍楼。

不要问她怎么溜进去的，山人自有妙计，有什么事情是能难倒醒姐的？

相比于住校的学生，走读生的数量更多。相对少数的住校生，周末回家的孩子占到大多数，像贺铭南这样周末也住学校的非常少。即使周末不回家的学生，也会有家里人定期送好吃的过来。但贺铭南的室友从没有见过贺铭南的家里人，既没有人，也没有东西。贺铭南不提，他们也体贴他的处境，不问。

所以，这天下午，另一位周末没回家的室友打球回来，看见寝室桌上一大包零食的时候，咋咋呼呼地说："南哥，你发大财了呀？"

正在参观寝室的姜醒回头，正瞅见贺铭南的室友进门。

姜醒和他打招呼，贺铭南的室友愣住了，差点惊掉下巴："女，女，女的？"

这是什么童话故事成真了吗？仙鹤报恩，田螺姑娘？

姜醒露出一个慈祥的微笑。

贺铭南的室友打了一个寒战，算了，看起来也不像。

姜醒无奈："同学，收起你的下巴。"

"你你你，为什么在这里？怎么进来的？"室友又问，紧张的模样活像姜醒是个要对他图谋不轨的采花大盗。

姜醒大方向他展示桌上的零食，还有一袋子外卖——对面小店的招牌卤肉饭搭配蔬菜汤，说："如你所见，送外卖的。登记了之后，就这么走进来的呀。"

得知眼前这位就是传说中的姜醒，贺铭南的室友忙给她搬了个小凳子让她坐，嘘寒问暖地问她还需不需要喝水，结果发现饮水机里面没水了，有点尴尬。

姜醒心想，贺铭南的室友还挺热情。

这位叫谢方羽的室友也在打量姜醒，感觉她没有传闻里的那么不近人情，果然传闻不可尽信。

姜醒谦虚地呵呵一笑："都是同学们抬爱给的人设，别当真，别当真。"

这时贺铭南扛着一桶水回来了，和平时穿校服的贺铭南不同，他此刻穿着普通随意，头发全部梳上去，完全露出宽阔大气的额头，双眼越发显得深邃又神采奕奕，如同世间璀璨夺目的宝石，某些光滑的切割面折射出他遮掩不住的野性。

学校的宿舍条件很好，每间住四人，有饮水机和空调，现在这天气还不至于冷到开空调，但是贺铭南也太夸张了一些，他完全不怕冷，一身休闲运动的打扮，上身是灰蓝色的卫衣，脚下拖着一双黑色人字拖。

——嗯，大哥，你是不是太过潇洒了一点？

姜醒裹了裹自己的外套。

谢方羽帮忙接过贺铭南肩上的水，一个劲地冲他使奇怪的眼色："南哥，你有客人。"

"没事。"

贺铭南没让谢小少爷接手，轻松地把水换好，然后打开饮水机电源烧热水。他看姜醒缩在小凳子上，随手拿了一条围巾向她走去。

姜醒眼前一花，一条暖融融的围巾罩在她的脸上，被围巾蒙住了脸的她有些疑惑，迷茫地发出轻轻的"呜"声，好像被拢在手心的小动物会发出的声音。

姜醒手忙脚乱地扯开围巾，很像贺铭南从前养过的毛茸茸的小仓鼠，跟它玩的时候它也是这样傻乎乎的，从食物堆里探出头，瞪着圆溜溜的眼睛。但姜醒的眼睛不是圆溜溜的，它们更像是两瓣尾巴尖尖的甜杏仁，是带着淡淡的香甜味的。

在姜醒颇具怨念的眼神之下，贺铭南帮她把不算厚实的围巾整理好：“降温了你也不知道多穿点，一会儿热水就好了，你多喝水。”

贺铭南不愧是贺铭南，就是一本行走的“直男经典语录大全”。

姜醒尖尖的下巴搁在围巾上，露出精致的巴掌脸，不觉得他这句“多喝热水”讨厌。

她乖巧地点点头，晃着两条腿：“好。”

旁边养尊处优的谢小少爷看着眼前两位传说级校园大佬的互动，终于明白什么叫八卦不可信。

看看，这两人和谐相处的样子，哪里像是传闻里说的针锋相对、王不见王？

谢小少爷相信自己的慧眼已经看穿了莘莘学子没有看穿的真相。明明就是棋逢对手，才能惺惺相惜呐。

水烧好了，贺铭南问姜醒：“这里没有一次性纸杯，给你用我的水杯，洗干净的，可以吗？”

姜醒双眼亮晶晶的：“你不嫌弃我用你的杯子就行。”

没一会儿，她就捧着贺铭南的水杯喝上了热水，温度正合适，贺铭南的保温杯没什么花哨的图案，是非常普通的银白色，她却觉得看着十分讨喜。

就像他这个人一样，大概是物品随主人吧。

突然，姜醒想起什么似的，问道：“谢方羽，你叫他南哥？”

这个宿舍难道还按照年龄排了序？

看着贺铭南，谢方羽和姜醒脑海中同时浮现出一些画面，但他们想到的画面完全不同，拼凑出一个南辕北辙的贺铭南。

为什么叫贺铭南“南哥”？这就要好好说说贺铭南的丰功伟绩了。

在贺铭南来之前，这个宿舍的关系远没有姜醒所见的这样和谐。

谢方羽在家里是个娇生惯养的宝贝，被家里送来住校“吃苦”，他妈哭了好几宿，直说做人父亲的怎么这么狠心，要送儿子去受苦。

宿舍里面没人打扫卫生怎么办，没有阿姨做饭怎么办，舍友不和谐了怎么办，儿子在外面被人欺负了怎么办……

总之，谢方羽妈妈一想到自己养大的雏鸟要离开温暖的鸟巢了，就觉得外面的坏人太多，儿子生活没着没落，世界末日就要来临了。

除了谢小少爷，另外两个也不是善茬，一个寡言少语不爱和人打交道，每天只和C语言做朋友；另一个脾气火爆，一言不合就要打架，大家既不情投也不意合，既无相似的兴趣，亦无相同的志向，凑在一堆，每天回宿舍都像爱斯基摩人回家，冰窟窿似的。

直到贺铭南出现。

他拎着行李走进学校那天恰逢周日黄昏，宿舍里的男孩子返校的返校，没回家的也在宿舍里躺着。

下铺的“暴脾气”听着谢小少爷打游戏的吵闹声，十分不耐烦，手上正盘着宿舍“违禁品”——扑克牌，想也不想就甩了一张扑克牌飞到谢方羽脸上。

“你好吵。”

谢方羽也不是什么好脾气，杀怪杀到一半，被人打岔，一管血掉了一半，还被队友骂坑货，能不气吗？

他从床上下来，两人眼看就要动手打起来。

宿舍场地有限，两个男生打架施展不开，姿势实在不好看，贺铭南进来的时候他们的大战正酣，一场恶战进行到关键时刻，“暴脾气”傅扬的扑克牌乱飞，一张纸牌在贺铭南开门那一刻，向他飞来。

贺铭南一手拎着行李，一手抱着一盆绿叶盆栽，微微侧头，躲过了他们的见面礼。然后他淡淡地问：“请问，我的床铺是哪一个？”

四张床都放满了东西，过去四个人的屋子只住了三个人，他们就把第四张床当成了闲置物品放置处，因为东西乱放，他们宿舍的分都快成负数了，宿管跟他们说了，要他们收拾收拾把床空出来，他们好像都忘了。

好像是有个新室友要来，三个人不约而同、不确定地想。

可他们怎么可能满心欢喜地去欢迎新室友呢？本来就觉得宿舍挤，多个人更挤了，最好是新室友自己提出换寝室吧！

一定要让新室友知难而退，这点他们没有明说，但已经飞快达成了共识。

他们无视贺铭南。

有什么事等等再说，没看见在打架吗？今天就让新室友见识见识，这个寝室是多么可怕的地方。

结果新室友用实力教他们做人——抱歉，他们才应该是感到害怕的那个。

下一秒，他们就明白他们做了一个多么错误的决定。

贺铭南把行李一放，轻松两下就把两个人分开，一边胳膊肘抵着傅扬，一边手掌搁在谢方羽肩上。谢方羽心里大惊，他发现新室友动作看起来随意，但他怎么动，都没办法从贺铭南的手下挣脱出来，贺铭南的手就跟铁钳似的牢牢制住他。

贺铭南不是惹是生非的人，和那些打架为了装酷、装社会的人不一样，他没那些无病呻吟的臭毛病，他打架的夫，都是为了生存。

在生存智慧之下练出来的本事，不讲究花招，不讲究漂亮，只讲究实用。所以，两位花花拳头的少爷怎么可能在贺铭南手下翻出花来呢？痴人说梦罢了。

只见傅扬骂骂咧咧地还想再打，但贺铭南岿然不动，劝告："同学，动手不好，小心伤到花花草草。"

贺铭南用下巴指了指他放在一旁的那盆绿油油的草。

傅扬吐血："你什么破草？"

贺铭南静静地看着他，也不说话。

在贺铭南的注视下，傅扬的气势渐渐弱下来，他总觉得贺铭南这眼神怎么这么扎人呢？冻得慌。

就连上铺不理人的"计算机狂魔"都拿掉耳罩，默默伸头看向贺铭南。

"同学，请问，我的床铺在哪里？"贺铭南又问。

"计算机狂魔"林同学默默地指了一下他对面的床铺。

"谢谢。"贺铭南道谢。

别人跟他好好说话时，贺铭南还是那个有礼貌、讲道理的贺铭南。

然后，被武力全面压制的 203 宿舍三人眼睁睁地看着贺铭南利索地把行李放在上铺，感觉行李的分量很重，床铺震了一下。

接着，只见贺铭南环视了一周宿舍的环境后，似乎发现了一个合适的地方，将自己的盆栽放在宽敞的窗台上，盆栽瓷盆上的图案有些歪，他调整了一下角度，刚刚好。

三位刺头室友有些忐忑，这新室友是什么人？看起来不太好惹。

谢方羽试探着说了一句："那个……养绿植的男孩，脾气不会太坏？"

贺铭南的目光瞬间向他"刺"去。

谢方羽一边捂住自己的嘴，一边透过手指的缝隙看他，说："这不是我说的，是《这个杀手不太冷》说的。"

《这个杀手不太冷》：不，我没有。

看着他们无语的眼神，谢方羽又"呵呵"笑着补充："没说过吗？那大概是鲁迅先生说的。"

鲁迅先生：我没说过。

贺铭南和另两位室友无言以对。

贺铭南俯身，把散落在地上的牌一张张捡起来，然后给蠢蠢欲动，还想要试图跟他谈谈心、叫他新来的不要太嚣张的室友们，表演了一个"性感南哥在线洗牌"。

只听纸牌发出"唰唰"的声音，就像是个听话的玩具，在贺铭南的左右手之间来来回回。三人被他一手出神入化的洗牌手法给震住了。

大约每个男孩子都有一个"赌神"梦，像周润发那样穿着一袭黑色大衣，帅气出场走路带风，在牌桌上大杀四方，无往不胜。

正所谓，倚天不出，谁与争锋？

顿时，舍友们看贺铭南的眼神都不一样了，一个个盯着贺铭南，仿佛在说："看看我，我的眼里有小星星，快来教我。"

贺铭南洗牌完毕，把牌轻轻放在宿舍中间的桌子上。

几人聚在桌子边上，他们已经准备好了，《赌神》里面玩的是梭哈，他们是不是……

贺铭南看了他们一眼，淡然地问："斗地主吗？"

三人彼此对望一眼，咽了一下口水。

然后同时点头："斗。"

这下，仿佛某个暗号被他们给上了。

从此，203 再也不是过去那个冷冰冰的 203，它是一个拉着窗帘，会传出神秘的"过""要不起""炸"的声音的 203。

从此，在谢方羽的生命河流中，贺铭南，这个抱着盆栽的狠角色给他留下了不可磨灭的阴影。

但是这不影响他对贺铭南的崇拜，心里阴影面积有多大，他对贺铭南的佩服之情就有多深，真是高山仰止，景行行止。

他永远记得，那天晚上南哥斗地主的手气有多差，一直在输，一把烂牌，总是要不起，但是这不影响贺铭南在气势上和精神上获得压倒性的胜利。

在贺铭南炯炯的目光之下，谢方羽颤颤巍巍地扔出一个炸弹。

真是不好意思，炸。

他看着贺铭南，准备随时把炸弹收回来，能炸吗？要是大佬不高兴，要不算了，咱就让让大佬吧，大佬的牌运都那么惨了。

贺大佬"呵呵"一笑："唉，不好意思，又输了。"

然后只见贺铭南站起来转身在上铺摸索了一会儿，掏出一大袋子不知道什么东西，搁到桌上。那是他来学校时，他叔给他塞的一大包炒货。

他问："花生，吃吗？"

三位舍友对视一眼，异口同声："吃。"

谢方羽好感动，他们只想欺负大佬把他赶出去，但是他还愿意和他们分享香喷喷的炒花生，他真是个心地善良的人。

姜醒猜得也没错，他们宿舍当天晚上就要歃血为盟拜把子，南哥从此就是他亲哥。他们对着一盘花生，一盘腰果，以及一盘薯片，对着月亮结义。

所以，面对姜醒的询问，在贺铭南殷切地注视下，谢方羽总结："你问我们为什么叫他南哥？呵呵……呵呵……因为他年纪大啊。"

姜醒服了，年纪大的就是占便宜，什么都不干就做人家哥，多好。

而姜醒想到的画面，完全是另外一个画风。

她刚刚来203的时候宿舍门关着，她就没进去，倚在窗户边上等着，没一会儿贺铭南就来了。他趁下午没什么事的工夫洗个澡，衣服也顺便放洗衣机洗了。

于是，贺铭南走向宿舍的时候，姜醒见到的他正是这么一副打扮——拿着大号塑料盆，塑料盆里堆着衣服，他上身穿着灰色秋衣，下半身是条宽松的运动裤，脚上的人字拖和他的灰色圆领秋衣一样耀眼夺目。

姜醒看着这副随性打扮的贺铭南，脑袋上支起一串巨大的红色感叹号。

她满脑子只有一个想法：甭管是多么仙气飘飘的帅哥，冬天到了还不是要穿秋衣秋裤！

贺铭南显然没想到会在这里见到姜醒，有些尴尬地动了动自己的脚趾。

"你怎么来了？"贺铭南问。

"我来得不是时候？"听贺铭南这么一问，她有点后悔这么冒失地过来送吃的了。

"怎么会？你来得刚刚好。"看着姜醒一脸不信的表情，贺铭南又说，"我没胡说，我正好有东西给你，你要是来得再早一些，不一定有呢。"

姜醒这次被坑出经验来了，她警惕地向后退了一步："你要是给我教辅，我现在就回去了。"

"你想什么呢？不是。"

"真不是。"贺铭南加重了语气。

得到贺铭南的再三保证，姜醒才算放下心来。

贺铭南和姜醒说话的工夫，他自然地接过她手里的东西拎着，利落地打开了宿舍门，侧身请她进去。

"宿舍里面有点乱，你先坐，我收拾一下。"贺铭南说。

姜醒好奇地看着男生宿舍，这还是她第一次来男生宿舍，来的时候不觉得有什么，但是真的坐进来了，还是有点小害羞。

下一秒，她打量了一下贺铭南口中"有点乱"的宿舍，她凌乱了。

哪里乱了？比她的狗窝整洁多了好吗？

她的卧室要不是有人收拾，说真的，她自己都没眼看。看看人家贺铭南的宿舍，多么整齐，多么干净。

姜醒为自己拙劣的生活技能感到自惭形秽。

等到她再回神的时候，贺铭南已经晾好了衣服，还顺带着换了身卫衣，这下他一身衣服和他的人字拖前卫硬核的混搭风格更明显了。

他对姜醒说："宿舍饮水机水还没换，我去换桶水，给你倒水喝，书桌左上角那一块都是我的书，你随便看，稍坐一下我就回。"

"好。"姜醒答应。

他太会照顾人了，虽然时不时要跟姜醒杠一杠，但大多数都像一个哥哥一样温柔又为人着想。如果做贺铭南的妹妹一定是一件非常幸福的事情。

贺铭南离开之后，姜醒的屁股搭在桌上，倚着桌子随手翻看贺铭南的书，教辅课本夹杂着一本《天龙八部》，还有本图书馆借来的《鬼吹灯》。

姜醒看得津津有味。

后来的事情就是，打完球一身臭汗的谢方羽进了宿舍门，发现新大陆一样好奇地和姜醒说话。

看谢方羽一直围着姜醒说话，贺铭南不动声色地拍了拍他：“身上臭死了，快去洗洗。”

谢方羽举起胳膊嗅了嗅：“臭吗？我怎么没闻到？刚刚还有女同学给我送水，也没人说我臭呀。”

他求救似的看向姜醒：“醒姐，我臭吗？”

姜醒看看贺铭南，又看看他，忍笑点点头：“有点。”

贺铭南轻哼：“何止有点，快去。”

谢方羽有两个特点——娇气，爱热闹。好不容易有人来宿舍玩，还要他花费宝贵的时间去洗澡，但是他又不能忍受自己被人说臭，于是哭丧着脸，抱着换洗衣服，一步三回头不舍地走了。

“你们等我，一定要等我回来啊，我很快。”

姜醒和贺铭南只好冲着他的背影连连摆手：“去吧去吧，我们会等你的。”

这下宿舍里就剩下贺铭南和姜醒两个人了。姜醒把她妈让她送来的东西推到贺铭南面前：“我爸妈一听说你是个大学霸，生怕你跑了，连忙让我给你多送点吃的。”

此时姜醒斜斜地靠在桌边，贺铭南背对着门外射进来的光线站在她的面前。

贺铭南听了她的话轻轻地“嗯”了一声，垂眸问：“他们送，你就不想送吗？”

姜醒微微张口，她被问到了。

她猛然发觉，贺铭南比第一次见的时候似乎又长高了，这个年纪的男生长起个头来一天一个样，她仰着脖子想。

她不知如何回答，于是飞快地举起她买的卤肉饭，露出谄媚的笑容：“我怎么不想送，我还想给你加餐呢，招牌卤肉饭，吃不吃？”

下一分钟，场面就变成姜醒举着卤肉饭追着贺铭南跑：“喂，你别跑呀，真的好吃，你尝尝。我喂你，就一口，尝尝呀！”

贺铭南突然顿住脚步，问：“你饿了没？”

“什么？”

贺铭南动了一下头，眨眼：“走，请你去食堂吃饭。”

他们把饭带去食堂的微波炉热了一下，贺铭南又点了一份三鲜砂锅。他吃姜醒买的卤肉饭，姜醒面前是一碗冒着热气的砂锅，里面的粉丝都煮入味了，挑起来吹一吹，吃进嘴里有排骨汤底、豆腐果和豆芽等配菜融合的鲜香。

姜醒才知道原来周末的时候学校食堂还会有窗口开着，还有这么好吃的砂锅。她直竖拇指，只是两人吃着吃着，终于觉察出有什么不对劲的地方。

这尴尬的时刻，就好像一对新手父母出门逛商场，就顾着自己嗨，一扭头，发现把娃给忘了。没错，他们终于想起来，他们把谢方羽忘宿舍了。

五分钟后，通话后找过来的谢方羽坐在姜醒的旁边，也就是贺铭南的斜对面，一脸哀怨地望着没心没肺的两人。

贺铭南问：“你吃点什么？”

谢方羽气哼哼的，不说话。

“我请你。”

为了表达歉意，姜醒也说：“我也请你，给你赔罪。”

谢方羽扭头，还是不想理这两个人。

两个人解释了半天，姜醒求饶：“你要怎么样才原谅我们呀？”

谢方羽终于开口了，他匆匆忙忙洗好澡，头发也没吹干就跑回宿舍找他们玩，结果两个人一声不吭地抛弃他吃独食。他越想越委屈，于是木着脸说：“你们哄哄我。”

姜醒松了口气，就这要求啊，可以，没问题。她大手一挥，对贺铭南交代道：“同桌，上，谢方羽要你哄他才吃饭。”

贺铭南的双眼里充满了“为什么要我来，你不行吗”的质问。

姜醒理直气壮：“小贺，你看，人是铁饭是钢，一顿不吃饿得慌，你的好兄弟就提出了这么一个小小的要求，你都不能为了劝他不要饿肚子，而做出一点小小的贡献吗？你们和那些塑料兄弟不一样，你们是拜过把子的好兄弟啊。”

贺铭南无奈地看着她，她的歪理可真多。但是贺铭南还能拿她怎么办呢？不都是他纵容的吗？

姜醒还没说完，她一转头，又说谢方羽去了：“小谢，我也要说说你，纵使有天大的问题，也不能跟自己的胃过不去。你说，你的胃要是哪里饿出点毛病，谁难过？我难过还是贺铭南难过？错了，是你自己难过。

“所以，你说，你应该怎么做？”

怎么做？

谢方羽傻傻地接道：“好好吃饭。”

姜醒欣慰地重重点头：“这就对了！”

这时，和她配合得当的贺铭南已经把酸汤米线端上来了：“谢方羽，我错了。”

谢方羽吃着米线，非常感动，姜醒和贺铭南这么为他的身体健康着想。他一边吃，一边感动地说：“不，南哥，醒姐，我悟了。”

“嗯？”

“是我太任性了，你们真好。”小谢双眼盛满了小心心。

姜醒长叹一口气。

——好孩子，你是哪家地主的傻儿子呀？

饭吃完了，姜醒忽然想起，她问：“你之前说有东西要给我？”

贺铭南还以为姜醒忘了这一茬呢，他对前面往宿舍走的谢方羽说：“我先送姜醒回去，一会儿回。”

谢方羽自然没有意见。

在路上，贺铭南从口袋拿出一个小东西递给姜醒，她接过来一看，是个可爱的橡皮印章，上面刻着一个小动物，最下面刻了一个小小的“姜”。

“你还会刻章？你太厉害了吧！”

“就是个简单的橡皮章，离刻章的功夫远着呢。”

“那也很厉害了。”姜醒说，她突然想起问，“这是什么小动物？”

贺铭南有点不好意思地说：“仓鼠。”

嗯……

姜醒：“我不属鼠啊。”

贺铭南一时卡壳了，他只好打马虎眼：“工必有意，意必吉祥。”他哪敢告诉姜醒是因为刻的时候觉得她像一只小仓鼠。

姜醒这打破砂锅问到底的老实人：“所以呢，是什么吉祥寓意？”

贺铭南说：“老鼠聚财，祝你生财。”

姜醒欢喜地笑了：“我也是才呀，你猜猜我什么才？”

贺铭南嘴角抽搐，有了一个大胆的想法：“不会是人才吧？”

姜醒大笑，用小拳拳捶了一下贺铭南：“不愧是我同桌，猜得就是准。”

“那祝你的才华与日俱增？”

“你的祝福，我收下了。”姜醒脸上挂着笑，小心地把橡皮章收起来。

从学校回家的路走了无数回，但第一次由贺铭南陪着走完。姜醒的家离学校很近，平时很快走完的路，两人说说笑笑、拖拖拉拉地走了将近半小时才走到。

其实，姜醒也不知道是不是真的走了半小时那么长，或许更长，或许更短，她似乎失去了计算时间的能力。

到了姜醒家楼下，临分别时，贺铭南对她说：“你以后来给我发个消息，这次你来幸好我在宿舍，不然你就要白跑一趟了。”

“那你给我一张你的行程表吧。”

“我有什么行程表？”

“贺学霸的工作学习日程表呀，你告诉我你的日程安排，你要是没有，我给你整理。”

贺铭南挑起眉梢，笑着说：“这难道不是小弟应该为你做的事吗？”

“我一直在想我能为你做点什么，如果有什么我能够帮到你的，我会很高兴，真的。”

姜醒扬起脸，昏黄的路灯下光晕散开，光影重叠，为她奶白色的肌肤镀上一层淡金色，她笑起来时候，恍若某一帧优美的电影镜头安静诉说的画面。构成这灯影月夜的一切，每个因子都因为她这一笑变得鲜亮生动起来。

朋友间就应该有来有往，有来无往的关系不会长久。冲着深渊喊话还能听见回声，更何况是朋友呢。

日程表是姜醒在说笑，但她说的话都是肺腑之言。

“我走了。”姜醒挥手。

“嗯。”

姜醒转身离开，贺铭南看着她走了两步，过了小区门口的马路。突然，她顿住脚步，回头喊他：“喂，贺铭南，我还能给你送外卖吗？”

“嗯，可以呀。”

贺铭南站在灯下，自然晕染的光晕模糊了他的表情，但是可以清楚地从他的声音里分辨出他愉悦的情绪。

“再见。”

“学校见。”他说。

贺铭南站在姜醒小区的门外，目送她进去，直到她的背影再也看不见。

道路的尽头，姜醒又向前走了几步，回过头，家家户户热闹的灯火点亮了这个凉风吹拂的夜。

回到宿舍，贺铭南在给他叔叔写的信上添上一些近况。他在新学校的生活很好，这里有很好的教育资源，有优美的校园，有热情的室友……

他弯起嘴角，写道——

还有一位相处和谐的同桌，她很好很好。

胜过三月的春光无限。

第八章

人生如逆旅，我亦是行人

高中的学习就是课程连着课程，考试连着考试。

在十二月月考到来之前，付立姗的事情定下来了，她要转学了。

付家父母认为林城私立高中给不了他们想要的“好”的教育，于是做主把付立姗转去一所名声在外的封闭式县中，县中每年都能批量产出顶尖名校生，是那个小城市重要的教育产业。一所学校，盘活了周围的经济，周围的住宿、小饭馆和超市围绕着学校井井有条地运作着，每年迎来送往一批又一批满怀希望或失望的考生和家长们。

这样有名的学校，自然是难进的，但付立姗的父母有自己的办法，他们耗费金钱、时间和精力为付立姗安排了“更好”的前程，当付妈妈告诉付立姗这个消息时，她面上挂着心满意足，同时又充满母性富有牺牲精神的笑容。

“看，多么不容易的名额，妈妈为你争取到了，你不能辜负我们呀。”

付立姗无法反抗。

因此，姜醒尝到了人生中为数不多的，又印象深刻的一次离别。她明白，人间没有不散的宴席，小学六年的书念完了，同学们写下同学录，说一声再见。初中三年，又是一次分别，大家升入不同的高中……

但那些都是有心理准备的，他们早就知道那一天要来，知道那一天的具体日期，也丝毫不因此伤感，因为他们总归是在一个城市，甚至一个区的，什么时候见不行呢？

但付立姗，这个姜醒新交的朋友不一样，这一次，来得突然而又伤感。

午间，几个小伙伴聚在一起，围绕着付立姗，愁眉苦脸。

白棠棠拉着付立姗的手问："就没有别的办法吗？"

付立姗摇头："我没有选择。"

在家里，声音音量最高的是她妈妈，但是说话分量最重的，是她爸爸。她爸爸已经做了决定，他是个刻板固执的人，做的决定轻易不会改变，她只能接受。

她从来没得选。

姜醒从座位上跳下来，拍拍手说："不，至少有一样你可以选，选择今天放学要干什么。"

他们说话的时候就在姜醒和贺铭南的位子旁，贺铭南从书堆里面抬起头来，不易察觉地轻轻笑了一下，他慢条斯理地用铅笔刀削着铅笔，光线洒在他们的身上。

可不是吗？至少他们能决定今天晚上吃什么，今天晚上往哪儿去。

离别的伤感被"搞事情"的想法冲淡了一些，他们叽叽喳喳地开始讨论要干点什么给付立姗送行，还有哪些人要加入今晚的聚会。

姜醒用胳膊轻轻碰了贺铭南一下，问他："你去吗？"

贺铭南的手一顿，糟糕，铅笔被削断了。

罪魁祸首姜醒抱歉地吐了一下舌头，从他手里接过铅笔，帮他削，姜醒别的不行，削铅笔这活干得利索。

一支漂亮的铅笔很快在她手里重生了。她递还给贺铭南，在贺铭南惊奇的目光下，她摸摸自己的鼻尖："嘿，家里削苹果我最在行，别说一支小小铅笔了，不在话下。"

贺铭南被她逗笑了。

姜醒又问："你还没说，放学要不要跟我们走？"

贺铭南问："你们准备去哪里？"

姜醒："不知道，没想好呢，下午再想想吧。"

他看了看姜醒，思索了片刻后点头："去。"

他还是有点不太放心姜醒。

姜醒从抽屉里拿出她的抱枕，放在桌面上，问贺铭南："我要睡午觉了，你呢？"

大部分学生都很讨厌睡午觉，但姜醒不一样，她每天在学校最喜欢的就是睡午觉，尤其是蒙蒙眬眬醒过来，一睁眼就看到贺铭南在旁边写写画画的样子。

这是枯燥的校园生活吗？不，这是充满诗意的校园生活啊。

贺铭南往旁边让了让，说："你睡吧。"

姜醒乖乖地说："你用你的地方，我睡觉规矩得很，一觉醒来都不带挪地的。"

贺铭南顺着她的话点头："嗯，我知道。"

姜醒为自己树立了非常正面的形象，让贺铭南明白她不是那么霸道的人，便心满意足地入睡了。

结果，下一分钟坠入梦乡的姜醒胳膊一横，就占据了贺铭南桌子的半壁江山，要不是两张桌子的面积限制了她的发挥，她还能表演什么是睡横过来。

贺铭南又往边上让了让，一点生气和介意的意思都没有。

中午的太阳有些刺眼，他看见熟睡的姜醒因为阳光而微微皱眉，姜醒拧起的眉心，让他觉得很是不舒服，他不想她皱眉。

贺铭南瞧了眼太阳，稍稍挪动了一下，帮姜醒遮住了直射在她脸上的阳光。

果然，姜醒的神情慢慢舒展，脸颊在抱枕上蹭了蹭，睡得很安心。

贺铭南感到安慰。

白棠棠一回头，就能看见原本小声咬耳朵的两个人安静下来，姜醒已经趴倒了，贺铭南望着她露出一个浅浅的笑容。他只占用了课桌的一小块地方，望了她一眼便不再抬头，专心地干自己的事去了。

白棠棠也跟着趴在课桌上，但她不是睡觉，而是悄悄玩手机。她打开一个秘密论坛，里面有个加密帖子，她进去之后看见楼主在讨论姜醒和贺铭南这对有名的同桌。

楼主疑惑问他们的新晋校草跟姜校霸同桌究竟是个什么相处模式，他的提问不带恶意，就是真的好奇。

有人说："相敬如'冰'吧。"

"还能有什么模式？井水不犯河水呗，看着就不是一路人。"

"只要我们贺贺不受欺负就行，真担心有矛盾的时候贺贺打不过。"

如果严俊昊看到这些讨论，一定会大喊："你们对我南哥的武力值究竟有什么误解？"

这时，白棠棠匿名回答："我觉得也许能成为朋友。"

这个回答一出现，论坛里面刮过一阵冷空气。

然后校友们疯狂地回复："哈哈哈，不信。"

"画面太美，不敢想象。"

确实，对于他们来说，两人勾肩搭背做朋友的画面太挑战想象力了。

更何况，姜醒以前拒绝别人给她的巧克力时就说过，她最讨厌弱鸡，她讨厌打不过她的男生。换而言之，要是放在古代，姜醒这样的女中豪杰是要比武招亲的。

而贺铭南的喜好，也被后援团给打听透了，贺铭南最讨厌的人——不读书的人，胸大无脑的花瓶。

姜醒读书吗？谁不知道，姜醒第一讨厌武力值为负的文化人，第二讨厌书。

贺铭南两样都占了。

论坛有人放话："这两个人，如果不是相看两厌，把头给你。"

白棠棠耸肩，不信就算了。

最后晚上去哪里玩耍的选择权大家还是交到了付立姗手上，她是这晚的主角，大家自然听她的。

他们先放开肚皮吃了一顿麻辣烫，一群人风卷残云，大生意上门，乐坏了老板娘。

饭后，付立姗带他们去了中央公园贸易中心楼上的观景平台，大平台能俯瞰整个市区的夜景，对面的霓虹灯和正在播放的液晶屏广告触手可及。

“哇，这个好地方我从来不知道。”

“我们来看夜景吗？好像是比去 KTV 有点意思。”

“要不要学电视剧冲天空喊一嗓子？”

“严俊昊，你这样太傻了。”

“你才傻。”

严峻昊伸手要去拽那位女同学的辫子，结果被躲过了。

就在他们嬉闹的时候，突然又上来了一拨人，那群人是林城大学舞蹈社的，过来录跨年视频。

他们这才想起，时间过得这么快，就要跨年了。但一想，付立姗不能和他们一起跨年了，情绪又跟着低落了起来。

付立姗本来只是想来这里和同学们一起散散心，给最后的分别留下一点美好的回忆，没想到遇到同样看中这块地方的舞蹈社成员。她不禁好奇地看着他们的动作，他们有专业的摄影跟着拍摄舞蹈，还有跳得特别好的高手被围在中间 solo（独舞）。

他们不自觉地把场地让出来，看对方录制。

付立姗忍不住问：“大学可以这样吗？”

旁边负责后勤的女大学生听了她的话，说：“当然可以，只要喜欢为什么不可以呢？”

这句话说到了她的心里。

姜醒走过来拍拍她的肩膀：“我们做朋友的时间不长，你这就要走了，也不知道你到了新学校还能不能和我们联系……送别朋友我没什么经验，但还是想跟你说，加油，对自己充满信心，对未来充满希望。”

付立姗哈哈大笑：“你的祝福怎么那么官方？”

他们都明白，要如何对自己充满信心，又要如何对未来充满希望呢？这太难了。

人们的在祝福的时候总是充满了最真诚的假话。

付立姗多么希望他们说的美好的未来都是真的，她也多么希望他们的人生都可以掌握在自己的手上。

付立姗轻轻对姜醒说：“姜醒，我能抱你一下吗？”

她的话刚落音，姜醒就已经抱住了她。

付立姗把头埋在姜醒的颈窝，不自觉地红了眼眶，她说：“姜醒，谢谢你，谢谢。我真的很羡慕你，很想活成你这样。”

姜醒大惊：“活成我这样有什么好的？别以为我不知道，天天有人在背后骂我彪悍呢。”

“那又怎么样呢，你在乎吗？”

“有在乎他们的工夫，我都不知道多干了多少事了。”

“这不就得了，你这么洒脱。”

姜醒既不摇头，也不点头，只握紧了付立姗的手。她的手有些凉，姜醒不知道怎么样才能让她好受一些，只好把她的手握得更紧一些，试图用自己的体温让她暖一点。

这时，有同学喊她们：“别在边上站着了，这里有仙女棒，快来！”

一群人嬉笑玩着手里点燃的仙女棒，烟花棒在黑夜里发出绚烂的光。

他们把这个晚上当成了世界末日一样狂欢，隔壁的大学生借了这个平台拍摄，他们闹完之后跟对方商量，他们就在旁边看看，不打扰。

大学生们也很好说话，还把自己带来的一箱饮料分给他们喝。

喝饮料不如带酒精的尽兴，那群男大学生不知道什么时候下去了一趟，从便利店拎了一大袋喝的上来，除了碳酸饮料竟然还有酒精饮料跟啤酒。

“你们未成年人就别喝酒了，其他的饮料随你们喝。”

“我要蜜桃味的。”付立姗二话不说，打开饮料就喝了。

旁边的姜醒见状也选了一听，青梅口味的。

酒不醉人人自醉，气氛到了饮料也能喝出几分醉意。

付立姗跟别的同学眼睛说红了，转过头来抱着姜醒，要跟她交杯。

姜醒拗不过，只好哄她："来了来了。"

姜醒刚要对着易拉罐下口，就见一只手伸了过来，抽走她手里的饮料，然后仰头帮她喝了一口："好了，喝过了，剩下的没收了。"

姜醒头上冒出了一个问号。

谁喝了？是她喝了吗？也不是她喝的呀，怎么就没收了呢？

只听贺铭南不赞同地说："你们这是从哪里学来的酒局习气，逮着人就要交杯。"

扒着姜醒的付立姗默默松开手站直了。

姜醒头上冒出了两个问号。

还好吧，就一点饮料，女生和女生不仅会喝交杯酒，还会牵手手上厕所，还会亲嘴嘴呢。

这些小贺同学知道吗？

贺铭南见姜醒一脸茫然，又补充了一句："交杯，女的也不行。"

啊？姜醒头上冒出一串问号。

"那男的就可以了吗？"她问。

贺铭南："不行，都不行！男的不行，女的不行，未成年更不行。"

姜醒摸摸耳垂："好吧。

然后她牵着付立姗的手，去另外一边说女孩子之间的悄悄话去了。两人就坐在地上，这会儿也不讲究了，红红绿绿的霓虹灯光印在她们年轻的面庞上。

姜醒拿出一份小礼物递给付立姗，是一本非常精致的高端品牌的笔记本，还带着一把小锁。定制卡片上，姜醒写了一句赠言给她——人生如逆旅，我亦是行人。

这原本是苏东坡送别友人时写下的诗句，用在这里正合适，姜醒希望付立姗不要太过伤怀，诗里的豁达是她想传递给付立姗的力量。

付立姗看见姜醒写这句诗给她，本就有些意外，看到姜醒一手漂亮的字就更惊讶了。她重新打量姜醒，欲言又止，有些话终究还是没有说出口。

她告诉自己，今天一定不能哭，哭了不漂亮。

付立姗说："在全封闭的学校，联系你们的机会就少了。"

"嗯。"

"但我们还有假期。"

"对，假期出来，我带你玩。"醒姐的气势又出来了。

"必须的。"付立姗微微仰头，打起精神，"我也有礼物送给你。"

"什么？"

付立姗有些神秘地和姜醒咬耳朵："我发现，你跟贺学霸还蛮合拍的哦？"

姜醒顿时像是被踩中痛脚的敏感小动物，登时就轻声惊呼："你在说什么，我跟他能有什么？你还记得我们是国旗下的高中生吗？我们是八九点钟的太阳。"

姜醒捂着自己的良心："我的心里只有学习。"

贺铭南不知道什么时候走过来的，恰好听见这一句，幽幽地接了一句："呵，我早就心有所属了。"

姜醒和付立姗齐刷刷地看向他："什么？！"

贺铭南："我热爱的，祖国。"

——我和我的祖国，一刻也不能分割。

付立姗脸上的表情都要挂不住了，她给了这两人一个白眼。一对奇葩！这两个活宝是来搞笑的吗？

"我什么时候说你们有什么了？我只是说你们两个做事配合，很有默契啊。"

姜醒、贺铭南："默契、异口同声的话不宜过长，话还是要好好说的。"

默契，有吗？姜醒傲娇地扭头。

贺铭南耸耸肩，走了。

姜醒一看他还真走了，冲他的背影哼了一声。

付立姗无奈地说："我这里有两张多余的演唱会门票，我走了也没机会听了，演唱会的座位是按性别坐的，本来想送给你，让你问问贺铭南或者还有谁想去看的……你，还要吗？"

姜醒一秒接过："要，怎么不要？不就找个男的坐我旁边吗？实在不行我带我爸，放心吧，保证不给你浪费。"

付立姗耸肩，好的吧。

大家临别时，大学生问他们愿不愿意入镜头，做个简单雀跃的动作或者表情就行。

他们当然愿意，他们希望即使告别，留下的也都是笑脸。

他们很早的时候就懂得，这世界上的事情不能尽如人意，作为渺小的个体，总是被动接受，奋力抗衡。大人总觉得他们懵懂无知、不谙世事，却不知道孩子的眼睛最敏锐，他们能够一眼看穿真伪，能凭直觉辨别善恶，他们摔了一些跟头，终于明白原来地球真的不围着他们转，谁也不是这个世界的中心。

到了说再见的时候，付立姗用力地和他们挥手。

往回走的路上，姜醒的手上还捏着付立姗给她的门票。她塞了一张到贺铭南的书包里面，让他回去再看。

他们走在马路边的人行道上，除了飞驰而过的汽车，仔细听，还能偶尔在钢筋水泥的丛林里听见鸟鸣。

贺铭南垂眸看着她："付立姗走，你很难过吗？"

姜醒摇头，没说话。

路过供路人歇息的长椅时，贺铭南问她："你要不要坐一会儿？"

姜醒绷着的小脸终于露出一丝短暂的笑意。

"可以吗？"

“嗯。”

姜醒在路灯下坐下，身后是修剪整齐的植物，和城市里装饰的黄铜雕塑。

她松弛地坐在长椅上，仰望天空，但除了灯光，她什么都没看见。

姜醒说：“我没想过要和她做朋友，也没想过她这么快要走。”

贺铭南坐在她的旁边，他的眼睛总是清澈而明亮，看着贺铭南的眼睛，仿佛能够通过那两扇窗，走进他的内心深处。

“不是所有事情，都是有了准备才来，尤其是……告别。

“我们每个人的命运各有不同，我们都有自己的困境需要面对，有自己的路要走，我明白。”

他们行走在不同的轨道上，不得不承认，有些人浓墨重彩地路过他们的生命，却像函数里的渐近线，无限接近，却永不相交。沿着看不见的轨迹，各自延伸，通往未来。

“有时候和你对话，真让我意外。”

“是吗？”姜醒缓缓眨了眨眼睛。

“那么，也许你还会有更多意外的。”她说。

司机把车停在路边，姜醒坐车走了，就像一只轻灵飞走的鸟儿。它曾在贺铭南的手背短暂停留，用尖尖的喙顽皮地轻啄他的皮肤。

付立姗的离开如同掠过水面的蜻蜓，留下淡淡的涟漪，但水面终究会归于平静。

除了姜醒偶尔会看着她原本的座位发呆，其他时间，似乎和以往没有什么不同。

年轻的孩子就是这点好，有什么让他们难受的、遗憾的、伤心的，很快就忘了，也不是全然忘却，只是他们强大的自愈能力，让他们又重新用足够应付任何事的热情去拥抱太阳。

归根结底，还是因为考试来得太快就像龙卷风，时间不等人，哪还有工夫伤春悲秋。

老师又开始老生常谈：“你们已经是高中生了，你们只有三年时间，这三年是你们最重要的三年，命运掌握在你们自己的手里。我对你们的要求只有一个，认真对待，你们心里有数。”

顿时把这群小白菜说得跟霜打的茄子似的，蔫了，小白菜成了小咸菜。

严俊昊在下面小声说：“谁说我们有数？”

“扑哧！”旁边的女生偷笑。

姜醒警告地瞪了严俊昊一眼，他顿时噤声。

十二月了，也许是一年又到头的原因，学校的生活特别平静。

白棠棠问姜醒圣诞节打算怎么过，姜醒说没想好。

贺铭南每周至少会找一天的课后时间给姜醒讲题，看着姜醒交给他的“功课”，贺铭南难得地赞许：“英语听写和数学都有进步。”

万万没想到，姜醒有一天晚回家是因为做题做的。

姜醒又拽着贺铭南弄懂了好几个问题，成功瞪走了好几个在旁边绕来转去，觊觎贺铭南的同学，甭管是想问问题的，欣赏颜值的，还是套近乎的。

她满意地拍拍手，这一天不算一无所获。

姜醒觉得自己就像那个守护宝藏的恶龙，眼观四方，谁要跟她抢宝藏，她就冲谁炸毛——错了，是喷火。

而她看宝藏贺铭南，就完全是另外一种心情了。恶龙看宝石，还能是什么心情，当然怎么看都愉快，怎么看都觉得看不够。

这时，她的“宝石”用手上的水笔把她的脑袋拨回来，他抓着笔的手离她的下巴近极了，几乎就要碰到。

贺铭南：“东张西望什么？”

姜醒顿时乖巧：“没什么。”

两人背着书包走在学校外的时候天色已经完全暗了，天空突然开始飘雪。

“下雪了。”

姜醒停下脚步，抬头仰望天空，细小的雪花旋转着飘下来。她伸出手，雪花落在她的手心，立马就融化了。

“今年的雪来得比以往早。”

圣诞节还没到，雪就来了。

突然，姜醒感到她脑袋上多了什么，她一抬头，发现是贺铭南用外套帮她把脑袋罩住了。

“别着凉。”贺铭南说。

两人加快步伐，路过冰激凌店，姜醒望着冰激凌，可怜巴巴地看着贺铭南，满脸写着：“我们吃个冰激凌再走好不好？”

贺铭南的手指轻轻点了一下她的脑袋，真是个孩子，就她这个样子，觉得她凶的人一定都瞎了。

明明就是童心未泯嘛。

贺铭南说：“降温了。”

不吃冰激凌的理由有很多，贺铭南可以给她列上一箩筐，这么冷的天，还吃冰的对胃不好；天太晚了，她应该赶紧回家……

姜醒看着他，眼睛里满是失望。

“你就不能再陪我一下下吗？你还说我功课进步，要奖励我……”她的声音渐渐低下去。

不需要她把话说完，贺铭南就已经缴械投降。

下一秒，两人站在亮堂的满是粉红色的店里，贺铭南问：“你要什么口味？”

姜醒脸上是止不住的笑意，她的声音清脆：“草莓酸奶的，上面要棉花糖。”

“要杯装还是蛋筒装？”

姜醒思考了一下，难以抉择。

这时，店员热情地介绍：“同学，你们点个双球的吧，搞活动呢，给你们用杯装，两个球蛋筒装不下。”

姜醒和贺铭南对视一眼，姜醒思考着：“你不吃吗？他们家杧果味的也很好吃，里面有水果馅呢。”

“杧果味的你也喜欢吗？

“喜欢。”

“好，那就再来一个杧果的。”

贺铭南拿她是一点没办法也没有，只好点点头表示同意。

他心里无奈，但这种无奈不带有一丝的勉强，反而像草莓的味道，入口是甜，余味有一点点酸。

两人找了靠窗的位子坐下来，因为圣诞节快来了，商家早早就进行了装饰，窗户上贴着雪花。没人想到这年的雪来得这样早，此刻他们看着窗外的雪花和雪花装饰相映成趣。

姜醒自己用了一个黑色勺子，却递给贺铭南一个芭比粉的，她看着贺铭南拿着荧光色死亡芭比粉，偷着乐，但贺铭南好像对此毫无察觉。

他拿着勺子，轻轻戳眼前的冰激凌球。

冰激凌店的桌子很小，两个人面对面坐着的时候，脑袋不可避免地凑在一起，姜醒一抬头，就能看见贺铭南发顶的旋。

贺铭南生了双旋，听说长着双旋的人脾气都倔。

姜醒心想，果然这说法也是不可信的，到哪里再去找贺铭南脾气这么好的人？

注意到贺铭南没怎么吃，姜醒问他：“不好吃吗？”

“没有，你先吃。”

姜醒怕贺铭南跟她客气：“不要，你吃你的。”

贺铭南对上她期待的眼神，无法拒绝。

看见他用粉色勺子把冰激凌送进嘴里，末了，姜醒偷瞄到他无意识地卷起舌头舔了一下勺子。

姜醒的心顿时融化了，她心里的小人疯狂地摇晃贺铭南的肩膀，快要把贺铭南摇散了。啊……为什么这家店不请贺铭南代言呢？他怎么随便做个动作就能让冰激凌的滋味倍增？随便做一个动作都这么好看？究竟是吃什么可爱多长大的？

这么赏心悦目的人是她的同桌，姜醒想到这里顿时心满意足，不枉此生啊。

她趁机问他："贺铭南，圣诞我们想搞个聚会，你来吗？"

虽然是个疑问句，但是姜醒每个细胞都在无声地说："答应我，说你会！"

贺铭南想了下说："我看看那天有没有时间，可以吗？"

他那天安排了兼职，需要跟老板说一声。

姜醒点头："那就这样，等你消息。"

她一直在看手上拎着的纸袋，贺铭南见了问："你有什么事吗？"

"什么？"

"你一直在看纸袋。"

姜醒不好意思地挖了一大勺草莓冰激凌吃，结果被冰到了，捂着嘴跳脚。

贺铭南连忙说："快吐出来。"

姜醒憋红脸一口给咽了下去，双手给自己扇风："没事了，没事了。"

吃下去再吐出来，这么丢脸的事，她怎么可能在贺铭南面前做？她不要面子的吗？

嗯……说得好像她把自己冰到跳脚就很有面子似的。

"其实……我有个东西想给你。"姜醒说。

在给付立姗买礼物的时候，姜醒还买了一样东西，只是一直没送出去，幸好贺铭南没有追问为什么她这个袋子拎了一天，现在才给他。

"给我的，日程本？"贺铭南打开姜醒递给他的盒子。

"嗯。"

贺铭南没想到她上次说要给他做日程表的事情，她一直放在心上。

"希望你能用得到。"姜醒微笑。

下一秒，贺铭南做了一个让她意想不到的举动。

贺铭南把日程本推到了她的面前。

姜醒愣了一下，一时之间没有反应过来。

“嗯？”

“不是说好要帮我记日程的吗？”

“对。”

“所以，你帮我写上吧。”

“写什么？”

“圣诞节。”贺铭南说。

姜醒听了他的话，顿时绽开笑容。

“好。”

她拿出黄色的记号笔，在圣诞节那一天画了一个醒目的圈。画完之后，她觉得还不够到位，在后面画了一个小太阳，跟着写上“和姜醒聚会”。

姜醒回家之后，贺铭南一看手机，谢方羽跟他说：“大事不好，寝室停水了”。

他的脚步一顿，一掏口袋，突然发现口袋里有张传单，他略一思索，拐个弯就往巷口去了。

然后就发现，贺铭南去的地方是……新开业的韩式汤泉浴场，开业酬宾，二十块钱一个人。

——二十块钱，您买不了吃亏，也买不了上当。可以泡澡，可以汗蒸，可以休息，随便干什么，地方又大又暖又宽敞，是您熬夜杀时间的好伴侣。

再然后，贺铭南披着浴巾穿着浴场统一的衣服，端着柠檬水咬着吸管，一脸闲适地走向休息大厅，就看见了他的室友们。

“老大！在这里！”傅扬眼尖，一看见他，高大健硕的身躯就向他冲过来。

贺铭南转身想走已经来不及了。

和兄弟们一起泡澡堂子，这经历绝对新鲜。

傅扬一个熊扑，搂住贺铭南的肩膀：“南哥，怎么样，地方还不错吧？”

贺铭南在心里算了一下账，可以，这个价钱他这个最穷校草还承受得起。

谢方羽笑嘻嘻地走过来，脑袋上顶着浴巾，他这个傻白甜乐呵呵地拽着头上的小揪揪，说：“我终于学会了韩剧里面他们包浴巾的办法，试了一下，老大你看我这手艺。”

贺铭南揉揉眉心，他预想中的安静放松的夜晚泡汤了。

欢迎加入 203 寝室狂欢夜。

203 四人组在大厅休息室，靠在懒人沙发上，贺铭南支着脑袋跷着腿，傅扬敞着肚皮，谢方羽抱着手机，还有个林若舟闭目养神。

贺铭南问他们：“问你们个事，你们说，如果要跟异性过节日有什么讲究吗？”

傅扬：“那要看什么女生。”

林若舟：“还要看什么节。”

谢方羽顿时双眼放光，全方位关心室友：“是很重要的异性吗？”

贺铭南脸上情绪不显，抿着唇，点点头。

谢方羽：“哦——”

这仿佛带着小波浪的语气是怎么回事哦？

“多重要？”

贺铭南重复：“重要。”

如果不是姜醒，独行侠贺铭南应该不会觉得学习生活还有这么多稀奇古怪的，他从来不了解的乐趣。

从这个角度来说，应该是很重要的朋友吧。

谢方羽听了之后，理解却有点偏离轨道：“女孩子嘛，应该都喜欢浪漫的东西。过节，正所谓仪式感，过的就是浪漫。”

傅扬、林若舟两人看过来：“哇，你咋这么懂？”

谢方羽微微一笑。

——不才不才，如果你们有个天天在家大搞浪漫主义的妈，兄弟们，你们也会懂的。

“什么东西浪漫？”贺铭南问。

傅扬：“烛光。”

林若舟：“鲜花。”

谢方羽：“音乐。”

贺铭南：“《烛光里的妈妈》？”

最怕空气突然安静。

几人说说闹闹时间过得很快，谢方羽突然盯着贺铭南的胳膊，探究地凑近，还多看了好几眼，才确认地嚷起来：“南哥，你快看你胳膊咋回事？好多小红点。”

贺铭南看见露在外面的皮肤，上面起了些不算明显的红疹。他云淡风轻地说：“过敏。”

“过敏？你吃什么东西过敏了？”

贺铭南耸肩：“记不清了。”

“痒吗？你今天放学干吗去了？跟你的‘重要’有关？”谢方羽又问。

贺铭南微微眯起眼：“我不痒，但是你再问下去，你痒不痒我就不确定了。”说罢，贺铭南就要去挠谢方羽。

谢方羽这人疯狂怕痒，体检给他打针，护士的用来消毒的棉球刚落到他胳膊上，他就笑得跟要断气一样。

一听贺铭南这么说，谢方羽顿时告饶：“不问了，不问了，救命啊！谋杀啊！”

下一秒，他的叫声被贺铭南给摁下去了。

另外两位习以为常地摇摇头，谢方羽锲而不舍招惹贺铭南的日常，也算是他们寝室的一大奇观，多看看就习惯了。

姜醒回到家之后洗完澡无聊地躺在床上，突然有视频电话弹出来——来自她原来初中附中的熟人。

对方让她帮忙做个 APP 内测，还跟她说保证好玩。结果她打开一看，是一款英文单词益智类游戏，大概模式包括连连看、问答闯关之类的，她一边开着视频，一边下载之后在 iPad（平板电脑）上打开，粗糙的画风让姜醒非常嫌弃。

“我就跟着这只猫答题吗？”

朋友说：“对对对，答题赢金币可以建猫舍，买猫粮，你已经给你的猫起名了吧？”

这个游戏的创始人真黑，进入游戏第一件事不是给玩家起名，而是给虚拟的宠物猫起名！像姜醒这样的十级猫奴还有理由退出吗？

先“肝”为敬。

结果玩了一会儿，姜醒的手指飞快地戳着，一脸无奈地问：“这些题目是不是过于简单了一点？”

她把通关的画面对准了镜头。她朋友看了之后沉默了一秒，推了一下鼻梁上的眼镜，说：“好的，你的反馈我会告诉我表哥，让他赶紧扩充题库。关于题库你有什么建议吗？”

“你是说高中词汇，还是四六级、雅思托福 SAT（评估测试）？”

朋友：“算了，这个问题稍后聊，一时半会儿说不完。”

朋友多问了一句：“所以，不好玩吗？”

姜醒摇摇头：“不会啊，我正准备用金币给 Nana（娜娜）扩大活动室，后期游戏能让 Nana 找玩伴吗？”

视频另一端：“谁是 Nana？”

“它呀，猫。”姜醒指指她 iPad 画面里面有点蠢萌的猫。

“真服了你，‘云吸猫’上手这么快。”

姜醒摊手：“我的原则是不错过任何一只能吸的猫。”

“好吧，你先玩着，每天打卡还能开箱，等正式上线还会开放玩家排名系统，是不是很棒？”

“听起来不错。”

“姜醒，听说你在林城私立高中越混越回去了，怎么，学习终于对你失去吸引力了吗？你在搞什么鬼？就因为你哥那事？”

姜醒：“一两句跟你解释不清楚，我会搞定的。”

“好吧。”

挂断视频，姜醒躺在床上，外面的雪已经停了，想到贺铭南答应了她的圣诞邀请，她的嘴角就不由自主地挂起微笑，然后慢慢把自己埋在了暖融融的羽绒被里。

圣诞节快点来吧！

但她没想到，在圣诞节来临之前，发生了一个意外，她的圣诞计划也因此彻底泡汤。

第九章

对不起，我们的事瞒不住了……

姜醒真是变了，不仅天天准时到校，连装束都变了，她弄了个平光镜架在鼻梁上，看起来斯文多了，一副文化人的模样。

所以她进考场的时候，监考老师差点没把她的学生证和她这个人对上号，再三确认才放下了她的学生证。

这是这学期最后一次月考，卷子难度大了，考试的规格也上去了。考试都用的阶梯教室，每两个班一起考，头顶上还有监控。

考前，抱着密封卷子的另一位监考老师匆匆进来，正在填答题卡姓名的姜醒掀起眼皮瞧了一眼，是他们的熟人数学老师。

她活动了一下肩膀，打算埋头继续涂答题卡上的学生号。只是她的胳膊肘不小心撞到了后桌，后面座位掉了个什么东西下来，她连忙给人捡起来。

“对不起，对不起。”捏在她手里的是块橡皮。

“没关系。”对方答。

姜醒扭着身子，一抬头，入日的是一张帅气的脸。双眼皮很深，但不宽，眼皮薄薄的，没有一点多余的脂肪，狭长的眼角向外延伸，为他的五官增添了独特的味道。他看着她笑，笑容里有几分不在意，几分好奇，还有几分桀骜不驯。

是个骄傲的人，匆匆一瞥，对方给姜醒留下了这样的印象。

这张脸，有点眼熟呀，总觉得在哪里看过。

姜醒本来想问“我是不是在哪里见过你”，但她还是忍住了，因为这句话说出口的时候，对方可能会觉得她是有意搭讪，而且还有两位监考老师盯着，她有话也不会选在这个时候讲。

于是她把橡皮给人放回去，转身，等着发卷子。

如果姜醒多看一眼她后面的考生写的名字，就会想起来，这人她确实见过。

对方答题卡上写的名字是陆星宙。

她的动作引来监考的数学老师的视线，他的视线在她身上梭巡许久才离开，姜醒不为所动，还抬头看了对方一眼，数学老师没想到她胆子这么大，考场上还敢瞪回来。

真是没规矩没教养，他心里想着。

姜醒这人就是倔，越是看不惯她，轻视她，对她展现敌意，她的斗志就越强，好像天生不知道“难”字怎么写。

于是，姜醒就享受了整场考试的特殊待遇，数学老师在考场上转两圈，转着转着就转到她旁边，背对着她，什么话不说，什么动作也不做，就这么一个黑压压的影子，如黑云压顶一样站在她身后。

另一位老师就是数学老师的反面，那位女老师就坐在讲台前头，一会儿看窗外，一会儿低头看报纸，要不是考场不能带手机，估计那位老师早就抱着手机刷起来，学生们爱谁谁吧。

她一抬头，看见数学老师这么爱岗敬业，跟个不知疲倦的陀螺一样转来转去，仿佛也受到感染，不好意思再干坐着，于是站起身转悠。

两位监考官在转悠的途中相遇，姜醒听见他们小声地打招呼。

数学老师说：“您起来站站？”

对方老说：“坐久了，腿麻，您累不？要不要去坐会儿？这里有我。”

姜醒的内心：“劳您两位受累，这里有监控，其实您两位可以一起歇歇。”

没一会儿，数学老师又转到了姜醒旁边。

姜醒在座位上坐出了一个大大的北京瘫，恨不得把卷子举到数学老师面前，给他仔细看看，她这可都是自己答的题，有公式，有过程，还有草稿纸，就算空着的题目不会写，她还写了个“解”呢，卷面分怎么也得给个两分是不？

数学老师好像知道她在想什么似的，站了一会儿，轻轻哼了一声，走了。

姜醒转着笔，题目答得差不多了，就等着提前交卷走人了，这鬼地方她是一分钟都待不住。

老师一说“写完的同学可以提前离开”，她就飞快地举手表示要交卷，和她一起交卷的还有她后面的陆星宙。

数学老师过来收卷子，沉着脸提醒：“姓名和学生号都填了吗，答题卡都检查了吗？”

姜醒点头，双手把自己的试卷奉上。她拿了文具起身走的时候，发现和她一起离开考场的还有一个人，后桌的陆星宙。

姜醒的眉梢微微挑起，这么早离开考场的学生无非两类，一类是她这样的，继续坐着也是浪费时间的“学渣”，另一类，当然是对自己充满自信，成绩好得天怒人怨的学霸。他是哪一种？

姜醒走出教室的时候贺铭南还没有出来，她在门口等了会儿。

陆星宙路过她，两人的视线又碰上了，连续碰上两次，面生也变面熟了，对方冲她淡淡笑了一下，也换来姜醒一个友好的笑容。

过了大约十分钟，贺铭南出来了。

贺铭南是个仔细的，做事有条不紊，不紧不慢地检查妥当，交卷，正好过了十分钟。

他出来之后有点意外姜醒在门口等他，有些懊恼：“早知道你在等我，我就应该快些出来。”

姜醒笑着说：“要因为这十分钟让你错失第一名就是我的罪过了。”

贺铭南摇头：“一次第一名，哪能次次第一名？”

“怎么不能？就算不能，还不准我想想啦？”

“你就这么想要我拿第一名？”

“那当然，你是我的小老师，我是你的事业粉。以后你要是拿个状元什么的，别忘了我精神入股，在你游龙浅滩时，我的精神与你不离不弃。等到你以后发达了，我也不求什么回报，你别忘了我这个小股东就行。苟富贵，勿相忘啊。”

贺铭南被她逗得直笑。

姜醒连连拍他的肩膀：“哎，我说认真的，你怎么就顾着笑呢？”

贺铭南顿了一下，嘴角向上露出弧度，望着她说：“看到你心情好，自然就笑了呀。”

姜醒震惊了。

贺铭南这是被哪路神仙点石成金？终于懂得了说话的艺术。

姜醒双手掰过贺铭南的脑袋，双手抱着他的脸，左右探看：“让我看看，快说，你还是我认识的贺铭南吗？不是被什么人附体了吧？”

贺铭南拍开她的手，耳朵悄悄被染红：“我要是真被人附体了，第一个先不跟你做同桌好吧？”

“你这人蛮不讲理，怎么，跟我坐委屈你了？”

贺铭南：“不委屈，就是有点耽误我……”

“耽误你什么？”

他们一边斗嘴一边往外走，姜醒突然停下脚步，靠在走廊的柱子上，挑眉，想听他要怎么说。

“耽误我认真学习，报效祖国。”

贺铭南温柔的笑就跟蜻蜓点水似的，从姜醒眼前掠过，他的眼睛湿润清澈，看向她的时候，仿佛一汪清泉，溪水声伴着鸟鸣叮咚作响。

姜醒连连摇头：“你赶紧的，赶紧去报效祖国，我今天都没法和你说话了。”

就在这时，谢方羽眼尖看见了他们，大老远地向他们挥手：“南哥，醒姐！”

姜醒揉揉自己的眉毛，谢方羽这孩子认“亲戚”的速度实在太快，他们宿舍的人数他“哥哥姐姐”喊得最勤，一点心理负担都没有。姜醒怀疑，他是不是就想做年纪最小的那个，好占人便宜。

但是这么个可爱的唇红齿白的小少爷满面笑容地喊她，伸手不打笑脸人，她总不忍心冷脸对他。

姜醒只好别扭地梗着脖子小幅度点头：“嗯。”

结果谢方羽倒好，走过来之后，围着姜醒转了一圈，关切殷勤地看着她问：“姐，你脖子怎么了，落枕了吗？颈椎病吗？是不是学习太辛苦，颈椎压力太大？”

他这么一连串的问题，姜醒僵硬的脖子更僵硬了，这让人怎么答呢？她的内心在咆哮，她的脖子好好的，没病没痛，健康得不得了好吗？她那个叫傲娇，懂什么叫傲娇吗？

姜醒深呼吸，不气不气，气出毛病无人替。

她就算心里有千言万语，表面上也一片风平浪静。

紧接着，只见谢方羽变魔术一样掏出一张名片，塞到姜醒手里：“省医院，推拿科，著名老中医，绝对的圣手，治疗颈椎是这个。”他竖了个拇指，“一流！醒姐，你听我一句劝，咱们有问题，一定要早发现早治疗早康复，千万不能忍。”

姜醒瞪圆了眼，她看看谢方羽，又看看贺铭南。不愧是一个寝室出来的，这张嘴啊，祖传的吧？跟贺铭南是一脉相承啊。敢情不是寝室里排出的大哥二哥，这是大师兄带出来的小师弟吧？

她好不容易把贺铭南调教得有点接触到了语言艺术的门槛，好不容易能听到他说一两句好听的话，好不容易觉得有点感动，贺铭南就给她展示了什么叫近墨者黑，什么叫物以类聚人以群分，什么叫一个寝室的葫芦娃一个藤上七朵花，每朵都是自由行走的毒舌花。

想到这里，姜醒愤然，她轻哼一声，狠狠踩了一脚贺铭南的白色板鞋。

贺铭南顿时脸色大变，他说：“你知道男生的鞋是和女生的口红一样珍贵的东西吗？”

姜醒：“青春就是我的颜色，我不用口红。”

贺铭南又问：“你知道我这是什么鞋吗？”

“什么鞋？我赔你呀！”

“上下五千年历史的泱泱大国设计生产的快九十年悠久历史的品牌，一款已经绝版不再生产的尊贵的古董板鞋，你找一双给我？”

贺铭南这句话必须翻译一下，就是一双穿了多年所以已经不再生产的著名品牌——回力的板鞋。

他这么一说，姜醒确实卡壳了，她能买到Air Jordan（飞人乔丹），但她还能让回力给她开一条生产线吗？不能。

姜醒不禁悲从中来，遥想她和贺铭南斗嘴的战绩，似乎每次都以失败告终。这是为什么呢？世界上怎么会有贺铭南这种没有绅士风度的男生呢？好气哦！

“醒姐？”谢方羽呆呆地看着他们。

他对自己对姜醒造成的伤害，还让贺铭南背了一口从天而降的大锅，一无所知。

对不起，醒姐自闭了。

谢方羽见姜醒没理他，既不灰心也不介意，转而把手上的饮料递给贺铭南：“哥，正好你尝尝新出的口味，小超市断货好久了，很难抢到的。”

姜醒缓缓转动脖子，自觉达到了一个用余光可以看清饮料口味，又不会显得她好奇饮料而探头的完美角度。

殊不知，她的动作被贺铭南尽收眼底。

贺铭南这个坏蛋把饮料放姜醒眼前，问她：“你帮我看看，是什么口味的？”

姜醒秒答：“白桃。”

回答完之后她连忙捂住了自己的嘴，就在五分钟前她还说再也不要理贺铭南，可数一数，贺铭南都逗她说多少话了？

贺铭南缓缓眨眼，问："还理我吗？"

姜醒的内心在哭泣。

贺铭南把饮料搁姜醒怀里："给你。"

姜醒也是很有骨气的，她把饮料塞进贺铭南校服的大口袋："不要。"

谢方羽不知道什么原因也提前出了考场，当然提前出考场的理由总是有很多的。就比如说谢小少爷吧，问起来的时候，他十分坦然地说，他看见窗外的鸟雀飞过，阳光正好，不能辜负冬日暖阳，必须出来晒晒太阳。

这也可以？

姜醒："冬日暖阳……还挺会用词，语文老师没白教你一场。"

谢方羽不好意思地挠挠头："也就这点拿得出手了。"

姜醒本来想说："我就随口说说，您这咋这么容易把别人的夸奖当真呢？"

但看着谢方羽一派纯真的脸，姜醒不禁咋舌，这孩子是真傻，还是装傻？

谢方羽跟他们说完话，就从另一边回教室去了，他准备吃个饭，下午还有英语考试。他走的时候，一脚踩在一摊积水上，水花四溅，因为雨雪天气，学校的低洼处排水不及时，大家不得不面对积水的路面。

姜醒在台阶处面露难色，她喜欢雪，但是真的不喜欢南方雪天伴随着的永远无法蒸发的过量的雨水。

就在这时，贺铭南已经一脚踩进了水里。

他低头看了眼脚下，然后抬起头浅笑："还好，积水一点也不深。"

然后，贺铭南伸手把姜醒从走廊台阶上一把拽下来，姜醒因为被他的力道扎着，稳稳地一脚扎扎实实地踩在了他垫在她脚下的鞋上。

白鞋上沾上两个灰扑扑的泥印。

姜醒已经被他的举动惊傻了。

"贺铭南，你干什么？"

他轻微地摇头，自己惹毛的人，当然还是要自己哄好。

贺铭南的声音在姜醒的耳畔传来："带你跨过积水呀。"

于是，姜醒就以这样一副四肢僵硬的模样，双脚踩在贺铭南的鞋上，恍惚地由贺铭南领着落在干净的地方。

她好似一叶小舟，随着贺铭南的动作飘飘摇摇，渡过一片险地。

姜醒有些恍惚："你的鞋……我……"

她也就是个刀子嘴豆腐心的小丫头，更何况在她有限的生命里，又何时见过贺铭南这样霸道不讲理，又妥帖得让人说不出话来的行为？

"放心，鞋子不要你赔的。"他眉眼弯弯。

等到姜醒回过神来的时候，贺铭南已经走了，她左口袋是谢方羽给她的老中医名片，右手是贺铭南给她的奶制品饮料。

她跺跺脚，这都是些什么人呀？鞋子不要赔这点没错，但还是要洗的。

姜醒没看到，贺铭南回去之后，看着自己的鞋子，蹲在浴室的水池旁边，脑袋埋在臂弯里有些懊恼。

自己装的面子哭着也要把鞋子刷完。

他把肥皂粉洒在鞋面上，用盆把鞋泡起来，过了会儿才就着水池使劲刷鞋。

室友路过问他："哥，你这鞋哪儿搞的，怎么跟泥里滚了一圈似的？"

贺铭南微微仰起脸，电影说这样比较不容易流泪，但是他试了一下，真的没效果。不然为什么他现在心里还是酸酸的，像是泡在水里？

是什么让他如此认真勤恳地在刷这双几十元的旧鞋？是爱吗，是责任吗？不，是贫穷，还有握住姜醒的手的那一刻脑子里进的水。

西湖水啊，他的泪。

每逢考试瘦三斤，月考终于过去了。

教室里的同学们都无暇考虑学习，都在热火朝天地讨论圣诞节要怎么过，学校里面的外教已经放假过节了，学生们的心也跟着驯鹿和圣诞老人飘走了。

谁知，就在他们终于挨到下午，只差两节课就要解放的时候，班主任来了。

“你们全部坐回自己的座位上，不单是你们，今天全年级的学生都要留下来。”班主任严肃地宣布。

“什么？”学生们顿时炸开锅。

“发生了什么事？”

等到班上学生嘈杂的声音渐渐安静下来，班主任才继续说：“这次月考，我们怀疑有人提前泄露了考题，年级组正在调查这次考试的问题。班上的同学我会分批约谈，下面我念到名字的同学先跟我来一下，其他人在班上自习，直到我回来。清楚了吗？”

不，不清楚……

班主任已经开始点名，其中就有姜醒和严俊昊。

姜醒一脸莫名其妙地站起来，考卷泄露跟她这个踏踏实实答题的老实人有什么关系？不过既然说是分批谈，那就谈吧。相信老师的公正，不会冤枉一个好人，也不会放过一个坏人。

班主任带着一串“小鹌鹑”走出门，结果她一回头：“贺铭南，没叫到你，你跟着出来干什么？”她皱眉问。

贺铭南忙说：“老师，反正你都要谈的，早谈晚谈都一样，我想早点谈，谈完回来还能安心温书，可以吗？”

姜醒看着他睁眼说瞎话，什么提前回来温书？明明之前他还在跟她聊晚上吃什么。

贺铭南给她一个眼神，示意她别说话，让她安心。

姜醒在心里叹了口气，对于今天的事，她有种不太好的预感。

贺铭南笑笑，捏了一下她的衣袖。

班主任没注意他们私底下的小动作，贺铭南是她的爱徒，他执意要跟去她也没拒绝，便说：“行吧，你跟来听听。”

瞧吧，这便是区别，别人是要谈谈，而贺铭南则是顺便听听。

姜醒一行本以为是要去高老师办公室，没想到走的方向是行政楼办公室，他们对视一眼，没人说话，严俊昊先露了怯，一副心里有些没底的模样。

姜醒用手指捅他："干吗一副丧气样子？试卷泄露，你提前拿到答案了吗？"她随口问。

严俊昊连忙摇头："我虽然学渣，但是学渣也是有学渣尊严的好吗？不是我的成绩我不要。"

姜醒："那不就得了，你慌什么？看看你这脸色。"

严俊昊梗着脖子："就不许我嫌热吗？"

姜醒抬头看看天，阴沉沉的，一阵凉风卷过，更觉这鬼天气的湿冷："你得降降火啊。"

她一脸促狭："老中医名片要不要？"

到了地方，高老师停下脚步训斥："你们还有心情说笑？"

这群学生顿时跟一个个小鹌鹑似的安静下来。

年级处办公室给人的印象总是不太好，它靠近办公楼二层的楼梯，一上楼便能看见，因为建筑遮挡房间朝向，阳光稀少，加上入冬之后的天气成日不见太阳，更显冰冷，平时学生都绕道走。

"进去吧。"高老师推开门，看着她的学生们隐隐担忧。

严俊昊紧张地咽了一口口水。

进去一看，上面挂着前前前前任老校长的墨宝——淡泊名利，宁静致远。书法下面站着一排人，是三班的同学。虽然林城私立高中没有分什么实验班、火箭班，但每个班都是什么水平大家心里有数，三班这样平均分名列前茅的好学生班级，居然会跟他们站在一起，真是稀奇。

再一看，办公室里面阵容豪华，年级主任、数学组组长，还有十三班的班主任，一个不少。

数学组组长严肃地向学生们说："学校成立了调查组，调查这次的考卷泄露事件，主要是针对数学试卷，叫你们来的原因是我们对你们本次的数学成绩有一些疑惑。”

“不要紧张，就是随便聊一聊。”

年级主任补充：“现在我会分开和你们谈，跟我来。”

又来？

其实这就是老师和学生之间的心理战，他们通过这样的方式向学生施加心理压力，心虚的学生承受不住就自己交代了。

这次的试卷泄露事件是因为一封匿名信举报，经过初步核实之后发现确实存在问题。

林城私立高中口碑在外，从没出现过这样的丑闻，所以校方才这样紧张，这只是一次月考，那么这是一次偶然事件吗？其他的考试有没有这样的舞弊行为？其中涉及多少师生？是否存在利益输送的链条？这些都是他们急于搞清楚的问题。

把两个班的学生放在不同的办公室谈话，就是典型的博弈论——囚徒困境。

三班好学生们看见姜醒他们自然没什么好脸色，姜醒他们也不甘示弱，有人背着老师冲对方悄悄竖了个中指。

所幸老师们的注意力没放在他们的小动作上，也就没人看到两个班的学生这一番交锋。

姜醒分析，他们被同时叫过来谈话的原因无非是他们拥有同一个数学老师——赵云来。

赵老师就像姜醒认识的那样，教学成绩很好，为人很不讨喜，和学生、同事的关系都很一般，尤其是和数学组的老师处得不太好。同组的老师都觉得他这人古怪傲气，学生觉得他刻薄无情，总之，要不是连续培养出两届均分第一名的班级和优秀教师的头衔，他在学校里面的日子怕是不好过。

跟姜醒和她的同学们谈话的调查组老师有三位，一位年级主任，一位较年轻的男性教务老师，一位数学组的女教师。

女老师找了个教室让他们坐着，他们在对面一排坐下。

姜醒忍不住问："为什么先叫我们两个班的来？是因为我们两个班成绩异常的人特别多吗？别的班没有吗？"

年级主任："我们提问还是你提问？"

姜醒耸肩，跟着闭嘴。

——听您说还不行吗？

"你们的数学试卷经过批改，成绩都有不同程度的上浮。"

看起来瘦弱，皮肤偏黑的男教务老师接过话头："不要以为学校什么都不知道，也不要以为你们做的事可以逃过惩罚。尤其是你，刚刚说话的同学。"

姜醒被点名了。她轻轻抬起眼皮："老师，你告诉我，我做了什么？如果是成绩上升，这说明赵老师的教学出成果了，好事。"

男教务老师瞪姜醒。

姜醒不喜欢学校看待他们是怀疑审视的目光，什么分批谈话，分明就是个幌子，其实就是针对他们这些人，不给人辩解和了解缘由的机会，就要给人定罪，她当然不能由着他们说。

姜醒从不吝于把事情想到最坏的情况，如果无人为他们辩护，他们一定要学会为自己辩护。

教务老师气急败坏，随便指了一个学生，说："你过来看看你的卷子。"

被他叫到的人是严俊昊。

他摊开开学以来所有月考的试卷，放到严俊昊眼前，其中严俊昊做对的几道大题都被圈了出来。同时，他还拿出了另外几个同学做对的题目，题目里面有至少三道重复，被他们同时答对的题目。这样的卷面在老师眼里，无疑是他们集体作弊的有力证明。

教务老师气势凌厉地对他说："你们有什么理由可以向我们解释一下，是什么原因，可以让你们同时从数学不及格变成超过及格线二十分？又是什么原因，让你们能够同时做对同样的题目？"

老师的目光落到姜醒身上。

“是不是有人提前给了你们题目，想要让你们提高分数？”

姜醒皱眉，有人，这个“有人”是谁？为什么他们只找来了赵云来教的两个班，而不找别的班级？

所以这个“有人”是不是可以理解为等于赵云来呢？

听到这里，姜醒终于明白，他们不是着急想要定他们的罪，而是要有指向性地想给赵云来定罪啊。

“只要坦白，我们一定会依据你们的情况从轻处理。”

姜醒恍恍惚惚，这不是校园版的“坦白从宽，牢底坐穿，抗拒从严，回家过年”吗？虽然姜醒不喜欢赵云来，但是这不代表她会睁眼说瞎话。

还站在前面看试卷的严俊昊有些慌张，举目四望，碰到姜醒坚定的眼神才觉得心里安定一些。

姜醒从座位上站起来，心平气和地问：“老师，是说只要我们说出某个人的名字，我们就什么事都没有吗？”

“什么叫某个人的名字？是叫你说出泄题人的名字。”年轻干瘦的男教务老师皱眉，语调上扬，态度有些不合时宜的激进。

他手上的笔一下一下无意识地敲击着桌子，泄露他有限的耐心即将告罄。

另外一名女教师拧起眉毛，对他的表达方式有些不太赞同，但年级主任什么都没说，她也就没有提出意见。

听了对方给出的回答，姜醒反倒一改之前的作风，闭上嘴一句话不说，安静了下来。

贺铭南原本还怕姜醒沉不住气，现在看来是他多虑了，她很有分寸。

气氛骤冷，双方僵持不下。

除了严俊昊三人组、姜醒、贺铭南，跟着来的还有 位男同学，之前他们一直没有怎么注意这位男同学，他面对调查组的压力，焦虑地用手指一直捻裤腿。

“即使你们不说，隔壁办公室谈话的同学也会说，等到他们交代实情，你们可就没有任何商榷的余地了。”

一直静静观察的贺铭南此时开口：“老师，如果你对我们的实力有所怀疑，我们可以重新写一遍详细的解题过程，或者，你们也可以重新出题考我们，测试我们的真实能力。你们只是想要核实举报的内容，有人举报这没错，但就算是死刑犯也有上诉的机会不是吗？”

仅仅只是一封举报信，就这么兴师动众，大张旗鼓，细想一下，本身就是一件奇怪的事情。

男教务老师沉着脸想要驳回，却无法阻止一旁的年级主任和数学组老师对视一眼，他们都觉得这个提议可行。

不过年级主任这时候才注意到贺铭南，翻翻卷子，问：“你是这里面的哪一个？”

他自报家门：“贺铭南。”

那边数学女教师已经惊呼了起来：“你就是那个满分的那个！”

年级主任：“哦……你是……”说了一半，他才陡然反应过来，“啊，满分？”

“真的满分吗？一分没扣？附加题呢？”

女教师：“一分没扣，附加题全部答对，我们教学组对着他的卷子看了很久呢。”

都是老师，谁不想围观贺铭南的卷子？就连最挑剔的老师想给他找一处错误都找不出来。

年级主任摸下巴：“那你来干吗，跟我们这次调查有什么关系吗？”

贺铭南：“我不放心同学，来看看。”

严俊昊看着贺铭南，他们从前都觉得姜醒刚，今天一看，贺铭南比姜醒还刚。

贺铭南一句“来看看”话音一落，对面的老师们脸顿时变黑了。

小卷毛审时度势，飞快地说：“我们怕情况交代不清楚，找贺铭南帮忙。”

“对，我们的发言人。”板寸附和。

发言人有点无奈。

年级主任的嘴都被气歪了："那是不是还要给你们搞个发布会？"

在他发飙之前，女老师拦住了他："主任，那就让贺同学一起考考吧，来都来了。"

女老师这句劝解真是神来之笔，她望着贺铭南一脸慈爱。

哎，是惜才的笑容。

在大中华四大宽容定律："来都来了""大过年的""还是孩子""都不容易"之首"来都来了"面前，年纪主任也不由得软了态度。

"朱老师，你有题吗？"

朱老师，也就是那位及时出言劝解的数学女老师，她根据试卷上画红圈的考题，和隔壁办公室的数学组长商议之后，重新写了三道题外加一道高难度大题，写好之后给负责人过目，确认后让参与调查的学生们解题。

姜醒几人的座位分隔很远，确保不会作弊，拿到题之后她提笔就写了起来。

一直在外面守着的班主任高老师也进来旁观，她看到姜醒他们几人专心写题的样子，一时之间竟生出一种"孩子终于长大了"的感慨。

贺铭南第一个起身交答题纸，姜醒紧随其后。

朱老师当场批改，看到贺铭南的解题过程连连点头，看到姜醒的解题过程之后，朱老师有些惊讶地抬头看了她一眼。

全部改完，朱老师合上自己的红色水笔笔帽，说："你们答得很好，过程和答案都对。"

贺铭南看了身后的同学们一眼，有些欣慰。

"你们能再把考卷上的原题过程给我写一遍吗？"朱老师说。

再次确认之后，朱老师赞赏地点点头，她好奇地问："你们是怎么进步的？"

年级主任也很关心这些个学生是怎么集体开窍的。

没有人注意到，在她身旁那个一直做派激进的年轻教员神情阴鸷，因为低着头，厚厚的刘海遮掩了他大半的情绪。

贺铭南一脸轻松地看向姜醒，严俊昊捧着答题纸傻乐，关键时刻倒不会说话了，板寸和小卷毛也一副盼着姜醒开口的模样。

姜醒在心中叹了口气，她只好撩了一下自己的头发，一副对自己和同窗的进步而倍感骄傲的傲娇模样，她的声音顿挫有致："老师们，看来，我们的关系瞒不住了。"

老师们："什么关系？"

这突如其来的转折，啥情况？

姜醒一看班主任要跟她急眼，连忙补充说明："你们别多想呀，我们之间都是纯洁的战友情，在考试这块久攻不下、无声厮杀的神圣战场上，我们并肩而立。"

高老师幽幽地喊她："姜醒……"

她忙捧着脸说："其实吧，就是我们成立了一个学习小组，这个小组里呢，贺铭南同学是我们的小老师，非常无私地帮助了我们这群学渣。

"我们被贺铭南同学这种团结友爱、无私奉献的精神所感染，这成绩，不就上来了吗？"

事实的真相是，贺铭南用他丰富的考试经验和钻研精神给他们盲猜考题，硬是手把手教会了他们考试重点题型，让他们做题做到吐，无论这个题怎么变出花来，万变不离其宗，都能给它解出来。

他们都快因为贺铭南的题海教学法给训练出巴普洛夫条件反射了——提笔就能写。

虽然过程是惨烈了一点，但结果喜人，贺铭南这一手本事让严俊昊更加崇拜了。

果然，跟着南哥有肉吃。

可是他们都没想到这件事还有转折等着他们。

几位老师商议之后，告诉姜醒他们："你们可以先回去了。"

没人想留在这里浪费时间，他们鱼贯而出。突然，朱老师叫住了最后一位十三班的同学："王成林，你留一下。"

所有人的目光都集中在了这位王成林同学的身上。

他心虚地咽了一口口水，忍不住把潮湿的手汗擦在裤腿上，低着头，不情愿地一点点向门内挪。

高老师先带着姜醒一行回班。

姜醒回头，只见教室的门缓缓关上，刷着绿漆的教室门只剩下一条缝隙，最后连一点缝隙也在他们眼前闭合，里面的景象彻底消失。

她离开的时候，看见三班的陆星宙和他的同学匆匆向教师楼赶来，和他们擦肩而过。

回到班上，同学们都围上来问怎么回事，还要不要叫人去谈话。

姜醒懒得回答，她皱着眉头，心里总觉得不踏实。说实话，这一番变故，她自己都没能完全弄明白，有很多让她想不通的地方。

高老师在讲台上，拿着尺子用力地敲黑板："安静，继续自习。"

教室里面哀鸿遍野："搞什么呀，有人作弊学校还搞连坐这一套吗？谁作弊查谁不就行了吗？我们还想过节呢。"

"哪个混蛋挑今天惹事啊？"

"老师，放我们回家吧。"

"呜呜。"

但好在校方没有让他们等太久，把王成林放回来之后，老师就放他们离校了，剩下的便是老师们的紧急会议。

王成林缩头缩尾地飞快地收拾了自己的东西，趁人不注意就要溜走。

他的行动被姜醒看见，她拍拍贺铭南的肩："快点，跟上，我们去堵人。"

今天的事叫醒姐受了大委屈，她就不信了，她吃了哑巴亏，到最后事情还弄得不明不白。

王成林被姜醒堵在了车棚，他拽着自己的衣服角，连连后退。

贺铭南跟在姜醒后面，站在王成林的另一边，堵住了他的退路。

姜醒只匆匆回头瞥了一眼，心里夸贺铭南上道，有跟她干坏事的潜质，这不，第一次就知道怎么守着后路了，这还不是天赋？她不由得为自己挑小弟的眼光点赞。

下一秒，她便专心地对付小王同学了。

从她的角度，没有看见贺铭南靠在墙上，用警告的目光直勾勾地盯着王成林，他的拇指扫过自己深红的嘴唇，在昏黄的傍晚车棚，面无表情地盯着人，邪气极了，让王成林见了直打寒战。

姜醒还以为是小王同学见到她就发抖，和蔼可亲地问候他："王同学，男子汉胆子别这么小，别怕，别急着跑，姐就问你个事，你在我们走后，跟调查组的人说什么了？"

小王同学险些"哇"的一声哭出声来。

作弊什么的，他以后再也不敢了啦！

"我们有个代写群，题目是……群里……群里来的。"

第十章
卖苹果的小男孩

听了王成林的解释，姜醒才明白这事的来龙去脉。

“所以，你是在作业代写群里面买到的答案……”

姜醒思索着：“我们还有这种群？”

她求证似的看向贺铭南，贺铭南在她身后点点头。

姜醒懊恼地跺脚：“有这种好群你们怎么都不分享给我呢？”

王成林头痛，他有点怕姜醒，但又不知道怎么回答她，这种在学生间流传的半公开的秘密……谁会特意分享啊？当然是自己发现了。

贺铭南缓缓走到她身后两步的位置，在她的侧后方停下，问她：“你不知道吗？”

姜醒的两弯细眉皱在一起：“我以前都不关注作业是什么。”又怎么会关心作业怎么写完？

贺铭南被她的回答噎住，停顿了一秒说：“嗯，我也不知道。”

姜醒：“巧了。”

一旁鸵鸟似的埋着头的王成林试探着说：“两位真有默契。”

不知道他哪个字取悦了姜醒，她拍拍手，对他说：“你走吧，我问完了。”

王成林的头顶上缓缓升起一个不确定的问号，他试探地迈出脚，姜醒示意他快走。他脚底抹油就要溜，就在这时，贺铭南叫住了他。

“等一下。”

他们的赤贫校草，突然问了一句：“代写多少钱？哦……有没有跨校代考业务？”

王成林：“这，这个……”跨校业务超出他的能力范围了。

姜醒在王成林回答之前，拽过贺铭南的胳膊：“贺铭南，你想都别想，这个钱能赚吗？你想要下一个被查的就是你吗？”

贺铭南耸肩，笑笑：“我就随便问问。”

“问都不许问。”

姜醒说完拖着人就跑了，留下车棚里面逃过一劫后一脸庆幸的小王同学。

原本大家准备去白棠棠家里聚会过圣诞，结果出来这么一档子事，都没了心情。

高二的程舟一直在校门口等白棠棠。

姜醒用胳膊肘碰了碰她：“等你的。”

见到他们出来，程舟吊儿郎当地甩了一下搭在肩膀上的书包。

大家彼此打过招呼之后，他关心地问白棠棠：“听说你们高一考试出事了，怎么搞的？”

其实白棠棠也云里雾里的，想找姜醒和贺铭南仔细问问，她看着身边的两人，刚想要说话，就见到三班的几个人也从校门口走过来。

走在最前头的正是陆星宙。平时水火不容的两个班这会儿有些微妙的尴尬，陷入同一个麻烦之中，让他们有一瞬间的犹豫，是要开口讽刺表示好学生的清高不屑好呢，还是要表示内心真实的“难兄难弟”“一脸茫然”的感受才对？

于是，校门口烤红薯的流动小车面前，就出现了这么一幅奇妙的画面。

一群人彼此对视，看着看着，姜醒揉了揉眼睛，妈呀，她眼睛都瞪得发酸流泪了，这个瞪眼大法真的不灵光。

他们都在等着对方先说话。

烤红薯的摊主纳闷地问：“小同学们，你们买不买红薯？”

姜醒：“买。”

贺铭南：“不买。”

陆星宙：“再看看。”

得了，还看啥呀？赶紧让人家做生意呀。

陆星宙看了一眼姜醒，又看了一眼最近风头正盛的贺铭南，说：“聊聊？”

贺铭南和姜醒对视一眼。

贺铭南点点头。

姜醒：“嗯，聊聊。”

一行人非常郁闷，因为过节，他们放学又迟了，这会儿到处是人，本来想找一家宽敞的快餐店，却没有位子。

最后，他们挤出人群，程舟眼尖地看见广场五块钱坐一次小火车因为饭点好不容易空出一趟，他一个健步就冲了上去，然后向白棠棠伸手：“上来。”

白棠棠瞠目结舌，但是在她用理智思考之前，她的行动比理智更快地做出选择，她顺着程舟的动作稳稳地坐在小火车上。

姜醒看着他们，这骚断腿的操作，可以，是程舟的风格。

她和贺铭南紧跟着付钱抢了两个座位，姜醒在硬座上挪了挪屁股：“有点小，还有点硌。”

司机无声地腹诽：他的小火车主要是家长带着孩子坐的，自然不宽敞。

陆星宙还在纠结，脑中天人大战，他们都多大的人了，还坐这种涂得花花绿绿的小火车，他们不要面子的吗？这个商业广场离学校那么近，来往的人中说不定就是同一个年级的同学，明天全校人就知道他们和十三班的人一起坐小火车畅游商业区了。

陆星宙后面跟着的两位男同学在瑟瑟寒风中，脸色也十分精彩，变幻莫测。

这时，有小朋友拽着爸爸妈妈的手路过小火车，天真地问：“妈妈，大哥哥大姐姐也很喜欢小火车托马斯吗？”

妈妈：“是呀，托马斯大家都喜欢。”

姜醒面无表情，非常厚脸皮地不为所动，哦，原来这个圆脸叫托马斯。

陆星宙这几位三班的同仁估计这辈子也没这种寒酸又中二的体验，他们不情不愿地坐上小火车之后，还一脸愤愤，屈辱地看着姜醒。

她叫他们都出来过节，是她占了每家店的座位吗？这个锅她不背，拿走拿走。

小火车四人一节，姜醒和贺铭南对面坐的是陆星宙和另外一个今天出现在行政楼接受调查的男同学，另外，白棠棠和程舟则分别选择了分布在姜醒他们前后的两节车厢。尤其是那位男同学，即使百般不情愿，也不得不转过身勾着头跟他们说话。

那位男同学生无可恋地问：“我们一定要这样吗？”

姜醒：“情况你也看见了，有座位的地方就这么一个，实在不行，我们蹲马路牙子也可以。”

白棠棠补充：“要不回学校也行。”

男同学摇头，算了算了，不折腾了。折腾这么一大圈再回学校坐着，显得很蠢。

于是，一群人终于达成共识，开始了“愉快”的小火车之旅。

姜醒：“1921 年我党经历千难万险，在嘉庆南湖开展第一次会议的时候，大概也是这种感觉吧。”

风瑟瑟，水潇潇，从这里诞生，从这里出征，从这里开始，意义多么特殊。

众人看着姜醒，对她的脑补能力都表示非常敬佩。

贺铭南什么都没说，他一侧头，看见姜醒因为暴露在冷空气里冻得红通通的鼻头，一言不发地把自己的围巾拿下来，搭在了她的脖子上。

姜醒原本正在说话，感受到脖子上的温暖，惊讶地扭头看了一眼边上的贺铭南。

她白皙的手搭在贺铭南卡其色的围巾上，上面沾着贺铭南的体温，还有一点若有似无的清爽好闻的气味。

贺铭南摇摇头，让她不要把围巾还给他。

于是，姜醒动作到一半的手腕换了个方向，把围巾圈在了自己的脖子上。

贺铭南的围巾不名贵，很一般的材质，但姜醒觉得比她用过的任何围巾都要温暖，暖流从心里流遍全身。

陆星宙在他们对面，把他们之间的互动看在眼里，终于开口："赵老师是我们的班主任，据我所知，现在学校调查的方向怀疑泄题的人是他。"

姜醒问："他这么做的目的呢？"

"为了给自己教的班级提高均分，校方说。"另一人答。

"就为了一个月考，冒这么大风险？"

陆星宙点头，和明白人讲话就是这一点方便，他们总能够用怀疑的目光去看待眼前看到的东西，并保持独立的思考。

他心里默默地提高对姜醒的评价，给她点亮一排星星，三星，不，还是四星吧，离五星还差一点点。

"这也是我们觉得奇怪的地方。"陆星宙说。

姜醒撑着下巴，脑袋飞快地转着。

他们相互之间交换了一下情报，大概拼凑出一个逻辑，矛头毫无疑问地指向赵云来，因为他连续带出了两届数学状元，为了能够一直保持他教的班级能够排名第一，同时避免十三班这个吊车尾班太过差劲给他的光辉履历拖后腿，他铤而走险，不惜冒着巨大风险，也要不择手段把两个班的成绩弄上去。

姜醒捕捉到的重点是："所以云来的人缘是有多差？都带了两届

状元了，连个一官半职都没混上，还在一线勤勤恳恳做老黄牛。”

她拨弄着围巾上冒出来的一根线头，施施然说着，疑惑的目光迎着圣诞气氛里缤纷的灯光看向他们。

嗯……她的问题很有道理。

但是，一般人的反应不应该是先被赵云来出色的教学成绩震住，或者质疑他是不是真的魔怔了，陷入赌上一切保成绩的怪圈？

姜醒还真不是一般人。

她又说：“之前对他没什么了解，现在知道了，是个人物。”

也难怪他之前怎么看姜醒都不顺眼，想来也是，一个看多了天才的老师，突然看见姜醒这种上课睡大觉的硬核学渣，真是气得七窍生烟。可以理解，换成姜醒可能做得更过分，恨不得直接把人扔出门外。

只是这样一位有本事的人，让他教三班可以理解，让他教十三班，就像是玉皇大帝跟孙悟空说给他个官当当，结果让他做弼马温，完全是大材小用嘛。

“贺铭南，你怎么看？”姜醒忽然问他。

贺铭南话不多，但他开口，必言之有物。

他说：“恐怕我们云来得罪人了。”

姜醒突然笑出声：“扑哧——”

“云来”是他们对赵老师的戏称，像贺铭南这样的正经人，是从来不会这样叫赵老师的。今天突然听见他这样叫赵老师，不仅是“云来”，还是“我们云来”，姜醒和白棠棠真的忍不住想捶他。

贺铭南一脸无辜，他的表情丝毫未变，眉毛都没动一下，显然没觉得说了任何好笑的笑话。

姜醒真的很想知道他的笑点都在什么地方，怎么就能忍住不笑场呢？

而陆星宙他们班的人都是一脸无语，赵云来作为他们班的班主任，威信还是有的，陡然被楼上的班级戏称，都有点缓不过劲来。

“你们……你们还真是……”

“我们什么？”姜醒挑起眉梢，她脑后的马尾随着她的动作轻微晃动。

都说学生是象牙塔里生长的温室花朵，但他们在学校就已经接触到这个社会金字塔一般稳固的运行规则。

学校里面活得最滋润的学生无疑有两种——成绩好的和有钱的。混得最好的，大概就是陆星宙这种，成绩又好又有钱。

学生们自有一套鄙视链，但今天他们坐在这个四面漏风的小火车上，似乎有什么东西被打破了。

从他们面对面坐在一起开始，无形的刻板印象和对彼此的敌意，便已经开始松动。

托马斯火车的司机大声地扭头问他们：“小同学们，你们不下车吃饭吗？”

他们同时说：“吃什么？气都被气饱了。”

司机大叔对他们无语：“你们想坐下一轮，得交钱啊。”

这群傻学生只好默默地给他们的小火车续费。

贺铭南的推测完全正确，但是要证明他们的推测是一件非常困难的事。

“你是说你们班有人承认他分享给群友的题目来源是云来？”

“事情发生之后你们有人见过云来吗？”

“我不认为我们班的人需要提前看题目，至于你们……”有人不小心说出了真心话，听起来很像是挑衅。

结果姜醒摸摸下巴：“我们班早就放弃治疗了，背答案这么上进的事，我看他们做不出来。”

白棠棠拽拽她的衣袖，过分了啊。

姜醒摆摆手：“真相都是残酷的，实话通常是不好听的。”她也没说错。

三班的人彻底服了她。说话的艺术，还得看她，把别人的台词说完，让别人无话可说。

一群人没商讨出个所以然来，陆星宙率先从小火车上跳下来，对有革命友谊的同窗们说：“等明天看学校里面究竟开会开出个什么结果来，我们再看有什么对策吧。”

陆星宙冲他们潇洒地挥挥手。

姜醒伸出头，双手撑着小火车边缘问他：“你为什么这么肯定云来是无辜的？”

陆星宙耸肩，反问：“那为什么你们又在这里？”

平心而论，那个老古板要是能做出泄题这么灵活的事，也就不是现在的赵云来了。

等众人都散了之后，姜醒问贺铭南：“回学校？”

“嗯。”

“那顺路，走。”

两人停在校门口的梧桐树下，姜醒说：“贺铭南，今天是平安夜你知道吧？”

贺铭南弯着眼睛笑：“姜醒，节日快乐。”

姜醒轻声“哎”了一声，女孩子轻飘飘的声音，随着冬天的风在半空转了个圈。

她站在路上，视线与贺铭南的眼睛平齐，因为脚下的高度优势，终于逮着机会和贺铭南“平起平坐”。

姜醒在女生里面本来就算高个，没想到贺铭南个头长得飞快，也不知道他是吃什么长大的。

姜醒问他：“那过节你没什么要送我的吗？”

贺铭南踌躇了两秒。

只听她又用轻快的语气说：“除了苹果，我不收苹果的。选今天用几十块钱买个苹果的人莫不是傻子吧？”

智商税，咱不交。

贺铭南是个耿直小青年，他拽着书包带子，愣了一下，说：“抱歉……我没有……”

姜醒恨铁不成钢："贺铭南，不是我说你，你的情商有待提高呀，逢年过节的也不知道孝敬孝敬我。"她并不需要贺铭南的回答，又飞快地说下去，"算了，我知道没法指望你的。给你的，回去吃。"

贺铭南低头一看手里被姜醒塞来东西，是一盒巧克力，没什么特别的，就是便利店里面随处都能买到的那种，不需要很多钱就能买一大盒。

他突然回忆起来，在广场的时候姜醒消失了几分钟，大概就是那一会儿，她买了盒巧克力出来。

贺铭南捏紧了巧克力盒子，嗓子有些发紧："谢谢。"

姜醒说话时冒着白气："好了，我走了。"

贺铭南站在校门口，才发觉，搞了半天是姜醒把他送回了宿舍，难怪他总觉得哪里不对。

他松开另一只背在身后的手，如果姜醒回头，她就能看见灯下的他，手里拿着一颗苹果，上面绑着的丝带和主人一样在风中楚楚可怜。

贺铭南狠狠地啃了一口手里的苹果，然后带着无辜的苹果回到宿舍。

舍友看见了奇怪地说："铭南，你这个苹果怎么回事？带出去又带回来，我给你买的不好吗？这可是我家亲戚自家果园里面摘的，就为了今天。我顺了几个，就为了体贴咱宿舍的兄弟。"

贺铭南又狠狠地咬了一大口苹果，别说，还挺脆挺甜："是你说，平安夜都要送这玩意。"

"对呀，是我说的。"谢方羽小朋友没心没肺地说。

贺铭南问他："那你的苹果送出去了吗？"

谢方羽羞愧地低下头："没有。"

"对方说什么？"

谢方羽难过地说："她让我自己吃，还让我不吃就拿去卖掉。"

最怕空气突然安静。

贺铭南犹豫了一秒钟，宿舍里的小伙伴们同时看向宿舍角落还剩下的一大箱苹果……

卖掉，好像真的可以。

于是203四人真的跑去街上卖苹果了。

有人在夜市看见他们，拍了张照片给姜醒："醒醒！我好像看见你同桌在临方街卖苹果。"

贺铭南吆喝起来套路一箩筐，当街叫卖毫无压力。

"十块钱一个，走过路过不要错过，十块钱一个新鲜苹果，你买不了吃亏，买不了上当，小哥哥，真的不给旁边的小姐姐买一个苹果吗？"

姜醒皱眉看着手机里的照片，一下从家里的沙发上站起来，撸起袖子，就准备往外跑。

她手机的消息源源不断，都是同学的消息。

一个小群里消息滚动："醒，今天看见你和贺帅哥一起出校门，你们怎么样，还好吗？没吵起来吧？"

"打起来了吗？有没有打一架？"

另外一个动物头像说："你们都是从哪里听来的消息？我感觉醒醒对贺学霸还是挺好的。"

"上回还把人堵小树林，你确定他们关系好？"

"说不过你！但是你要相信我作为一个女人的直觉。"

"醒怎么不说话？"

一秒后，群里面的狐朋狗友们看见消息提示："群主已将群解散。"

怎么得罪她了？真是的。

过了一阵子，姜醒的朋友圈发了一张当晚的月亮。

按照张爱玲的说法——天上的月亮将天空烧煳了一小片。

当然，原话比姜醒说的要优美多了："天色已经暗了，月亮才上来。黄黄的，像玉色缎子上，刺绣时弹落了一点香灰，烧煳了一小片。"

姜醒在这幅"烧糊了"的夜景图上配了行字："今夜，无事发生。"

看到这条朋友圈的人第一反应是，不信，骗鬼呢？

于是他们纷纷回复："姜醒的嘴，骗人的鬼。"

"+1。"

"+2。"

这群没良心的人回复了一排，整整齐齐。

姜醒："是朋友吗？"

其实姜醒想了很久要给贺铭南什么圣诞礼物，准备贵重了显得她很刻意，又平白给贺铭南增加经济上的压力。

提前准备放包里吧，显得她好像非常重视，特别稀罕他的样子，万一他没给她准备礼物呢？那她作为"林私一姐"多没面子。

所以，她思来想去，做了两手准备。事实证明，她的决策果然没错，那位伟人说得对——两手都要抓，两手都要硬。

姜醒等了半天，一看，贺铭南还真没要给她礼物的意思，于是就去便利店拎了一盒巧克力出来，里面小票都还留着。连着便利店塑料袋一起给贺铭南的时候，满脸写着："呵，男人，我就随手一送，你不要放在心上。看到没？这就是我十九点五十二分在便利店随手拿的。"

其实，如果打开她的书包，贺铭南就会发现她书包里面还有一盒一模一样的。

为了送个礼物，她也是非常不容易。

谁又容易呢？

话说回来，姜醒出门后，有点纳闷，看到贺铭南卖苹果，她这么积极地出门干什么呢？

她迈出去的脚又想收回来，这时，谢方羽的状态更新让她改变了主意。

谢方羽说："跟着南哥有肉吃，南哥饿着肚子带我们致富奔向新生活，"

姜醒回："贺铭南晚上还没吃饭？"

谢方羽："吃了。"

过了两秒，他大喘气接上："苹果。"

姜醒的心随着他的回复上上下下、起起伏伏。

她快速回复："等着。"

谢方羽发了一个瞪大眼睛的表情："姐，我也饿，我想吃肉。"

姜醒无语，决定不理他了。她没有注意到自己的心已经偏了，她心想：男孩子就是粗心，人肚子还饿着，小谢你除了发状态就不能买点吃的给他吗？

于是，姜醒给自己找了个理由，快乐地给他们送吃的去了。

她打了个车赶到临方街，拎了一大包食物，里面有她喜欢的关东煮，也有便当和零嘴。总之，保证贺铭南吃饱吃好。但是她的嘴上不是这么说的，她找到谢方羽他们，看似云淡风轻、毫不在意地把东西丢给他——

"吃的来了。"

谢方羽一阵欢呼："姐，我就知道你嘴硬心软，你真是天下第一好人。"

头顶巨大好人光环的姜醒动了动眉毛，她突然不想做大姐了，品品小谢叫她时这一声甜甜脆脆的"姐"，把她都叫老了……

谢方羽打开袋子，惊喜地说："都是我爱吃的。"

姜醒一双眼诚实地盯着谢方羽手上的食物动向，用力地在食物和贺铭南之间来回梭巡，好像用视线可以把好吃的跟贺铭南连线连一起。

但可惜谢方羽是个没眼色的"傻白甜"，一个人抱着大袋子，露出一脸生活甜蜜美满的满足感……

姜醒跺跺脚——小兄弟，你怎么回事呀？

谢方羽呆滞地看着她，仿佛才回过神似的："姐，你站风口很冷吧？快往里站一点。"说完，把自己的小板凳让给了姜醒。

姜醒只好提示他不要吃独食："好吃吗？"

好吃的要和好朋友分享。

她见贺铭南还在边上卖力地推销苹果，丝毫没有过来歇一会儿吃点东西的意思，她恨铁不成钢，更急了。不按时吃饭这习惯多不好，尤其是冬天大晚上需要补充热量的时候。

姜醒的脑补已经扩散到没边了，不按时吃饭容易得胃病，不严重也容易有胃痉挛的症状。

她的脑子里来来回回、千言万语汇成一句话：崽崽，听话，你要吃饭呀。

再不吃，她就要捧着吃的上去了。

可能是她的“意念劝吃大法”奏效了，贺铭南真的扭头向她的方向走过来。

姜醒坐在小板凳上，比贺铭南低了许多。从她的角度，能看见贺铭南逆着人流从彩灯下向她走来，一层层温柔的光晕如水的波纹荡漾开。

贺铭南停在她的面前：“你怎么来了？”

姜醒顿时满血复活，飞快地拽过吃的捧到他面前：“给你们送吃的，听说你们干活辛苦还没吃，作为同学我顺路来支持一下。”

贺铭南一脸疑惑：“你听谁说的？我们晚上不是吃了？”

姜醒顿时表情僵硬，脑袋缓缓地转向谢方羽，狠狠地瞪他。

怎么回事，谎报军情？

谢方羽赶紧把脑袋缩了回去，缩回去之前，还冲姜醒疯狂地使眼色，眼睛眨得飞快。

下一秒，她听见谢方羽对贺铭南大声说：“南哥，姜醒这是担心你饿，我们都是沾了你的光。要是有人愿意不辞劳苦地给我送吃的，我当场就……”

贺铭南颇为有趣地瞧着他：“你就什么？”

姜醒也被他勾起好奇心，托着下巴，眼睛一眨不眨地盯着他：“就什么？”

谢方羽被他们灼灼的目光盯得发烫，他无赖地说：“我就嫁了！”

边上另外两个舍友听了一阵狂笑，非常不客气地戳穿他：“你苹果都没送出去，你嫁谁？”

谢方羽一下说漏了嘴："小南南的苹果不也没送出去吗？"

他的话如薄薄的刀片割裂锦帛，在空气里发出轻微的撕裂声，顿时所有人都安静了，呆呆地看向贺铭南，又非常明显地偷瞄姜醒。

姜醒："贺铭南的苹果，送谁？"

"还能送谁？"室友起哄，"远在天边，近在……眼前！"

贺铭南坚决不提那个被他啃掉，已经进了他肚子的苹果。

他掏出苹果，在干净的衣服上蹭了蹭，递给姜醒。

"如果你不嫌弃……"

姜醒笑眯眯地飞快拿过苹果："不嫌弃，我喜欢苹果。"

贺铭南微微皱眉，她之前好像不是这么说的。

见到贺铭南伸手想要拿苹果，姜醒护食地把苹果塞进外套里："干吗？给人的东西还打算拿回去呀？"

贺铭南连连摇头："不是的，想给你添个东西。"

姜醒把苹果递回去，贺铭南不知从哪里变出来一个贴纸，他把贴纸贴在苹果上，强迫症似的贴得非常正，一点偏差都没有。

姜醒低头再一看被他递还的苹果，扑哧一声笑出来。上面是个笑脸的表情，还有点丑丑的。

"刚刚旁边摊位阿姨给我的贴纸，她说你们女孩子……喜欢吧。"他稍稍停顿了一下，"你应该喜欢的吧？"

"很可爱。"

礼物这东西，一向如此，不在乎是什么，关键是谁送的。不存在完美的礼物，送的人对了，一切就都对了。

姜醒长了这么大也没想到她有一天真的会在平安夜卖苹果，他们离上新闻只差一辆玛莎拉蒂了，不然就可以这么写——深夜小姜携小伙伴玛莎前卖苹果，五人一箱苹果，收益如何？让我们来一探究竟……

来买的人还真的不少，姜醒终于理解蹭节日消费的流量是多么夸张的一件事，也终于明白情人节那种十五块钱一支还快要凋谢的花是怎么卖出去的。

闭着眼睛，瞎买，瞎卖。

另一边的傅扬说：“我们没有摊位，城管不会来吧？”

林若舟回答他：“你想太多了，城管不过节的吗？”

傅扬这个乌鸦嘴，说完他们就看见穿制服的人开着一辆小车向夜市地段驶来。

还真不过节啊！

五人彼此对视一眼，还等什么？跑啊！

跟着他们卷起全部家当跑的还有一些摆地摊的摊主，他们的小板凳就是借人家的。但人家跑的速度比他们快多了，还熟悉路线，转眼人影就没了。

姜醒一扭头，还能看见有人追他们。

“别跑！”

他们疯狂加速，跑得更带劲了。

——你叫我别跑我就不跑，我是傻子吗？

一群人托着纸箱拐进一个深巷，姜醒双手撑着膝盖，弯腰喘着气，她抬头看了眼同样跑得大喘气的另外几人，几位长跑选手相视一笑。

谢方羽问：“怎么办，箱子我们要带回去吗？”里面还有些苹果。

贺铭南拿着纸箱说：“天晚了，你们把姜醒送回家，我临时有事，箱子交给我来处理。”

一群人听贺铭南这么说，没有他想，姜醒在一阵狂奔之后肾上腺素和多巴胺激增，这也是为什么运动会让人的心情变好的原因。

现在姜醒的心情就非常好：“没事，我自己能回去。”

“醒姐，你就给我们一个机会做回护花使者呗，你看，我们平时都只能对着傅扬这样的七尺壮汉的老脸。”

傅扬突然中枪，一脸蒙。

姜醒差点笑喷。

谢方羽又说：“更何况，你要让我们贺铭南放心呀。不然他该睡不好了，是不是呀？老南！”

从“南哥”变成“小南南”又变成“老南”的贺铭南:“别听他瞎说。”

“哦，死鬼，是不是瞎说你心里清楚。”

姜醒现在有理由怀疑，谢方羽是哪位影帝影后的宝贝儿子，不然怎么小小年纪就这么“戏精”呢?

“暴躁老哥”傅扬上线：“送来送去的，你们怎么这么黏糊？要走就快走，我回去还能再开一局。”

姜醒：“我先回去了，明天见。”

“嗯，明天见。”贺铭南微笑。

姜醒走后，贺铭南顺着巷子往外走，走到一半，像是感应到什么，停下脚步。

“出来。”他一半身子埋在巷子的阴影之中。

一群人向贺铭南走来，把他围住，他轻轻放下苹果，往边上放了放。

他说：“不要伤到我的苹果。”他好像不意外来的人是谁。

对方手里拿着铁管，金链子和文身加持，浑身煞气，一看就不是什么好人。

对方为首的“大金链”说：“小子，你现在有钱上学了，那是不是可以还钱了？”

贺铭南非常冷静地说：“我叔叔欠你们的钱，早就还清了。”

对方冷笑：“有没有还清，我们说了算。今天你跑不掉了，要么还钱，要么……”他狰一笑，“要不要我们去你的学校替你宣扬一下你欠钱不还的事实，那你这个书还念得下去吗？小可怜哦。”

“大金链”说话的间隙，他后面的手下一脚踢翻了贺铭南的纸箱。

贺铭南低头看着滚到他脚边的苹果，安静了两秒，然后平静地说：“太可惜了，我的苹果真的很好吃。”

贺铭南的内心疯狂地滑过一串咆哮体。

——它们可是十块钱一个的苹果！你们知道十块钱一个真的很贵吗？！

他平时在食堂买十块钱的饭都要想一想！

——你们这群臭讨债的究竟懂不懂什么叫勤俭节约？你们对得起小谢家叔叔果园里辛勤劳动的果农叔叔阿姨吗？！

是什么使贺铭南愤怒，是挑衅吗，是侮辱吗？不是的……

是贫穷。

贺铭南多数时看起来温顺无害，但他知道，这只是他的伪装，是他内心希望自己可以成为的样子——一个纯洁无害，单纯伶俐的小青年。谁不喜欢那样的孩子呢？他想，就算是姜醒，也喜欢那样的同桌吧？

但他似乎离那个美好的假象，又远了一点。

抱歉。虽然他也不知道自己在对谁感到抱歉。

第二天，因为考试出事，班上的气氛还有些低迷，都三三两两聚在一起讨论。只有贺铭南一个人，格外显眼。

贺铭南趴在课桌上，校服外套蒙着头，不知道是不是在睡觉。

姜醒在心里面十分女流氓地吹了声口哨，走过去一把掀开贺铭南的外套："贺同学，晚上做贼去了，还在睡呢？"

入冬以后学校对穿校服这事抓得就没那么严了，衣服多了就累赘，因为室内开空调，外套穿穿脱脱的很不方便，很多人干脆就把校服外套放抽屉里，有需要再拿出来套上。

贺铭南确实是有些困，此刻他露出一双湿润的大眼，从困倦的状态里勉强回过点神来，一双偏圆的大眼冲姜醒眨巴眨巴，把人的心都看化了。

如果现在贺铭南对姜醒说他想要天上的月亮，她也会把月亮捧到他面前来。

他揉了下眼睛，平时清冷的声音多了点不一样的味道，就像是糯米糕上用白糖沾了一粒软糯的红豆，又软又甜。

贺铭南想了一下，他昨晚干吗去了？嗯……大概就是碰到一群没脑子的家伙，本来想欺负青铜，没想到惹的是个王者。

后来他的心情被这群人搅和得有些不好，罕见地没睡好。

“我看你经常在课上睡觉，我也想试试，看看是不是比床上舒服。”贺铭南如实说。

姜醒听了之后只想拿手边上的书打他。

贺铭南太了解她了，在她把书举起来之前，握住了她的课本：“先不要把书翻开，‘太子及宾客知其事者，皆白衣冠以送之’后面是什么？重点段落背熟了吗？‘群臣怪之’的‘怪’怎么解释？”

姜醒震惊，一大早就来突击？

她默默地看了一眼自己手上举起的，没错了，是“语文必修一”。她缓缓地收回手，非常不要脸地说：“容我换本书再来。”

换本什么好呢？她摸到一本不知道什么时候塞进抽屉的漫画书，感觉这本就不错。

贺铭南轻笑一声，抽走她“爪子”刚摸到个小角角的漫画书：“呵，没收了。”

姜醒想哭。以她戏瘾大发的程度，下一秒就能给贺铭南表演秒哭。

“不许哭。”

姜醒抽抽搭搭的：“你欺负人，还不许人哭。”

贺铭南用拿在手上的漫画书轻轻在她的桌上敲了一下：“什么时候背好了，什么时候还给你。”

姜醒撇嘴。

两天后，午休的时候，班主任来了，通知他们关于考题泄露事件学校讨论出的处理结果，数学成绩集体作废，全年级学生重考。

班上哀号阵阵。

忽然有人问：“那赵老师怎么样？”

第十一章
贺铭南是建校以来最惨的校草

听说学校那边对赵云来的处理公布的结果是暂停职务，配合调查。

他带的两个班的学生对此结果表示怀疑，楼下的陆星宙来找过姜醒一次，他想收集大家的签名，向学校提出抗议，让他们重视学生的意见。陆星宙这人不爱多管闲事，他是赵云来最喜欢的学生之一，聪明，有灵气，别人听三遍才能听懂的东西，他听一遍就能懂，还能举一反三。

赵云来经常把他挂在嘴上，对他赞誉有加。赵云来这么欣赏他，多次想要他担任班委，都被他拒绝了。他说自己不想当官，不爱管事。

但是面对赵云来被指泄露答案，甚至怀疑他有金钱交易，班上的同学犹疑不定的时候，第一个站出来的人，是陆星宙。

他只说了一句："没有做过的事绝对不会认，我是如此，我们老班也是如此。"他反对校方粗暴的处理方法。

无论最后结果如何，赵云来都没有白白和他师生一场。伯乐识千里马，千里马亦知恩图报。

陆星宙愿意为老师挺身而出，姜醒自然愿意为他提供帮助，只是她实话实说："我不觉得这个方法会管用。"

陆星宙看了她一眼："如果你有好办法，随时告诉我。"

陆星宙和贺铭南都是他们这一届出了名的帅哥，两人的长相风格完全不是一个类型。陆星宙的长相侵略性十足，刀刻般的双眼皮，上扬而凌厉的眼，薄薄的双唇，唇色比一般人要深一些，令人印象深刻。

姜醒站在走廊上刚和陆星宙说完，贺铭南刚好看见陆星宙和姜醒站得非常近，陆星宙低头不知道在姜醒耳边说什么，说完之后姜醒点点头，一向冷酷的酷哥陆星宙冲她笑了一下。

他的笑容，从贺铭南这个同性的角度看来，也必须承认，怪好看的。

贺铭南走到姜醒边上，不动声色地隔开她和陆星宙之间的距离，两个高个子站在一起，导致姜醒平白矮了一头。

贺铭南问她："怎么了？"

姜醒一见是他，毫无戒心地把事情和贺铭南说了一遍，她没有注意到，不知不觉中，她对贺铭南多了许多信心和依赖。

说完，姜醒拽他的袖口："你也帮忙想想办法。"

陆星宙盯着贺铭南被姜醒拽住的的袖口，贺铭南又不动声色地把自己的袖子往姜醒手里送了送，方便她想怎么拽就怎么拽。

两个男生的视线相碰，空气里仿佛有电流乱窜。

姜醒则对他们的眉眼官司一无所知，反倒后知后觉地说："感觉你们挺投缘，昨天小火车上光线不好，我都没注意到。"

谁跟谁投缘？两人互瞪一眼。但提到昨天的小火车……那真是个难忘的夜，两个自认为已经是成熟男人的小朋友都不由得微微红了脸。

那个小火车真的太儿戏了！空间小，外观破，开起来速度不超过二十码，坐着的时候还得小心翼翼地蜷着腿，一抬头就要撞脑袋，说出去脸真是丢光了。

往事不要再提，人生已多风雨。

"我们还是聊聊眼下吧。"陆星宙说。

贺铭南难得同意。

赵老师被暂时停课，姜醒他们看见赵老师在收拾东西，还有校方的负责人在检查他的物品。

赵老师离开办公室的时候正巧和姜醒打了个照面，姜醒喊了他一声“老师”，别看他平时凶神恶煞的，离开讲台这个特殊的地方，他待人倒也不是那么尖酸刻薄。

此时，他整个人都被突如其来的泄题事件折磨得心力交瘁，见到姜醒的时候，他已经和姜醒印象里面那个斗智斗勇，要再大战三百回合的“五指山”大相径庭。

虽然他神情疲惫，但是穿着打扮依然整洁，头发梳得一丝不苟，外套的拉链拉到脖子下面，严丝合缝，他的步伐同样的利落，脊背挺直。

他的脚步稍稍停顿了一下，回应说：“嗯，你好好学。”

姜醒他们下午集中起来重新考试的考题，是数学组连夜赶出来的。学校也是很无聊，就因为要凸显对作弊行为的零容忍，给学生们一个深刻的印象，大冷天的把人弄到体育馆考试，体育馆坐不下的就放在外面操场。

姜醒比较不幸，被发配到四面吹风的操场上写试卷，天阴沉沉的，还在飘雪粒子，没写一会儿，她的手都僵了。

饶是她穿得厚，也扛不住学校这种折腾人的馊主意，把人弄操场上，是想让人做试卷，还是想让人唱《冷风吹》？

这么一弄，姜醒心里头的火气就不断地往上冒。

姜醒还没说什么，就听见有人问：“老师，请问你们是不是少给我们发了点什么？”

监考老师：“什么？”

“暖宝宝啊。”

“好好写你的题目！”

是个人才！

姜醒一看，声音熟悉，脸也熟悉，是熟人没错——谢方羽。

她都不知道，原来谢方羽关键时候这么顶用。然后她环顾一周，熟人还不少，后面坐着陆星宙，前面几排能看见贺铭南的后脑勺。

姜醒看了几道题目，都不难，只是天上的雪粒子不像北方的雪都是干的，南方的雪还没有落下就变成了水，打湿了她的试卷。试卷上印考题的墨都晕开化成模糊不清的一团，旁边有女生不停地打喷嚏，还有人受不了地跺脚，一阵风吹过试卷被掀起来，学生连忙把卷子捂住，怕被吹跑。

姜醒看了一眼最前面站着的老师，老师也觉得外面的天气太冷，抱着泡着热茶的玻璃瓶暖手，不停地在操场上走来走去取暖。但即使老师心里有不满，也不会透露出来让学生知道，即使规则不合理，他们也要执行。

所以，他们真的没有别的选择，要在冷风里面吹一个半小时？

今天的天气预报说，最低温度零摄氏度，最高温度五摄氏度。

姜醒几乎没有再犹豫，她合上笔盒，站起来，把只写了姓名的考卷交给老师。

师惊诧地看着她："同学，你怎么回事？"

"老师，太冷了，我肚子疼。"她一脸淡定地走到边上拿回考试上交的手机。

姜醒的人生终于又迎来了一个新巅峰——交白卷，走人，她还是第一次。

有点小刺激。

交卷之后，姜醒没什么事干，就往食堂走，准备吃点热的暖暖身子。她交卷的时候说的是实话，今天正巧是她每个月一次的特殊时期，本来没什么不舒服的感觉，结果被学校这么一折腾，冷气直往身上钻，小腹疼得不行。

她按着肚子皱眉往前走，结果在拐角处听见有人在角落小声说话，她停下脚步多看了一眼，说话的这两人让她觉得有些奇怪。

如果她没看错，说话的两人一个是数学组的老师，另外一个有点面熟……是他们年级的学生，有点像三班的。

现在正是考试的时候，怎么会有人躲在这里讲话？

姜醒和他们隔了一根廊柱，她放轻自己的呼吸，尽量不发出声音，避免让他们注意到，他们说话的声音断断续续地飘到她的耳朵里。

“明晚……放学……我办公室……”

姜醒侧身，随手拍了一张照片存在手机里。等人走了她才从柱子后面绕出来，没事人一般的去了食堂。

结果她走进食堂的时候，看见一群人正整整齐齐地坐在食堂里，见到她进来，谢方羽挥着手喊：“醒姐，你‘大号’吗？怎么这么慢？！我们都等你好久了。”

谢方羽这么一喊，食堂里所有人的目光都朝姜醒的方向看去。

保持微笑，不要揍人。傻孩子都已经这么傻了，再揍两下岂不是更傻了？食堂，吃饭的地方，能不能讲点文明？看这张桌子，它又大又长。

桌子的这一头坐着贺铭南、谢方羽还有严俊昊几个，桌子的那一头坐着陆星宙和他们班的两个同学。

两拨人中间大约隔了三四个位子，没人敢触他们的霉头要坐到他们这一桌。都这么泾渭分明了，为什么还硬是要坐一桌呢？

等等，姜醒终于琢磨出事情的重点，他们现在不是应该在考场上吗？怎么……

姜醒惊讶地问：“你们……”

谢方羽向她解释：“你一走，我们也坐不住了，所以我们也跟着走了。”

姜醒没看到，贺铭南是她走后，第一个站起来的。更让人惊讶的是年级第一名不考了，年级第二名也不考了。

贺铭南和陆星宙都弃考了，他们还考啥？顿时学生们跟过节似的，哗啦啦地把空白卷子都塞给老师，一阵风似的全跑光了。

唇红齿白的谢方羽嫌弃地说：“都不发暖宝宝，回去就投诉学校。”

原来他要暖宝宝是认真的，姜醒还以为他是随便说说。

严俊昊招呼她：“醒姐，过来坐。”

贺铭南看着姜醒，陆星宙在另外一边看着她。

姜醒只好冲三班的同胞挥挥手：“好巧，你们也不考试，吃了吗？”

她一扭头，发现贺铭南看着她，眉头皱得更紧了。

姜醒一屁股坐在贺铭南的旁边，挤在他身边说："让你久等了，人家楼下班难得见一面，都还不熟，气氛搞这么僵硬多不好，我们班还是非常和谐、包容、开放和友好的，对不对？"

严俊昊第一个狗腿地说："对！"

听到"不熟"两个字，贺铭南的神色顿时轻松许多。

姜醒给他们看了她拍下的照片，陆星宙看过之后确认："是我们班的。"

班主任听说姜醒带头罢考的事情之后，快被他们这群不省心的崽崽们气炸了。

高老师苦口婆心地找他们谈话："你们对学校的安排有什么不满，也不能说不考就不考，是想要全校通报批评，还是记档案？姜醒，你又出名了，这是什么好名声吗？你怎么就不能忍一忍呢？"

姜醒背手低着头不说话。

高老师只好叹口气，转而对贺铭南说："她胡闹，你也跟着胡闹，你们两个坐同桌是共同进步，还是共同惹事？"

贺铭南："老师，不关姜醒的事，她不舒服提前离开考场。我不放心，去看看她。"

"你们呢？"

"老师，我们这是关心同学。"

"那怎么你们一离开考场，剩下的学生也跟着走？"

严俊昊一脸正义，十分无辜地说："老师，这我们怎么知道呢？他们这样扰乱考场秩序的行为太可恨了，一定要严惩！"

"对，我们不考试是关心同学，他们不考试是为什么？"

班主任把他们统统给轰了出去，想放弃治疗。

"你们是我带过最差的一届学生！"

严俊昊："老师，这是你第一次做班主任你还记得吗？"

“砰——”

办公室的门关上了。

严俊昊摸摸自己差点被门磕到的脑门，难以置信：“我们这是没事了？”

并不全是，他们一群在考场上先走的人被教导处老师拎到操场上跑圈。

“先跑二十圈，操场上考试冷是吧？跑步不冷。”

好不容易，步跑完了，姜醒和贺铭南手里被塞了两把大扫帚，姜醒扛起扫把，人都变娇小了。

教导处老师：“把操场上的水扫干净，放学前我来检查，还有，旁边的厕所也归你们打扫了。”

姜醒皱眉：“刚刚不是跑圈罚过了吗？”

教导处老师横眉冷眼：“他们是他们，你们是你们。”

枪打出头鸟，行吧，理解。算了，不掰扯了，有那个时间掰扯，他们都能把活干完了。

但还是生气，越想越生气。姜醒气得眼眶发红，一把扔掉手里的破扫帚，然后在操场上来回转圈跺脚，又默默把自己扔掉的扫帚捡起来。

贺铭南看了好笑，他让姜醒去边上休息：“有我呢，别担心。”

姜醒：“男厕所你包，女厕所你也包吗？”

这点他倒是没想到，但……

“也不是……”也不是不可以。

贺铭南简直是林城私立高中建校以来最惨校草，不仅是最穷的一个，还是第一个罚扫操场又罚扫厕所的校草。他不是在创造奇迹，他就是奇迹本身啊！

好在他的话还没说完，他们班的同学都跑过来帮忙了。

高老师在远处看见了，没有阻止，反而放下悬着的心，转身离开。班里的同学感情好，她很放心。

严俊昊几步小跑到了跟前，他非常义气地说：“醒姐，铭南哥，我们来了！一方有难，八方支援，众志成城，万众一心，风雨同舟砥砺前行。三杯吐然诺，五岳倒为轻。老师不说停，我们不放弃！”

姜醒原本很感动，等严俊昊说完，她就剩下盯着严俊昊陷入沉思了……

严俊昊看着她的眼神心里发毛：“醒姐，你干吗这么看着我？”

他语文学得不行，只有《侠客行》背得挺溜，估计去KTV也只点《刀剑如梦》一首歌单曲循环。

姜醒：“我就看看你说话要不要喘气。”

不得不说，班主任谈话时说的话非常有预见性——姜醒和贺铭南两人，不仅是共同进步，还共同惹事。

这两人就好比混世魔王遇到了芭蕉扇，手腕轻轻一扇，就是狂风遮日大火连天。

但谁也没想到，这事来得这么快。

第二天放学之后，很多学生急着回家，错过了精彩的一幕。但没关系，他们错过的好戏，都在报纸上登出来了。

次日，报纸上出现了姜醒被马赛克之后的脸，照片上的她正趴在学校教学楼后面那棵高大的梧桐树枝干上，怀里抱着一只猫。

报纸给她的标题是——高中“猫女”被困树上，城市消防紧急救援。

上网搜视频也能搜到相关的记者报道。

“猫女”这个称呼还可以更难听一点吗？

姜醒现在只想穿越回昨天傍晚，今生上新闻，都是前世犯的错。

所以说，有些话还是要听，君不见，翻一翻小学作文名言名句锦集，从小就抄写：“虚心使人进步，骄傲使人落后”。

“骄傲是一座可怕的陷阱，而且这个陷阱是我们自己亲手挖掘的。”

现在，自己给自己挖坑的姜醒小朋友正在对着贺铭南捂脸“嘤嘤嘤”。

如果有人过来用纯真渴求的目光看着她，想问她昨天怎么到树上的，她绝对会一秒变脸，用凶狠凌厉的目光把人给瞪回去，直到没人再敢来触她的霉头。

贺铭南伸出手，默默地拍了拍她的肩膀，无声地安慰着。

姜醒："呜呜呜，我的脸都被丢光了。"

听过那首儿歌吗？小老鼠上灯台，偷吃油下不来。

姜醒亲身表演了一回什么叫上得去，下不来。

原来，她、贺铭南和陆星宙他们核对了情况之后，陆星宙说他们准备去探望赵云来。她表示，他们签名的意见书才送上去，校方还是一样的说法，而且还要追究他们集体交白卷胆大妄为的行为。

所以最好的办法是保持沉默，多做多错，枪打出头鸟，反正这把火烧到赵云来为止，也烧不到他们无辜学生的身上。

但他们偏偏没有，他们相信自己看见的，相信自己相信的，即使最后打破砂锅问到底，得出的真相真的是赵老师撒谎了，他们也对得起自己的良心。

人生在世，还有多少人记得四个字——问心无愧。

学校调查了，证实了，他们却提出质疑，赵老师走就走，他们还有高中几年要在这里过，这不是傻子才会做的事吗？

有人心甘情愿做傻子吗？还真有。

姜醒第一次为自己身边有一群傻子而感到高兴。

有人提议说："这事还是要找家长帮助，通过外界向学校施压。"

是啊，他们人微言轻，但是有权势的家长说话校方总不至于也全盘否定。

"先不急，我们做多手准备吧。"

作为一个未成年学生，陆星宙处理起问题来有条不紊，可以说无论是领导力还是心理素质，都属于一流。

如果不是姜醒，可能他们三班的人会跟着陆星宙把可能的方法都试一次，但是……关键就是这其中多了姜醒这个意外。每当大家以为她只是瞎胡闹的时候，总会被打脸，然后发现人家是“初生牛犊不怕虎，乱拳打死老师傅”。

她直觉那天下午从考场走出来时，在走廊听到的对话十分关键，于是她想探一探，一个明明没有教过三班的数学老师，和出面指证赵云来的学生之间，究竟有什么话要单独说。

姜醒当然不是一个人行动，她还有贺铭南这个忠实的小伙伴。

他们到数学办公室附近的时候窗帘遮着，只知道三班的学生和老师两个人在办公室里面，但是从外面看不见里面的情形。

姜醒是个行动派，贺铭南还没来得及说什么，就见她爬树技能满点。她绕到办公室的后面，搓搓手，抱着粗壮的树干，几下就上去了。

上去之后，她一抬头，发现梧桐树的枝杈上还卧了一只傻猫。傻猫可怜兮兮地蜷缩成一团，在树上瑟瑟发抖。

姜醒冲它做了一个“嘘”的动作，然后转向数学办公室的方向，别说，误打误撞她还真看见了里面的情形。

那位比赵云来稍年轻一些的数学老师，把一袋文件交到三班学生的手里，学生连连道谢。

学生走后，这位穿着黑色羽绒服的数学老师坐了一会儿，然后趁办公室无人，他拉开了自己的抽屉，从里面拿出了一个十分丰厚的红包。他没有注意到后面的窗户还有人在看，办公室里亮着灯，姜醒透过教学楼背面半开的窗帘外向里看，对方的动作她看得一清二楚。

他双腿跷在办公桌上，优哉游哉地数着钱，足足数了两遍才满足地把红包收起来放进自己的电脑包里，然后他左右看了看，放心地关灯离开。

却不知他的行动都被姜醒看在了眼里，还被手机如实记录。

感谢科技发展。

姜醒惊讶地半张着嘴，对眼前所见不知做出什么表情才好，她花了些时间才消化了她所看见的一切。

帮她盯梢的贺铭南在下面小声地喊她：“你好了没？”

姜醒打了个手势，表示她好了。

“喵呜……”

一声惨兮兮的猫叫成功地引起霸道学渣醒姐的注意，她点点头，差点忘了，这里还有一只趴在旁边乖乖等她的小可怜。

她缓缓向小猫咪的方向移动。

“小可爱，你怎么了？”

贺铭南在下面看得心惊胆战。

怎么国家体操队单杠十级选手在树上给演上了？不赶紧下来，在上面干什么？要是摔到哪里是闹着玩的吗？

他连忙喊姜醒：“你快下来。”

姜醒缓缓向小猫咪挪动，从贺铭南的角度看，她撅着的屁股有点显眼。

她说：“我看看这只猫怎么了。”

面对野生主子，姜醒一颗火热的关爱之心在胸腔里怦怦跳动。

听，是爱的节奏。

姜醒一看，猫的前爪受伤了，她把猫护在怀里：“不怕，姐姐这就带你下去。”然后她抱着猫，看了一眼下面，一阵眩晕。

请问，这么高，她是怎么上来的？她不得不面对一个残酷的现实，她坐在高高的树上，抬头望着苍茫的天空。

贺铭南的声音远远传来：“你怎么了？”

“以前人们四月开始收获，躺在高高的谷堆上面笑着，我穿过金黄的麦田，去给稻草人唱歌。”

贺铭南内心：朋友，有事吗？突然唱歌？

姜醒换了个调：“我们坐在高高的谷堆旁边，听妈妈讲那过去的事情……”

贺铭南：“要唱你下来我陪你唱，怎么还舍不得下来了？你看看这个高度，摔断胳膊摔断腿都是轻的，你有没有想过万一摔个半身不遂，脊柱神经损伤下半辈子……”

姜醒心里“哇”的一声哭出来：“混蛋贺铭南！你不要再说了，这里太高，地形复杂，我腿抽筋，下不来了啦！”

姜醒眼角泛红，一副“贺铭南你敢再多说一个字，我就要哭出来”的模样。

贺铭南顿时紧紧闭住了嘴巴。

他仰头看着姜醒，双眸中充满了老父亲的惊惶忧伤。他上辈子究竟欠了姜醒多少债，才今生心甘情愿受她差使，天天还债？

他急忙大声喊：“你在上面，不要动，稳住，听见没有？”

姜醒欲哭无泪：“贺铭南，你快上来救我，不不不，你还是别上来了。”姜醒抓狂，“我跟你说，我回家就要去补钙！”

“好，补钙。”

“我下去就喝牛奶。”

“好，多喝奶奶 。”

姜醒：“你是复读机吗？”

贺铭南：“我不是复读机。”

姜醒惊得打了个嗝：“那你说怎么办呀？”

她又说：“我不慌，我不慌。听说高处空气好，我先多吸几口。

“贺铭南，你说，我多吸两口仙气我能飞下来不？”

——你不慌，我慌！

然后，贺铭南干了件大事。他拨打了119。

贺铭南没敢让姜醒离开他的视线，怕他一个没看到姜醒在上面坐不稳，跌下来摔到哪里。

消防车来得很快，开进来的时候费了些事，但好在非常及时地把姜醒和她怀里的猫从树上解救了下来。

记者闻风而来。

消防员叔叔问姜醒：“小同学，你怎么上去的？”

“爬上去的。”

“爬上去干什么？”

姜醒把怀里的猫往前一递。

“救人……哦，猫。”

救“猫”一命，胜造七级浮屠。

“以后还这么冲动吗？”

姜醒为自己愚蠢的行为流下悔恨的眼泪，她乖乖低着头：“消防员叔叔，我再也不了。”

消防员叔叔安慰她：“想救猫是好事，但是一定要在保证自身安全的情况下，以后再遇到这种情况，也可以拨打我们的电话。”

记者姐姐的镜头如实记录姜醒呆滞的表情：原来还可以这样。

在大家的印象里消防队出现的场景常是火灾现场，但其实在不出火灾任务的时候，消防救援还承担了很多大家不易想到的任务警情，比如遇到蛇、遇到马蜂窝……

姜醒和她的猫得救了，但是她一觉醒来，再次成了学校名人。一波未平一波又起，她都不知道自己最近是不是犯了太岁，不然怎么能这么倒霉呢？

醒姐行走江湖，想低调一点都不行，过分。

严俊昊三人组狗腿地过来关心姜醒：“醒姐，你看，你一个人占了这么大一块版面，真了不起。”

姜醒眯着眼难以置信地看着严俊昊三人，她看了半晌，终于确认，严俊昊的话是发自内心的，他真诚地在夸她不花一分一厘，就在全市销量最好的报纸上获得“这么大”的版面。

这么大，他还用手比画了一下，就跟手动标红加黑加粗，还用了三十二号无敌大字似的。

在姜醒炸毛之前，贺铭南拦住了她，安慰她：“好了好了，不伤心了。”又转而对他们挥挥手，“你们这群人，没看出来姜醒心情不好吗？”

严俊昊迟钝地问：“啊！为什么？”

姜醒的脸朝着贺铭南，鼻尖红红的。她随手挥开围着她的人，凶巴巴地说："你要是喜欢，我把'猫男'的称号让你给好不好啦？"

严俊昊悻悻然走开，一步三回头："醒姐，珍重。"

"醒姐，加油！"

"醒姐，你可以。"

他们握小拳拳为她加油。

姜醒相信凭三人组的本事，她以后生病都不需要医生了，派他们仨来探病就行，她必然垂死病中惊坐起，纯粹是被这三个活宝气的。

旁人注意到的是姜醒不高兴了，而贺铭南注意的点有些特别。他心想，姜醒生气的时候还会在结尾加上语气词，整个人都变嗲了呢，真可爱。

终于又恢复了片刻清净，还不知道已经在贺铭南心中变身"嗲精"的姜醒闷闷地用笔尖在纸上画，草稿纸脆弱，经不起她的摧残，没两下就都给划破了。

贺铭南看不下去，抽走她的笔。

姜醒撇嘴："都怪你，怎么想起来打 119 的？"

贺铭南被埋怨了也不恼，凑近了，作苦恼状："那我在下面接着你，叫你跳，你敢吗？"

姜醒嘴硬："怎么不敢？我就怕我跳下来你双手吃不消，最后我人没事，结果你双手脱臼。"

"那你不能少吃点饭，瘦一点吗？"

"你这人讲不讲道理，有没有学过物理加速呀？"

她突然又反应过来："等等，贺铭南，你是不是在拐弯抹角地说我胖？你睁大你的双眼看看。"姜醒把外套一撩，露出里面贴身的毛衣来，贴合的羊绒显出少女优美的身段，腰身纤细，她指着自己说，"你看看这腰，这腿，哪里胖了？"

贺铭南应声点点头："嗯，但有个事必须否认。"

姜醒单手叉腰："什么？"

"我没有拐弯抹角说，我就是直来直往说，拐弯抹角，那不是我的风格。”

姜醒顿时气得七窍生烟。

还没等她再说什么，贺铭南用欣赏的目光，从她的腿，到腰，然后再缓缓上移，直至与她平视，他才缓缓地夸了一句：“是不错。”

姜醒扬眉，听他继续说：“肥瘦均匀，肉瘦皮薄，再让我看看，不错，色泽鲜嫩，不知道手感怎么样，富有弹性的肉质更佳。”

姜醒听到这里，终于听出不对劲来了：“贺铭南！你挑猪肉呢？！”

贺铭南不要脸地点头：“嗯，按我说的，你以后一定能买到最好吃的里脊。”

“贺铭南，你滚！”

“我滚之前想问你个问题。”

姜醒皱眉，警惕地看着他：“什么？”

“你刚刚提到加速度，我想提问，自由落体的速度公式是什么？”

“贺铭南，你走，你现在就走。”

贺铭南委屈巴巴地说：“那我走了，我真的走了哦。”

“要我送送吗？”姜醒送他一个大白眼。

这时，班主任正好从外面走进来，看到贺铭南打了上课铃一个人站在门口，便问：“贺铭南，你干吗呢？”

贺铭南看了姜醒一眼，两人遥遥相望，视线在空气中狠狠摩擦。

姜醒心虚地转开脸，望向窗外，久违的阳光，天气真不错。

贺铭南的嘴角不易察觉地轻轻勾了一下，转头对老班说：“哦，物理老师让我去一下他办公室。”

“那你快去。”

“没事，老师，我下一节课间再去也行。”于是，贺铭南在门口晃了 圈又回到了座位上。

姜醒在课桌下踩了他一脚，他不动声色地换了个姿势，把另外一只脚递给她：“还有另外一边，踩吗？”

姜醒瞪他一眼，不理他了。

非要把姜醒逗得不理人的贺铭南在边上抿嘴偷笑。他和姜醒，究竟谁更恶劣一点呢？

围观群众大概永远没办法理解这对同桌相处的乐趣。

秘密小群里关于两位大佬的讨论最近都变少了，不是关注他们的人少了，而是说话的人少了。因为吃瓜群众都在静静观望，他们究竟是合，还是不合？真叫人左右为难。

买定离手，买定离手。

“看他们最近好像没什么矛盾，处得还挺好的。”

“这一定是暴风雨来临前的平静。”

“不太对吧，怎么能是什么事都没发生呢？昨天 JX（姜醒）在树上被救下来，贺草就在现场，难道说，乖草被醒姐带歪，终于发现了生命的意义在于自我放飞？”

“不说别的，醒姐上树我是服气的。”

“高处的风景，一定和我们这些凡人看到的不一样。”

“不说了，我要在十五楼的阳台站一站，参悟一下人生真谛。”

说到后来，他们彻底跑题。

一个小猫咪头像突然冒出来说：“乖草带醒姐学习，醒姐带人登高，我怎么觉得这种搭配很合适？”

终于有人慧眼识金，但可惜，曲高和寡，群友纷纷转而讨论什么零食好吃，今天又追了什么剧……剩下的人补作业的补作业，补课的补课，散了。

小猫咪头像被彻底地无视了。

话说姜醒昨晚拍到视频之后，就把视频拷贝给了陆星宙，然后这事就交由陆星宙处理了。

赵老师回到学校上课的那一天，大约是在两周后，那会儿正好元旦假期结束，学生返校上课。本来应该是欢欢喜喜地迈入新的一年，但由于泄题事件尚未结束，给这个新年蒙上了一层阴影。

姜醒不知道学校做什么调查需要用两周的时间，但当她看见赵老师再度出现在校园里的时候，她知道赵老师的学生为他争回了公道。

后来姜醒才从陆星宙他们的说法里拼凑出了事情的全貌。确实有人泄露了考题，而且不止一次，但那个和学生做交易的人不是赵云来，而是同是数学组老师的吴老师。

吴老师资历比赵老师浅上许多，按照他的履历本不该进林城私立高中教书，奈何他是教导主任九曲十八弯的亲戚，据说，为了让教导主任帮忙，吴老师四年前花了二十万元。

二十万元的坑位，自然要抓紧时间回本。

不得不说，吴老师的教学水平不怎么样，赚钱却很有一套。他利用林城私立高中教师的身份在外面签了辅导机构，期末考试都是统考，期中的卷子大多数时候是学校自己出，吴老师泄题的事情不是第一次了，遇到学校内部出的题目，吴老师会给他筛选出来的小群里的家长发习题，这些题目和考题重合率惊人。

其实考试的题目就藏在里面。

如果碰到统考，这个昂贵的培训机构不知道哪里来的本事，居然弄来了联考真题。

这样做的后果就是吴老师和该机构声名大振，吴老师被家长群里的家长奉为神话，一个点石成金的神话，家长把他捧得飘飘然，不知人间何世。

结果自然是吴老师很快就膨胀了，听听家长们夸人的话："当代华佗""妙手回春""人间天使，花园园丁"……听多了姜醒都差点要信了，不过她可没觉得这些话有多么好听，上一个被这么夸的人，她记得还是在新闻上看到的某位电击大师。

天使魔鬼，一念之间。

这么多赞誉，名利滚滚砸来，还有家长专门找到吴老师办公室送锦旗……吴老师从此走上了人生巅峰。

机构利用学生成绩收割了好一批生源，因为有顾忌，做事越发谨慎，歪门邪道的事干得少了。但吴老师不一样，他尝到了甜头之后没有那么容易回头。

他错就错在贪婪和胆小，心虚还要干坏事，干了坏事，有了利还想要名，最后双眼被蒙蔽，太把自己当回事。

按理说，赵老师是他的前辈，两人在同一办公室，几年相处下来，也算是井水不犯河水。谁知道他自己做贼心虚，总觉得赵老师看破了他低劣的把戏。因为赵老师是个嘴上不饶人的性格，某天突然对他说了句“年轻人教书育人也要踏实，都是凭本事吃饭”。

吴老师听了心惊，以为自己在校外做的事情被赵云来发现，他每天都行走在钢丝上，脚下是万丈悬崖。他晚上一闭眼，就听见自己急速跳动的心，好像随时要蹦出来。为了解压，他有了一个新的习惯，没事就把收到的现金拿出来数一数，一遍遍地数。就像姜醒那天看到的那样，用指腹感受一张张钞票堆叠的厚度，那一点不安也就随着平整的钞票被一点点抚平了。

但这样的安宁时刻只是极少数时候，数钞票给他带来的慰藉只是望梅止渴。他每天上班一看见赵云来就开始担忧，赵云来究竟知道了什么，知道多少，知道了这些之后会告发他吗？赵云来为什么还不摊牌，想用他的把柄做些什么？

这些念头像是疯长的蔓藤，紧紧缠绕着他，怎么也无法摆脱。于是，终于在日复一日的煎熬之中，他做了一个恶毒的决定，他要让赵云来滚。他要让那个清高的、刻薄的、孤僻的……同时也是正直的、聪明的赵云来从林城私立高中消失。

如果不是陆星宙和姜醒他们坚持，他恶毒的计划早就成功了。

调查组里面有他的人，虽然职务不高。诬陷赵云来的学生有些让人意外，因为对方学生的成绩不算差，至少是个中游的水准，但他实在太害怕排名退步了，后退一位都焦虑得整夜睡不着觉。

姜醒是没有办法理解这种心情的，她猜想，可能像是一个赛季的排位赛，好不容易上了分，一场战斗的失败都不能容忍。

段位越高，掉分越惨。只能这么解释了。所以，为了保住自己的排名，这位学生选择了走捷径。

面对激烈的竞争，有人做持剑的骑士，迎难而上，披荆斩棘；有人选择做与魔鬼交易的懦夫，躲在阴影里，出卖自己的灵魂。

“吴帆给了你什么，让你帮他诬陷赵老师？”

这位学生在调查组的询问面前，终于说出实情。

“往年真题卷，还有，以后的考题，他会想办法给我。”

林城私立高中出题的时候会参考往年的试卷，纵使每年的重难点偏向会有不同，但还是会有不少题目直接从题库里面抽，直接给往年试卷，中题率会很高。

“所以，你就这么不相信自己的实力，也不相信你们赵老师的水平？”

对方无言以对，用手痛苦地抵着头。

姜醒听三班的人把事情断断续续地讲完，陷入一阵沉思。

事后，她问贺铭南：“你说，他们会怎么样？”

贺铭南坐在单杠上，看远处围墙外的天空：“应该会起诉吧，那个三班的同学我就不知道了，听说老赵有帮他求情，要学校给孩子一个机会。”

姜醒叹了口气：“这么看，还是做孩子好。”

贺铭南：“那你想永远长不大，一直做孩子吗？”

姜醒理直气壮：“谁不想做一辈子宝宝啊？不行吗？”

贺铭南看着她露出一个宠溺的笑容：“行，姜宝宝。”

姜醒瞪他：“都是我对你太纵容，我发现你现在越来越没大没小了。唉，孩子大了，有自己的主意了。”

贺铭南看她耍宝，轻轻笑了一下。

姜醒见他望向远方，眼中似有忧郁一闪而过，问他：“你怎么了，不高兴吗？”

“没有，我在想，我还是想快点长大。”

“长大有什么好处？”

“去想去的地方，做想做的事。”

“什么是你想做的事？”

“赚钱。”

姜醒被噎住了。

“是不是很俗气？”

“当然不会，亦舒不是有句话很有名吗？‘如果不能拥有很多很多的爱，那就让我拥有很多很多的钱’，我只是惊讶你刚刚说话时的语气。”

“什么语气？”

“非常坚定，非常清晰地知道自己想要什么，并要去争取它的那种坚定。”

他的目光好像在发光，那种光芒深深感染了姜醒，在她的心里打下深刻的烙印，久久难忘。

而这种坚定，恰恰是姜醒不具备的。她羡慕地说：“我真羡慕你，知道自己要什么。”

“你不觉得这是一种野心，而露出野心的人让人觉得可怕吗？”

姜醒理所当然地反问，她笑容爽朗：“为什么要害怕野心？是因为他们甘于平庸，又不想看见别人在他们擅长的领域里走得太远，所以要‘警惕和害怕’的情绪让别人放弃进取吗？”

贺铭南挑眉：“还是第一次听到这种解读。”

姜醒跳到单杠上，冲他眨眨眼：“贺铭南，张嘴。”

贺铭南条件反射地张嘴。

姜醒把一颗白草莓扔到贺铭南的嘴里：“别吐，一盒一百八十八元，一共十五颗。”

姜醒：“问，一颗多少钱？”

贺铭南：“12.5333333……你这是什么草莓，金子做的吗？”

姜醒咬住下唇，从贺铭南的角度看过去，她的嘴唇粉晶晶的，她问：“甜吗？”

贺铭南傻傻地答：“嗯，甜。”

“给你吃好一点，提前入股，你这么聪明，以后飞黄腾达了，别忘了家乡的老父……哦不，老大哥，好吗？”姜醒拽着他的袖子，眨动着真诚的双眼，渴望地看着他。

突然，一个声音打断了他们，原来是白棠棠他们一直在后面的活动器材上坐着，一群人正聊别的，聊着聊着，一扭头，发现一根单杠上挤了姜醒和贺铭南两个人。

过分了。

白棠棠凑了个头过去，正好搁在两人之间：“在吃什么好吃的？我也要。”

姜醒冲她伸手，掌心朝上，扬着下巴：“贺铭南，告诉她一颗草莓多少钱。”

贺铭南整理了一下自己的衣领：“12.53333……”

姜醒：“想吃，交钱吧。”

白棠棠花容失色：“你这个有异性没人性的女人，为什么贺草能吃我不能吃？”

自从贺铭南点亮校草成就，“贺草”就成了同学们对他的爱称。

“知道什么是天使投资人吗？我就是。今天我给贺同学吃一颗草莓，明天贺铭南还我一个草莓园，是不是呀？”

白棠棠：“吃你的东西这么坑，还是算了，吃不起。”

姜醒捂嘴笑。

在她没有注意到的时候，贺铭南看着她的侧脸，轻轻地“嗯”了一声。

姜醒正和白棠棠玩闹，错过了贺铭南飘散在风里的回答。

第十二章

来我家吧，包吃包住还包睡

泄题事件对于姜醒来说不全是坏处，当然，除了上树的“好”名声。

姜醒第一个感受到的变化就是赵云来的处事风格变了，以前他是个看谁不顺眼，见谁不满意，都要刺上两句的非友善型老师，现在姜醒倒觉得他有点可爱。他知道自己脾气不好，所以在教课的时候有意识地控制着自己的脾气。

姜醒十分怀疑他是不是一边看着解不出题的他们，一边在心里不停地念“莫生气”。

赵云来找了个人上台，让他解方程。结果那男同学在讲台上站了半天，黑板上的解题过程写了擦，擦了写。

赵云来想扔黑板擦把他脑袋砸开看看，里面究竟是什么构造。

“昨天布置的作业题里面不是有这个题型吗？我记得你作业答案写出来了呀，你可怎么办呀？考试考到你也要对着它思考这么久吗？你真是个……”

赵云来生生忍住了想要骂他的冲动。

男同学见赵老师说了一半不说话了，委屈地接过话头，问：“小可爱吗？”

这次黑板擦准确而无情地落在了他的头上。

“哈哈哈……”

找拍。

姜醒的笑声从后面一直传到讲台，赵云来的目光如炬，一下子就捕捉到了笑得前仰后合、没心没肺的姜醒。

于是他点名：“笑得最大声的那个，你来。”

谁，谁笑得最大声啦？

姜醒乖巧地坐在座位上，眨巴着大眼睛望着老师。

赵云来：“不要看，就是你，姜醒。”

姜醒的笑容瞬间垮掉，她匆匆看了贺铭南一眼，她聪明又帅气的同桌给她默默地竖了一个大拇指。

她瞬间抓住贺铭南的手腕，把它向上一抬：“老师，贺铭南也要答题。”

老赵目光犀利地看着他们，眉头微微一皱，然后说：“都上来吧。”

贺铭南不动声色地瞪了姜醒一眼。

她调皮地动了动脖子，然后学着贺铭南之前的样子，给他竖了个拇指。

姜醒撸起袖子，要给他们露上一手瞧瞧，士别三日，当刮目相看。

——睁大你们的眼睛好好看看。

下一秒，一个粉笔头落到姜醒的脑袋上，赵老头愤怒的声音响起：“姜醒，不要探头探脑，看谁呢？看贺铭南有什么用，考试的时候他能在你旁边给你抄吗？能给你抄一辈子吗？”

姜醒捂着脑袋委屈巴巴：“老师，我没看他写的题。”

“那你在看什么？”

“我就看看他的脸也不行吗？”

“贺铭南的脸有什么好看的？”

班上的小朋友在下面起哄：“好看！”

赵老头拿他们没办法，气呼呼地喊贺铭南：“你先别写了，姜醒先写。”

没了参照，姜醒只好在上面慢悠悠地自己写，写一行，看一眼贺铭南，贺铭南点点头，用眼神鼓励她继续。

最后，在贺铭南意念的帮助下，姜醒还真的把题解对了，就是多花了点时间。

老赵看了，脸上的皱纹终于舒展了一点。

姜醒脑补了一下，如果老赵是古代的老夫子，这时候他就应该摸着自己的胡子，胡子都要美滋滋地翘起来了。

老赵又说："贺铭南，你解。"

姜醒有些疑惑为什么还要贺铭南再解一遍，然而，很快她就明白了，贺铭南用了另一种解法，更快更高更强。

贺铭南看着姜醒，冲她眨眼。

姜醒表演欲十足，她顺势向后一倒——被他突如其来的眨眼击中。

"佩服。"她小声说。

姜醒向他拱手，了不起，鼓鼓掌吧，戏精学院大师姐发来贺电。

"承让。"

贺铭南，戏精学院大师兄，入戏只需一秒钟。

"很好，你们回去吧。"

老赵没听见他们在说什么悄悄话，他也不在意，反正无论他们说什么，在老赵眼里，都会自动翻译成他们在认真讨论题目。

被捉上去做题的两人终于回归自由，老赵讲知识重点的声音在教室里环绕着。

姜醒回到座位上看着这个令她感到熟悉又陌生的教室，一样的窗明几净，一样的天高云淡，有什么不一样了呢？

因为期末考试和上一次月考的时间间隔很短，姜醒他们弃考的成绩便全部零分计算，学校没有再让他们重考，也没有进一步的惩罚措施，算是在一波三折中暂时放过了他们。

现在学校还忙着起诉吴老师，以及解决他的所作所为带来的负面影响。证据确凿，相关人员都遭到了停职，后续的追责也在有条不紊地进行。反正学校里面是再也看不到教导主任和吴老师他们了，事情进行到这里，每个人都迎来了他们在泄题事件里应有的结局。

亲身经历了泄题事件的同学们聚在一起时，总觉得心中涌动着很多复杂的情绪。因为这种情绪太过复杂，他们反而无法将它们说出口。

“挺好的。”

“嗯，挺好的。”

“你们班的人，其实还不错。”三班的人怪不好意思地跟姜醒他们说。

严俊昊不等姜醒说话，率先叫了起来：“当然！我们醒姐这么好的人，这么大一个人摆在这里，你们要是说她不好真是瞎了眼！”

正喝水的姜醒差点喷出来。

“你们也还行吧。”严俊昊替他们做了总结。

两个完全不同风格的班级，因为这样一件突发事件，冰释前嫌。即使他们之前的摩擦是些捕风捉影、鸡毛蒜皮的小事，但对于年轻人来说，他们的世界不存在小事，有的都是天大的事。

过了几天，有一次姜醒进数学办公室，老赵叫住她，跟她说了一句“谢谢”。

他说：“以前很多话我仅仅是知道，我以为自己理解了，做得很好，但不是的。是你们告诉我，其实我应该多向我的学生们学习。叶芝说，教育不是注满一桶水，而是点燃一把火。你们就是那一团火焰，从前是我狭隘了。”

看着老赵脸上的歉意，姜醒有些惊讶他会对她这样一个乳臭未干的学生说这样一番话。

看来大人也不全是固执又自大的。

姜醒对学校也是有向往的，在她最初的想象里，学校和老师应当是她读过的书里说的那样自由——让每一个学生在学校里抬起头来走路。

是她看过的电影里那样激昂的，充满生命力的——人生就应该是快乐的，要抓住每一天，让你们的生活变得非凡起来。

但是现实并不总如想象那样美好，成绩、排名、无时无刻不在的竞争和外界的目光和期许……

这些都代表什么？

姜醒从前没有思考过，直到她的初中同桌因为精神压力过大发生意外。在此之前，她不知道原来一个人可以一声不响地给自己施加那么大的压力，可人的承受能力是有限的。琴弦紧了会断，气球气多了会炸。

大约是那一刻开始，她才开始真正地思考，她要的是怎样的未来。

学校里面都在传是她家捐了一栋楼，她才被塞进来的。她家捐了楼不假，但是只要有心去查她的中考分数，就会知道，她是实打实自己考进来的，比录取分数线还高了一截。

要不是考试期间发生她哥的荒唐事，她还能发挥得更好点。

种种原因，姜醒考完之后的状态始终不好，导致她爹眼里的女儿成天愁眉不展。

醒爹一拍大腿，大事不好，女儿莫不是考砸了？

难道这就是每个孩子必然经历的青春叛逆，他聪明可爱的小女儿也逃脱不了青春期魔咒吗？

呜呜呜。

于是姜爸爸小心试探着，一副活泼严肃的口吻，问姜醒："女儿，你想重读重考吗？"

因为姜爸爸清楚姜醒的心气，但是姜醒非常奇怪地反问："我干吗要重读啊？"

姜爸爸顿时不敢再问，扭头就去捐了栋楼。

——女儿莫慌，老爹顶上。没事，旁人不都说我们家是土暴发户吗？让他们睁大眼瞧瞧，没错，我们就是土暴发户，重点是土吗？当然不是，重点是暴发呀！

办完大事的那天晚上，姜爸爸喜滋滋地夹着包，拉过闺女的手说：“女儿，你看看，我脸上写着什么？”

姜醒左看看，又看看：“冤大头？”

姜爸爸给她一个白眼自己体会：“错，再猜猜……”

姜醒路过她爹，走过去打开冰箱门，拿出冰激凌，把冰箱门关上，非常无奈地挖了一口冰激凌，香草抹茶双拼，真好吃。

她说：“让我哥猜去。”

“不要提他。”

“爸，他是你亲生的……”

姜爸爸气哼哼的，原本以为他们老姜家的浑蛋儿子是指望不上了，但是女儿聪明上进，总算是暴发的基因里面出了个读书人，没想到……

早知道是这样，如梦一场。

不，他要对女儿有信心，失败是成功他妈，短暂的停留是为了更好地起飞。

“好吧，你不觉得今天老爸身上金光闪闪，脑门上写着两个字——财神？”

姜醒皱眉，上下打量了一下她爹，从头到脚，从他的LV（路易威登）包到Gucci（古驰）的衬衫，她微微歪头：“爸，你哪天不发光？”

还是女儿有眼光、懂欣赏。听完这话，姜爸爸被浑蛋儿子惹恼而一直堵在胸口的闷气，刹那间烟消云散。

“乖女，还是你懂我。来，多给你一点零花钱，连你哥的那份一起拿去，随便花。”

嗯……好的吧。

“谢谢老爸！”

果然，世界上最动听的话还是这句“随便花，随便刷”。

——老爸，爱你哟。

一开始姜醒是青春期叛逆，有事没事在学校浪，后来遇到贺铭南，就变成了只想抱着大佬的大腿，和大佬一起飞。

她充分发挥作为一个人类的主观能动性，只想在贺铭南面前捂好自己的小马甲。虽然贺铭南看起来细胳膊细腿，也不知道体力行不行，但是没关系，她就欣赏聪明脑袋。

她想到这里的时候，贺铭南打了一个喷嚏。谁在念叨他？

等等……除了体力的问题，贺铭南这人嘴巴也毒，一张嘴专治姜醒。

这样算算，扣十分，再扣十分……他在姜醒心目中的分数，猛然“飞流之下三千尺”，一下子又减了许多。

姜醒轻轻哼了一声，给他勉强补个分，补到及格线吧。

六十分，不能再多了。

坐在奶茶店，白棠棠用胳膊顶了顶姜醒：“醒，醒，想什么呢，这么入神？”

“在想我前半生是不是太自在了？老天看我这么美、这么聪明，又有钱，所以要找个克星来跟我斗智斗勇。”

白棠棠：“啊？”她拽拽姜醒的袖子，“醒醒。”

姜醒：“我醒着呢。”

“不是，我是在叫你。你看，那个是不是你的克星？”

姜醒抬头一看，贺铭南的侧影闯进她眼里，跟高清放大了似的戳在眼前。这个距离足够近，也足够姜醒看清楚他和站在对面的女孩凑在一起说话的样子。

姜醒咬了一下奶茶的吸管。

对面的女生抱着书，向贺铭南走近了一步。

姜醒更用力地咬住了吸管。

那个女生从贺铭南的对面挪到了他的身旁，手臂和手臂之间只隔了一点距离。

姜醒的吸管被她咬扁了。

女生举起手里的题目凑到贺铭南眼前，贺铭南还低头看了。

啊！姜醒的吸管要被她咬烂了。

白棠棠一脸操碎心的模样，捏着她的鼻子，让她松开了嘴。

姜醒微微张着嘴呼吸，目光还黏在贺铭南的身上。

白棠棠说了句大实话：“女人的嘴，骗人的鬼。”

姜醒没有听她在说什么，而是食指放在嘴唇上，冲她做了一个“噤声”的手势：“嘘。”

她突然想喝一口奶茶，因为还在关注贺铭南，她没低头，下巴一点一点地点了半天也没寻到奶茶的位置。

白棠棠不得不扶额，把奶茶送回她面前。

姜醒喝了一大口，嘴里充满了Q弹的珍珠，她满足地深呼吸。

“奶茶，我的命。”

白棠棠提醒她：“既然这么好奇，去看看他们在说什么呀。”

姜醒做作地扭了扭身子，害羞地捂脸说：“那怎么好意思？显得我们好像是变态偷窥狂似的”。

——姐妹，你的戏过了。

白棠棠说：“大哥，你现在就很光明磊落了吗？做人最重要的是什么？”

姜醒不动脑子地随口接道：“开心啊。”

白棠棠纠正：“是从心。”

姜醒一愣：“那不是加起来等于‘怂’？”

白棠棠：“我要指出一下，如果你要表达胆小懦弱，正确的写法是㞞，写‘怂’是要扣分的……哎呀，你怎么跑了呀？我还没说完呢……”

白氏鸡汤，失败。

但是姜醒的动作丝毫没有慢下来，一眨眼的工夫，她就到了贺铭南的身后。

姜醒的“凌波微步”稳稳地刹车，停在贺铭南背后，一步之遥。

然后，白棠棠就看见她踮着脚，轻快地在贺铭南肩上拍了一下。

贺铭南应声回头。

姜醒无比自然地和他打招呼："嗨，白棠棠有个问题想问你，非要我过来。你看，棠棠，我都说了人家贺草正忙。"

白棠棠礼貌而不失尴尬地微笑——我就喜欢你这副臭不要脸的样子。

贺铭南转过头来，仿佛看穿一切，他微微笑道："不忙，什么问题？"

白棠棠脚步一顿，贺草竟如此认真，如此平易近人，她飞速思考，然后回答："听说你们有个学习小组，我可以加入吗？"

贺铭南的笑容自带柔光："欢迎热爱学习的朋友。"

背后，姜醒偷偷握住白棠棠的手——好姐妹，朋友一生一起走。

白棠棠皱眉，怎么有种上了贼船的感觉？姜醒这个小气鬼之前跟一只护崽的老母鸡似的把贺铭南藏着，现在瞧她这副大方模样，真的没有阴谋？

姜醒顺着梯子就往上爬，她抬手看了下表："去图书馆吗？还能学一小时。"

看看姜醒这觉悟，敢相信这是从醒姐嘴里说出来的话吗？

这，就是青春的魔力。

然后姜醒恍然大悟似的看向旁边的陌生女生："这位是……啊，我们没有打扰你们说话吧？"

白棠棠心中早已目瞪口呆，姜醒表现得还真挺像那么回事。

其实，姜醒这点演技，在贺铭南眼里就跟裸奔似的，但是他偏偏喜欢装作什么都看不出来的样子配合她。

贺铭南给她介绍："这位是三班的……"

嗯……名字还不知道。

"岳轻灵。"对方落落大方，伸出手来要和姜醒握手。

姜醒伸手跟她轻轻碰了一下，是肉眼可见的敷衍。

"我来问问贺同学愿不愿意加入我们读诗社，我们正在为下学期的招新做准备。"

人家的社团真勤奋，不仅要做年末汇报，还要做年初计划。

姜醒定睛一看，岳轻灵手里的书——《云雀叫了一整天》。

书没什么问题，就是里面收录了那一首著名的“从前的日色变得慢，车，马，邮件都慢，一生只够爱一个人”。

姜醒收回视线，脚下的白鞋无聊地在地上擦着，等着听贺铭南的回答。

贺铭南说：“谢谢你的好意，我有社团了。”

多动症儿童姜醒的动作顿了一下。

贺铭南有什么社团？不会是……

他说：“动漫社。”

姜醒一个踉跄，果然，动漫社的梗是过不去了。

岳轻灵的脸色微变：“据我所知，我们这一届还没人申请这个社团，社团的最低标准是有三个人，你知道吧？”

贺铭南面上一派轻松：“我们三个，这不是现成的吗？”

岳轻灵看着他们，不甘心地走了。

姜醒在原地连连摇头：“你看你，人家明显就是醉翁之意不在酒，就想跟你多接触一下，你真是不解风情呀！”

贺铭南的目光扫来：“那你想要我答应她吗？”

姜醒顿时变成小鹌鹑，乖巧地跟在贺铭南身后打岔：“我刚刚说话了吗？是我说的话吗？不是要去图书馆吗？赶紧的。”

贺铭南和白棠棠默默无言。

后来他们走在路上的时候，白棠棠对姜醒说：“那个岳轻灵好像是三班班长。”

姜醒：“所以？”

“所以她学习成绩很好，年级前五名。”

“所以？”

“所以你没有一点危机感吗？”

姜醒一副懵懂的样子，跑了。

她居然跑了。

有老师找贺铭南谈话，问他如果这次期末考试仍然保持年级前十名的水准，有没有意向换一个班级，和更优秀的同学一起学习。

姜醒听说这件事后急忙问他：“你怎么回答的？”

“我说……”他顿了一下，“你觉得呢？”

贺铭南卖了个关子，姜醒一向禁不起逗，尤其是禁不起贺铭南逗。他一逗姜醒，她必然着急跺脚，耳朵根都跟着发红，这副模样真叫人百看不厌。

恶劣的贺铭南悄悄想。

“你们都好讨厌啊，怎么都喜欢让我猜？”

贺铭南顿时警觉起来：“我们，还有谁？”

“没谁啦，有机会让你见见。”姜醒说的是她的老父亲，姜善同志。

但是她不知道，贺铭南理解成了什么。

谁能想到，贺铭南看起来浓眉大眼的正直青年，脑子里面都在想一些什么奇怪的剧情呀。

贺铭南内心——

“她不告诉我，还以后要带我见见。

“在姜醒的心目中，我究竟是什么？”

贺铭南握着栏杆的手渐渐收紧。

姜醒对贺铭南的心理活动一无所知，她好奇地戳他：“你还说吗？”

贺铭南的脸色青白变幻，最后不知道用什么方式说服了自己，轻缓地对姜醒说：“我说，我很习惯现在的环境，也很喜欢班上的同学，不换了。”

学校天台上，他们站在高处俯瞰校园，可以看见正对面的操场和上面一个个小小的人。

贺铭南侧头说话时有凉风拂过，明明是寒冬腊月，却让姜醒一阵恍惚。

杏花微雨，风光霁月。

被姜醒和贺铭南救下的那只猫，后来被送到了宠物医院。

他们的话说了一半，姜醒的电话突然响了，她接通之后，高兴地对贺铭南说："是宠物医院来的电话，说我们可以把小猫接回去了。"

可他们还没高兴一会儿，姜醒就开始犯愁。要把猫养在哪里呢？

她看向贺铭南："南南，小南南，你觉得……"

"不可以。"

姜醒："我还没说在哪里，你怎么就知道不可以？"

姜醒凑近了点，想要给自己增加气势，她瞪圆了眼，抬起头用鼻孔对着贺铭南。

贺铭南用一根手指抵住了她的额头，然后嫌弃地把她张牙舞爪的脸戳远一点。

"宿舍，不可以。"贺铭南冷酷的声音响起。

姜醒服气了："我都没说是宿舍，你又知道了。"她绕着贺铭南走了一圈，"你会读心术吗？"

然后，她换了个问法："那你说怎么办？"

"走，先去接它吧。"贺铭南说。

这只瘸腿的小花猫是只活泼的公猫，拥有一身黑白相间夹杂少许栗棕的毛色，腹部和四只小爪子都是雪白的，两只眼睛瞳色不同，一只蓝一只浅金，非常漂亮。一对短而尖的耳朵动来动去，显得非常灵活。

送去医院之后，医院顺便给它做了绝育手术。

姜醒他们看到小花猫的时候，它的脖子上还戴着伊丽莎白圈，腿上的伤口已经包扎好了。

那天晚上看不清它的长相，后来也是全靠医院的工作人员发来的照片。现在仔细一看，姜醒才发现，这只猫长得还真是挺俊俏，至少是流浪猫里面的颜值一哥。

姜醒把手放在它的脑袋前面，试探它的态度。没想到小花猫似乎还记得它的救命恩人，居然非常配合地"喵"了一声，然后把自己软绵绵、粉嫩嫩的带着肉垫的爪子轻轻搭在了姜醒的手上。

姜醒一阵激动，她这是什么？她就是天选之女啊。她就像是被刚出生的小宝贝握住手的新手老父亲、老母亲一般，老泪纵横，忍不住向周围的人炫耀："快看，它喜欢我。"

贺铭南和周围的医护人员都忍不住捂嘴偷笑。

姜醒一副心要融化的样子，一会儿揉揉小花猫的耳朵，一会儿揉揉它其中一只健康的小爪子。然后，只听她握着它的小爪子说："小朋友，你的蛋蛋没有咯，你现在是个小公公咯。"

她是魔鬼吗？

贺铭南默默地把手往重点部位放了放，好痛。

医护人员有点心酸，又有点想笑。

两人把猫接回了学校，原本他们是坐公交车过来的，但是回程的时候司机大叔拒绝他们带猫上车。

姜醒抱着装猫的宠物袋一脸忧愁。

"崽崽啊，大叔拒绝了你，但别怕，爸爸妈妈带你回家。"

贺铭南搓搓手，有点小激动，他可以做崽崽的爸爸，真的吗？

此刻，贺铭南心中突然升腾起一种名为"我要做爸爸了吗"的喜悦之情，其症状依序表现为：最初略微茫然，迟钝的反应后陡然惊喜，五官肌肉被带动，迸发出一个大大的笑脸，然后五官骤然柔和，并伴随着托着长长尾音的充满怜爱的一声"哦……"，一脸慈爱地想要接过姜醒怀里的"新生儿"。

正当贺铭南想要发表一点接受新头衔的感言时，只听姜醒又说："宝宝，你以后千万不许忘记我，是我又当爹又当妈，一把屎一把尿把你给拉扯大的，知道吗？"

爹 + 妈 = 姜醒。

贺铭南，卒。

姜醒的声音还在不断传来……

"有图有真相，来，我们拍照留证。"

一旁石化的贺铭南听见姜醒的呼唤："贺南南，拿我手机帮我们拍个照行吗？美颜滤镜我都给你开好了。”

贺铭南眼前一黑，生无可恋。孩子有了，爸爸不是他，不是他……

姜醒的手在他眼前挥了挥：“南南？”

贺铭南忍着心痛，还是任劳任怨，举着手机给她连拍好几张。

他之前没用过手机，也不是很懂拍照，很怕拍不好。但好在姜醒不是个挑剔的人，她看过照片之后，没有半分犹豫地把镜头转到前置镜头，举起手放在脸颊旁，依次摆出石头、剪刀、布，然后再把手挪挪位置，分别摆出头疼、牙疼、眼睛疼的自拍造型。

一套整完，完事。

一串行云流水的操作下来，让贺铭南头晕眼花。

姜醒把小猫咪小心地放进贺铭南怀里：“喜欢猫？”

“喜欢猫你早说呀，看你一直盯着它，给你抱就是了。话说回来，它还没有名字，你给它起个名吧？”

“我吗？”贺铭南反问。

“当然，你起的名字一定好听。”

不知道是哪句话愉悦了贺铭南，说进了他的心坎，他的心情由阴转晴，温和的笑容再度出现在他的脸上。他的眸子里盛满了少年的晴朗与忧郁，他微微低头，又促狭地抬眸：“铭醒怎么样？”

贺铭南和姜醒。

“明星？ super star？好呀。”

姜醒的理解和贺铭南原本想说的名字有那么点不一样，但是她已经逗上了小花猫：“明星，你以后就是我们林城私立高中的大明星了哟。”

花猫胖胖的脸上露出舒服的表情。

贺铭南无力地叹了口气，他突然觉得“大明星”这名字很适合这只胖胖的傻猫。想象一下，它戴上墨镜，蜷缩在姜醒怀里，一人一猫都一脸傲娇，招摇过市的模样。

合适，说不出的合适。

他们原计划先把明星养在学校里，拍了它的“街拍”放在网上，如果有合适的人可以托付，就找个好人家领养它。但他们没想到，没两天，明星就在学校里面混得如鱼得水，就算瘸着个腿，也是整个街道最靓的猫。加上一直没有合适的主人出现，学校决定，干脆全体师生一起养它。

也不知道这只猫是不是真的智商高，总之，当它察觉到人类铲屎官对它释放出的巨大的善意之后，它瞬间进入角色，没事就大摇大摆地走在校园里面，翘着尾巴，如同英国女王巡视自己的领地。

期末考之前，它叼了一只老鼠扔到十三班门口。

十三班的人出去的时候发出一串尖叫：“死老鼠！”

然后下一秒，大家看见了在角落暗中观察的明星。

十三班的小朋友恍然大悟，瞬间就变了张脸，不知是谁，第一个喊出：“不要动，这是明星给的礼物。”

快门和闪光灯一齐上，所有围观的人举起手机就开始拍，这是属于当代人的默契。

幸好他们学校除了上课时间都不收手机。

姜醒第一时间看到了她的同班同学们的空间，她拉着贺铭南，念给他听。

“看，这是来自命运的馈赠。

“热爱生活，生活也会热爱你。

“转发这只会送礼的小猫咪，一月，你会得到你想要的一切。”

姜醒读不下去了。请问，他们发的这些东西，跟图上这只已经凉透了的老鼠，有什么关系？

姜醒把手机揣回兜里，满脸无奈地向外走去，结果不知道为什么，围在门口的小同学们对视一眼，达成了某种奇怪的默契。

他们把位子让了出来，然后一脸莫名其妙的姜醒稳站“C位（核心位置）”，稳稳当当地站在了这个小动物的尸体前。

怎么，要火化吗？

只听同学们齐刷刷地给姜醒鼓掌，然后纷纷恭喜：“醒姐，快收下你的礼物。”

姜醒恍恍惚惚，她差点以为自己回到了原始社会，大家穿着皮裙，然后欢呼着献上猎物。

她都无奈了，就在她准备找个扫帚把老鼠处理掉的时候，一个人快速走了过来，然后飞快地捡起老鼠，当着“明星”的面，把老鼠扔到了走廊上的大垃圾桶。

明星哀怨地“喵”了一声。

贺铭南跟它讲道理：“我，”他指指自己，又指指姜醒他们，“我们不吃这个。”

肥喵安静地蹲着，甩动了一下它毛茸茸蓬起来的尾巴，然后很不好意思地小声“喵呜”了一声。

紧接着，它的身后，一个个小脑袋冒出来，突然多了一排花色各异，品种各不相同的野猫。

怪不得要送礼，它这是把十里八乡的亲朋都叫来吃大锅饭了呀。

“先给食堂送两只过去吧。”姜醒无奈。

“什么？清蒸还是红烧？”旁边的同学大惊。

——猫咪那么可爱，怎么可以？你们一点点这种念头都不可以有！

姜醒咬牙说：“送去捉老鼠！”

“哦……”

伴随偶尔传来的猫叫声，姜醒他们终于迎来了假期。

考完试的那一刻，姜醒只关心过年的压岁钱。

贺铭南的压力则要比她大一些，他在校外找的房子都不太合适，希望申请留校，但是寒假比较特殊，全宇宙最大迁徙潮都在这个月了——春运。这代表着，所有人都要回家过年，学校里面也不放心留贺铭南在宿舍生活。

姜醒听说了贺铭南的难处，她拐着他的脖子说：“走吧，小同学，请你去我家过年。”

谢方羽很遗憾地说：“为什么是去你家过年啊？你一个女孩子，你们性别不同，怎么，怎么可以……”他据理力争，“不如来我家，我们一起通宵玩游戏，还有很多男孩子之间的共同语言。”

姜醒：“呵呵，玩游戏？寒假一共几周，你准备玩多久的游戏？你算算，老师留的作业，我们平均一天要写几张卷子？”

谢方羽撇嘴，他算不过来，总之应该、大概、非常大的可能性，很多吧。

姜醒一合掌：“这不就得了，所以还是得跟我，贺铭南答应我的，要给我补习。”

“什么？”两个男生同时发出疑惑的声音。

“你说好假期要给我补课的，是不是？”

贺铭南点头，是有这么一回事。

“那就行了，假期补习不容易。小老师，你算笔账，节假日你要支付更昂贵的交通费，还不能保证时间，公交车的班次都少了。我要是让你打车，你说，我是不是还要给你报销路费？”

是有点道理。

“所以，为了我们彼此都好，现在我正式聘请你作为我的假期教师，包吃包住，你看行吗？”

在姜醒无耻的金钱攻势前，贺铭南可耻地屈服了。

谢方羽气鼓鼓地在后面说他简直就是男同胞之耻，这么容易就被美色和金钱俘获。

美色还要排在金钱前面一点，谁让姜醒又美又有钱呢？这种女人怎么还没有被柠檬淹没？

好不容易找到好兄弟想跟兄弟通宵开黑的梦，就因为姜醒这个用心险恶、臭不要脸的女人泡汤了，好伤心啊。

谢少爷走在他们后面，真实地哭出声来。

八卦飞速更新——

“大新闻，我刚刚看到隔壁班的谢方羽跟在醒姐后面哭了。”

“啊……为什么要哭？”

“XFY（谢方羽）是那个贼有钱的XFY吗？”

“而且不止XJ（醒姐）和XFY两个人，还有乖草。”

“这是什么复杂的人际关系？”

“不懂不懂，我还是个宝宝。”

吃瓜的同学也不知道在短短的几分钟时间内，都脑补了一些什么奇奇怪怪的东西。

姜醒没有，她真的没有。

再说回谢方羽，他跟在姜醒和贺铭南身后，泪崩之后……

姜醒打开手机，给他点了首歌，歌声响起：“把我的悲伤留给自己，你的美丽让你带走。回去的路有些黑暗，担心让你一个人走……”

谢方羽疯了，他伤心，他难过，巨大的悲伤淹没了他，他愤然说道：“我不要跟你们说话了，你们走。”

姜醒安静地拍拍谢方羽的肩膀：“别难过了，你不就是想玩吗？假期一起玩呀。”

——谁要跟你玩，明明是跟我大哥玩。

姜醒哪知道他心里在想什么，于是飞快地说：“就这么说定了，到时候联系。”

谢方羽用怀疑的目光看了她一眼，哼，别以为他会上当。

“到时候联系”这句话的可信程度和“改天请你吃饭”“有空出来坐坐”一样，都是放屁。

说走就走，夜长梦多。

姜醒没想到她真的成功把贺铭南拐回家了。

她激动地通知她妈：“家教安排了，你不用操心了。”

正在做美甲的秦女主发了个“亲亲”的表情给姜醒：“乖宝，么么哒。”

姜醒：“那我安排房间给老师了啊。”不是疑问句，是陈述句。

秦女士估计正在上甲油没办法拿手机，过了好一阵才回复姜醒，惜字如金，就一个“OK”的表情。

姜醒有些坏心眼地想，等秦女士回家看到贺铭南，会不会吓一跳。

“你还有行李吗？我叫司机帮你去拿。”

姜醒看到贺铭南带的东西非常少，没想到贺铭南说他的东西就这些。

她感叹男孩子出门真容易，哪像她，出门大箱小箱，恨不得把家都带上。

贺铭南是第一次来女同学的家里。其实，他在答应姜醒的那一刻就有些后悔了，后悔答应她，太过草率。但是他无法拒绝姜醒对他提出的要求，只要她那双漂亮的眼睛露出一点点恳求的神情，他就无法说出拒绝的话。

姜醒的家非常大，上下两层楼打通，当她用控制面板打开家里的窗帘和电器时，贺铭南还是难免泄露了一丝惊讶的神情。过了一秒，他又恢复了往常的镇定。

如果姜醒仔细看一定会发现，其实贺铭南有一点像“明星”那只傲娇的小猫咪，刚到一个陌生的地方，看到不熟悉的操作，陡然炸毛，尾巴上的毛都紧张地竖了起来，脸上还要做出“非常淡定”“朕的江山”“我不害怕”的模样。

可惜贺铭南可爱的表情一闪而过，消失得太快。

姜醒家有好几个客房，她先给贺铭南倒了一杯水，然后询问他的意见：“你想住楼上还是楼下？”

“你住几楼？”贺铭南问。

“楼上。”

贺铭南轻轻笑了一下：“那我就住楼下吧。”

他在姜醒的带领下，把行李放在了房间，然后她带他参观了一下房子。姜醒的家在闹市区，住宅小区闹中取静，装修是姜善同志的暴发审美没什么好说的，胜在室内宽敞明亮，客厅的玻璃花瓶里插着鲜花点缀。

逛着逛着，两人就逛到了楼上。

“这是书房。”姜醒给他介绍。

贺铭南眼尖：“这么多书和奖状。”

姜醒傻眼了，完了，她忘记掩藏“犯罪”现场了。

虽然她心里慌得不行，但是她脑袋转得飞快，立马回答：“奖状都是我哥的，他是个大学霸。”

掉马是绝对不可能的。

“哦……这样啊。”贺铭南若有所思。

姜醒赶紧把他拽出了书房：“书房以后你给我补习的时候多得是机会看，你也累了吧？还要过一会儿才吃饭，你要不要先去房间里面收拾一下，休息一会儿？”

“我不累。”

“不，你累了。”

于是一脸茫然的贺铭南被姜醒推着回到了卧房。

第十三章
你真是个小朋友

披马甲这事，躲得过初一，躲不过十五。但是在靴子落地之前，她只想多挨一天算一天，就跟赌徒的心态一样，多欠一天不还钱也是好的，能快活一天算一天。

贺铭南一直很好奇，是什么样的家庭能培养出姜醒这样特立独行的孩子。后来，他明白了一个真理，就是一个特别孩子身后都有一个特别的家庭。

就比如说姜醒爸妈吧，已经一天没照面了。

现阶段姜善同志和秦悠然女士培养孩子的方针只有一个——放养。撒一粒种子在土里，然后让它自由生长。

贺铭南受到了十分强烈的冲击，他来了城里之后，还是第一次接触到这么洒脱的家长。

家里唯一的长辈是住家阿姨，看到贺铭南乐呵呵的，直夸“小伙子真俊”。

果然，贺铭南是中老年最爱，这点到哪儿都不变。这个在食堂打饭，食堂阿姨都要多给他两块肉的家伙。

饭后，姜醒还给他准备了两套可以替换的睡衣：“我哥以前的睡衣，你试试合适不合适，都是洗干净的。你不介意吧？我实在没找到新的。”

“怎么会？”

贺铭南不会拒绝姜醒，任何情况下都不会。但是，他实在没想到，姜醒他哥的品位怕是有点问题。

这毛茸茸的连体睡衣是啥？怎么还带耳朵？天，姜哥哥是哪里误入尘世的小仙男啊？！

等他看到的时候，话已经说出去了，说出去的话还能吞回去吗？

不能。审题不谨慎，亲人两行泪。

过了很久很久之后，姜哥哥问她，她才知道她拿错了睡衣。她拿的是他哥珍藏的《猫咪后院》的周边睡衣……

姜醒心痛、痛惜、扼腕，她痛不欲生，因为她错过了看贺铭南带耳朵长尾巴的样子！一定可爱到爆炸！

但她错过了！她，她，她……她自闭了。

当天的晚饭吃得有点多，姜醒摸摸肚子，想找点事干，消消食，她问贺铭南：“你想看电影吗？”

“嗯？”

“我们找部电影看吧。”

姜醒打开家庭影院，一间专门用来看电影的房间，一面墙的大屏幕前放着舒适的小沙发。

贺铭南嗑了一颗柠檬味的水果糖。

呜，酸爽。嗑糖一时爽，一直嗑一直爽。

姜醒找了一部电影，神秘兮兮地跟贺铭南说：“在线资源，无删减，大场面高清刺激，怎么样？”

贺铭南怕怕的，只好硬着头皮说：“美、日、韩、英、泰？不如我们看点小清新的吧？”

姜醒：“就这个好，信我。”

贺铭南：怎么这么不可信呢？

然后他抬头一看，屏幕上的电影名字——《指环王3》。

——姜醒，你可能不知道，以往那些不好好说话的小孩，后来再也没有在我面前出现过。

再看姜醒这个没心没肺的家伙，她很喜欢看电影，有了电影，她连还有个人在旁边坐着都忘了，盯着屏幕，专心致志。

贺铭南只好憋着，默默把头扭向屏幕方向。

他们手边上的茶几上放着些水果、零食和糖果，姜醒突然从画面中回过神来，想起她手边上还有个客人需要她招呼，于是她飞快地塞了一包焦糖爆米花在贺铭南怀里。她盘着腿，抓了一小把零食放在手心，看她吃的动作还挺秀气，但仔细一看一粒一粒的爆米花在她的手心消失得飞快。

贺铭南对膨化食品的感觉一般，但是他喜欢甜食，爆米花上面的焦糖香香甜甜的，他看着姜醒吃得起劲，也跟着吃了不少。

他看姜醒总是伸手过来够爆米花，于是贴心地给姜醒举着零食袋，把爆米花举在她伸手就能拿到的地方。

姜醒吃着吃着，感觉有哪里不对。她扭头一看，贺铭南还在给她举着爆米花呢，她忙说："你别管我，你吃你的。"

于是爆米花又回到了贺铭南怀里。

他看着姜醒在屏幕变幻的光影下被照亮的侧脸，然后默默地把包装袋放在了他们中间的小茶几上。

银幕上的电影画面还在继续。

等贺铭南再次回过神来的时候，零食包装里的爆米花只剩下了最后一粒。他们两个的手同时伸进袋子里，姜醒的手仿佛被烫了一下，飞快地缩了回去，她不自在地摸了摸自己的手背。

贺铭南不好意思看她，只一个劲地让她吃："呐，你吃。"

"哦……好呀。"

姜醒的手在爆米花桶捞了个空，她低头一看："这么快吃完了。"

贺铭南这才看见她嘴角沾了一圈碎屑，他提醒道："姜醒，嘴上。"

"嘴上有东西吗？"

姜醒对着自己的嘴巴就是一通乱抹，看得贺铭南都觉得嘴巴好痛……

“好了没？”她问，“哎，你捂嘴巴干吗？”

贺铭南淡定地把手从自己的嘴巴上拿下来，然后制止她的动作。

他说：“别动。”

贺铭南递给她一张纸巾，用手点了点自己的嘴角的位置。

“真是个小朋友。”

姜醒：“我才不是。”

“那是谁吃到嘴边上？”

“反正不是我。”姜醒耍赖。

电影结束，“剧终”两个字出现在屏幕上。

姜醒把灯打开，暖黄的灯光重新充满整个房间。她有一瞬间的迷瞪，突然从电影的幻想世界里抽出，回到了脚踏实地的现实，她有些恍惚。

她看了一眼手机，有条来自母上大人的消息。

“我妈说他们今天要很晚回来，我准备上楼洗洗睡，你呢？”

“嗯，我们早点休息吧。”

然后说好“晚安”的姜醒，洗完澡之后，在线小游戏时和白棠棠相遇了。

白棠棠：“醒，听说你不声不响干了件大事。”

“什么？”

“听说你把大腿拐回家了！”

姜醒不知道，究竟是学习魅力大，还是贺铭南魅力大，竟然不止一个人发消息过来询问能不能假期上课带他们。

手机屏幕的冷光打在姜醒脸上，映出她冷冷的笑：“呵呵呵，一起学，好啊。”

然后，她发了一个校外培训班在线报名地址，分享给她亲爱的同学们：上课报名要趁早哦，名师教学，过时不候，么么哒。

白棠棠下线之后，姜醒在床上翻身打了个滚，窗帘露出了一条缝隙，窗外的月光漏进房间。

姜醒一个鲤鱼打挺坐起来，嫌弃外面的月光太亮，她赤脚走在地板上，把窗帘拉紧。躺下之后她用被子蒙住脸，双手放在小腹上，闭上眼在脑袋里面数羊。

一只羊，两只羊……一只喜洋洋，一只美羊羊……

“喜羊羊、美羊羊、懒羊羊、沸羊羊，别看我只是一只羊，绿草因为我变得更香。啦啦啦。”

“呼。”

姜醒一把掀开被子，地暖热烘烘的，她在被子里面越躺越热，大冬天的居然出了一身汗。

数羊数到唱起来，实在是睡不着了。她的手指无聊地在被子上不停地画圈圈，然后手一点点挪到了枕头下面，把手机勾了出来。

贺铭南睡了没？

她翻来覆去睡不着，不就是因为一想到贺铭南正睡在她的楼下，她就睡不着吗？

有点小兴奋。

她曾经和白棠棠睡一张床彻夜聊天的时候也是这样，只想说话，一点都不困，但是那种兴奋和现在的兴奋似乎有所不同。

她又迷糊了。她的手机屏幕亮了又灭，灭了又亮。

姜醒想，她过五分钟，就发消息问问贺铭南有没有睡。

然后，在不知第几个五分钟后，她终于编辑好短信，然后点击发送。她打字编辑了半天，到头来就一个字。

“在？”

哦，还要加个标点。

贺铭南正在楼下躺在床上，睁着眼看天花板。他同样也没有睡着，姜醒的短信过来的时候，他拿起手机一看，信息来自“小同桌”——他给姜醒的备注。

贺铭南坐了起来，他半湿的头发因为没有找到吹风机，还湿着。好在屋子里有地暖，不吹干也不觉得有什么。

因为刚刚从床上坐起来的原因，他的睡衣自带一对尖耳朵的帽子挂在脑后。胸膛上的拉链半开，衣服不怎么正经地歪着，正巧露出他的前胸和显眼的锁骨。

贺铭南的骨架生得极漂亮，宽肩、窄腰，正处于少年的纤细与成年的健硕之间的过渡，所以，既不会显得过分瘦弱，也不会显得过分健壮。随着时间流逝，他越发高挑挺拔，大有将班上一众男同学的身高远远甩在身后的趋势。

他想了想，回复："在。"

想想看，世界上不会再有人比他们两个的对话更无聊，但是人与人之间那一点细微的情愫，就是从一点一滴，你来我往中来的。

两人都是这样，冒着傻气，只打一个字都要笑，姜醒也搞不清楚自己在笑什么，只觉得看他说话就觉得快乐。

小同桌："睡了吗？"

贺铭南："睡了。"

小同桌："那现在是谁在跟我讲话？"

贺铭南："可能是我在梦里，讲梦话。"

屏幕暗下，没有回音，过了一会儿，姜醒的消息又来了。

小同桌："无聊。"

贺铭南偷偷笑了一下。

贺铭南："那怎么才不无聊？"

小同桌："不知道啊……鲁迅说得对，人生的本质就是无聊。"

贺铭南："嗯？"

鲁迅没说过！

小同桌："嘻嘻。"

两人隔着一层楼板，捧着手机聊得起劲。

第二天早晨，姜醒猛然被窗帘缝射进来的光线刺醒。

她睁眼第一件事就是去摸手机，结果发现手机没电了。她和贺铭南聊天，聊着聊着睡着了，手机在手边上放了一晚上，没充电就睡着了，她甚至不知道自己是什么时候入睡的。

姜醒无奈地揉揉自己睡乱的头发，推开自己房间里面的小卫生间洗漱之后，一个精致的仙女又容光焕发了。

至少不能第一天就把自己邋遢的样子暴露在她拐来的小老师面前。

然后她走下楼梯，看见餐桌上的景象时，脚下一崴，差点跌地上。

听见动静，餐桌上的几个人同时紧张地看向她。

“姜醒，你没事吧？”

“宝贝闺女，你没事吧？”

餐桌上，她爸妈，还有贺铭南同席而坐，正在愉快地吃早餐。

姜醒脚下一个踉跄。

“没事，没事，不慌。”姜醒阻止了他们要冲过来扶她的举动。

她倚着楼梯扶手，摸摸自己的头发，摆了个姿势：“嗨，同志们早上好。”

然后她扶着腰一点点从楼梯上挪下来。

姜爸爸：“你崴到的不是脚吗？”

姜醒：“我见你们开心，开心得笑弯了腰。”

姜爸爸姜妈妈无言以对。

姜老爸喜欢吃传统的早饭，包子、豆浆和小米粥来一套。姜妈妈作为站在时代尖端的弄潮儿，牛油果和车厘子是必不可少的，就算是以昂贵而闻名的千疋屋水果剁起来皱眉也不皱一下。

这位讲究的秦女士常年坚持西式早餐，面包、麦片、黑咖啡和一杯冰牛奶。

他们听说贺铭南是姜醒请回来帮她补习的小同学，很热情。

姜家人对人热情的方式一看就是祖传的——首先要让尊贵的客人吃好，但是这个吃好的定义，它就比较有讲究了。

姜老爸觉得早餐怎么能不喝粥？不喝不是中国人。

秦女士觉得喝粥嘴巴里都淡出鸟来了，怎么能和她外酥内韧的软欧包相比？

于是，他们都想把自己喜欢的早餐推给新来的小同学。

“小米粥好，暖胃。”

“面包好，营养丰富，里面有各种干果和谷物。”

“粥好。”

“包好。”

姜醒扶额，一大早的，两位不省心的家长就要为早饭打起来了。

——快来把我爸妈带走好吗？

姜醒摇摇头，叹气。

习惯了闹剧在一旁静静看着的阿姨，慈祥地问贺铭南：“小同学，你平时习惯吃什么？”

贺铭南腼腆一笑，哦，老阿姨的心化了。

他说：“学校里面吃得简单，鸡蛋豆浆，有时候是茶叶蛋。”

阿姨心疼地说：“这哪里够呢？阿姨这就去给你榨核桃豆浆，厨房还有包子，肉馅和三鲜馅的都有，你先随便吃点垫垫肚子。”

米粥 VS 面包 VS 包子，阿姨的包子胜。

然后阿姨又问姜醒：“妹妹吃什么？”

姜醒：“我跟贺铭南一样。”核桃、豆浆和大肉包，补脑套餐，她非常需要。

姜爸爸和姜妈妈看了对方一眼，视线相撞，噼里啪啦火光四射，对彼此的品位真诚地发出了一声不屑的“哼”。

姜爸爸和秦女士的结合，大概就是泥腿子和大小姐之前的爱情吧。只不过等到姜醒出生长大的时候，秦家已经没落了，她没能沾到秦家的光，姜爸爸却通过自己的努力，把力所能及的最好的东西都给了家人——他对秦悠然的承诺，他要用 生实践。

等到阿姨把豆浆和包子端上桌的时候，两位还在角斗中的家长才发现，大肉包已经站在了姜家餐桌上的鄙视链顶端。

行吧，阿姨赢了。

吃了早饭，姜爸爸才跟姜醒说了件正事。

他说：“这位是贺铭南。”

她的同学，她需要别人来介绍吗？总觉得有哪里不对。

然后，只听姜爸爸又说：“是这样的，其实我很早就想跟你说一件事了，你知道我有在资助一些学生这事吧。”

姜醒点头，姜善，姜大善人嘛。

“贺同学正是我的资助对象。”

正在喝水的姜醒一口水喷了出来。

她手忙脚乱地抽纸，擦擦衣服领子：“不慌不慌，我不慌，老姜，你继续说。”

姜爸爸从鼻孔里慢悠悠地呼了口气：“所以，如你所见，贺同学非常优秀。”

姜醒：“所以……”

贺铭南的优秀是个人都看得见。

“所以，没有考虑到小贺假期的住宿难题是我的失误。醒醒，你把小贺直接请回家了我很意外……小贺住我们家里这件事，我认为也不是不可以。”

“老爸……”

老姜顿时坐直了，作为一个女儿奴，老姜一听闺女这么严肃地叫他，就觉得有大事发生。

“老爸，你这句话后面还有‘但是’吗？”

听人讲话不要听他们前面说的话有多么动听，直接听“但是”后面的句子就行了。比如，如果有人说：“我觉得这条裙子挺漂亮，但是，似乎不太适合你。”

翻译一下——这裙子你穿着有点丑。

再比如，有人这么说：“这事你处理得没什么问题，但是，相信你下次可以做得更好。”

翻译一下——就这么点破事，你还想有下次？

姜老爸停顿了一下，算了，还是别“但是”了。

“你们好好学。”姜爸爸牵起贺铭南的小手，和蔼地拍拍他的手背，“我们家能不能诞生一个像样点的读书人，这个重任我就交给你了……”

贺铭南压力陡增，突然被同桌家长委以重任，托付了非一般的信任，怎么办？

“叔叔，我会努力的。”

“小贺，我们家不省心的闺女，就拜托了。”

“叔叔，我一定不辜负你的期望。”

这一场对话正在滑向奇怪的轨迹……

姜醒看着握着手就不肯松开的两位男同志，悄悄翻了个白眼。她的指尖沿着杯沿转悠，另一只手托着脑袋，好奇地问：“你们之前没见过彼此吗？世界上竟有如此巧事，你随便赞助一个学生就是我的同学，我同学的赞助人就是我爸。”

姜醒爸爸下意识地去摸裤兜里的烟，但因为女儿讨厌家里有烟味，他又忍住了。

他说：“世上的事，确实存在某种巧合。”不然怎么说无巧不成书？

“我们还真是头一回见。”他又说。

后来姜爸给姜醒解释，资助的事情他们都有委托专业机构去做，企业里也有专门的部门去接洽，他没有特意去看过贺铭南的资料。

姜醒姑且当真。

贺铭南也点头表示是这样，他通过聊天发现姜善是他的资助人之后，还真吓了一跳。

姜醒点点头：“我明白了。”

姜老爸和贺铭南：大，大姐……你明白什么了？

姜醒喜滋滋地攀着老爸厚实宽阔的肩膀说：“老爸，你这点像我，眼光就是好。不然，怎么解释，我们在彼此不知情的情况下，看准了投资同一位人才呢？”

姜老爸：“你再说一遍，谁像谁？”

这时候，秦女士端着水果袅袅婷婷地走过来，眼神淡淡地扫过叽叽喳喳吵个不停的父女。

父女两人瞬间就安静下来，两人用同款坐姿，大手小手放在膝盖上，挺直背脊坐在沙发两端。

贺铭南在他们的对面，左看看姜醒，右看看姜爸爸，不知道自己的手应该怎么放，但是这难不倒敏而好学的贺同学，他瞬间调整坐姿，同款坐姿 get（得到）。

秦女士看着客厅坐着的三个“小孩”，很无奈。她把声音放缓时，有电视台主播特有的温柔，好像含了一颗草莓跳跳糖在舌尖，甜味炸开。

“你们刚刚在说什么眼光像谁？”她好奇地加入讨论。

于是，话题又回到了原点。但是这次，贺铭南有幸见证了什么叫“标准答案”。

父女两人同时说：“都是你生得好，生了眼光这么好的女儿。”

“都是你眼光好，选了这么潜力无限的老公。”

秦悠然女士的双眼笑成了天边的月牙：“你们两个真讨厌，虽然你们说的都是实话，但是这么夸我还是会不好意思的啦。”

贺铭南——弱小，无助，茫然。

他常常因为不够厚脸皮，而和他们显得格格不入。

贺铭南假期接了一个帮熟人看店的活，下午就出门了。

秦女士端着饮料进她的房间，不急不忙地坐下来。

“我家宝贝女儿，不知不觉就长大了。”

姜醒正在给她的电脑连接绘画用的数位板，秦女士这么说，她心里一紧。

她明白，她妈妈意有所指。

她一把抱住秦女士的细腰，声音有些闷闷的：“哪里就长大了？我还是个宝宝。”

秦悠然摸摸她蓬松微卷的头发，轻轻叹息：“孩子终有一天要长大，就像父母终有一天会变老，我们都知道的。”

两人坐在床沿上，算起来，她们之间已经很久没有这样安静地坐在一起谈过心了。

父母是子女人生中关于“死亡”的第一课，在姜醒迈着小短腿的懵懂孩童时期，关于死亡，她想到的不是有一天她会不会消失，而是她的父母会不会突然有一天消失不见。这种紧张感，胜过她对自己本身的在意，也是这种紧张，开启了她最初的对人生终点的思考。

因为有限，所以珍贵。生命只有一次，而人一生有限的生命里的每一个人，都是唯一。

秦女士手上的一颗大钻，跟着她的动作而发出金钱的光芒。

她说：“你在学校里面和同学处得好，这点我很欣赏，也很放心。但是和异性之间的相处，作为你妈，我还是要多说两句。第一，要把握分寸和尺度；第二，保护自己不要受伤；第三，如果受伤，你还有老爸老妈，老妈帮你出气，好吗？”

姜醒松了口气，她眨巴眨巴眼，拍拍自己的胸口：“老妈，你吓死我了。”

“嗯？”

“我差点以为你要跟我说，第一，要记得戴——”

秦女士暴跳如雷：“姜醒！你是不是找打！”

姜醒脚下抹油，想溜，却被她老妈拽住了衣领。

“等等，话没说完。还有些话，也是你爸想和你说的，遇到事情，你不能只想到自己，也要为别人着想，明白我的意思吗？”

姜醒：“太隐晦了，没明白。”

秦女士突然有点口渴，她继续说：“高中三年的意义，对于你和贺铭南而言分量是不同的。虽然这么说很残酷，但你必须承认，你有家庭做后盾，失败了大不了重来，就算不重来，大可以去任何你想去的地方。甚至你想碌碌无为一辈子，我和你爸会因为这样就把你赶出家门吗？不会，最后还不是要养你。

“但是贺铭南不同，他不惜代价一个人来到林城求学，为什么，总不会是因为林城的饭菜好吃吧？

“他是有志向的，高考，是他改变命运最好的机会。你明白吗？

“你跟他学习，能够提高成绩，我们自然乐见其成，但是你不要影响别人进步，一旦被我发现你们不务正业，你就等着……”

秦女士一脸“你就完蛋了”的“暴力警告”。

姜醒被秦女士这么一篇石破天惊的长篇大论惊到。

秦女士看见女儿惊讶的表情，突然演讲欲爆发，拉着昏昏欲睡的姜醒讲了半小时之后，姜醒终于支撑不住了……

她赶紧溜：“我明白，我真的明白了！妈，我突然想起来，我约了同学，我要赶紧走了。”

她跑了一半，紧急刹车，扒着楼梯的栏杆对她妈说：“老妈，我跟你说句实话，你们真的想太多了，贺铭南就是我兄弟，我们是纯洁的兄弟情！我罩着他有错吗？我们家这么多空房，安得广厦千万间，大庇天下寒士俱欢颜呐！妈！”

姜醒用马景涛式嘶吼状，悲痛地看着秦女士。

秦女士被她吓一跳。

不等秦女士作答，姜醒就一溜烟跑了。

秦女士看着她的背影，无奈地叹了口气。

算她跑得快。

然后，她的手机响起。

“啊，安安姐呀，下周的环球游轮旅行吗？去呀，当然去，行程不变。嗯，到时候见。么么哒！”

秦女士看看自己的指甲，心想，要去换个美甲。

——哈哈，姜醒，老娘要扔下你去旅行了，拜拜了您嘞。

然后，她发了个消息给某个号码：“臭小子，假期快给我回来，不然你以后就再也见不到你妹妹了！”

秦女士为自己的机智点了个赞。年轻人的问题，就留给年轻人自己解决吧。

贺铭南在中心广场的奶茶店帮人收银，过年人难找，贺铭南过来帮忙。

车道上的隔离栏已经挂上了漂亮的灯串，节日气氛正浓，路两旁的立灯则挂着红色的灯笼。

远远的，能看见广场中央竖着的巨大的礼盒装饰。

这间奶茶店老板是贺铭南叔叔在林城的老乡，贺铭南的叔叔和他没有任何血缘关系。没有人清楚这位“叔叔”的具体情况，就更加不清楚贺铭南为什么只身一人在林城，没有家人支持他的学业。

即使已经相处小半年，贺铭南在同学们眼里仍是个非常神秘的人物。

话说回来，姜醒只知道贺铭南每天下午会出门，但是没有问他具体的工作内容。

几天后，姜醒和白棠棠一群人去公园玩，姜醒找奶茶店的时候眼尖，一眼就看到有个熟悉的身影。然后，姜醒跟白棠棠说了句“我去那边看一下”就直奔奶茶店而去。

程舟本来正跟哥们讲话，一扭头，发现姜醒不在了，问：“她干吗去？”

白棠棠一声叹息：“走，咱们逛咱们的去。”

“不等她啦？”

白棠棠很懂地说：“唐僧进了盘丝洞，一时半会儿是出不来啦。”

节假日奶茶店人多到要爆炸，几个店员在店里收银、备料和递送，根本忙不过来。

“您好，喝点什么？”贺铭南忙得直盯着收银的屏幕，都没抬头。

他穿着奶茶店统一的黑色小围裙，胸口绣着奶茶店 logo（标志）。他的黑色围裙里面穿了一件杏色的毛衣，似乎是因为店里的空调调得有些高，人又多，他的额头上铺着一层薄汗。

贺铭南原本就比姜醒这一届的学生大一岁，现在这样一打扮，成熟不少。

更有魅力了。

“同学，你帮我看看，一根棒棒糖能买点什么？”

贺铭南听见熟悉的脆生生的声音，惊讶地抬头，映入眼帘的是姜醒笑眯眯的脸。

“你怎么来了？你一个人吗？”

“对呀，我本来约的人，结果被放鸽子了。等人的时候看到你我还以为看错人了，没想到真的是你。”

对不起，白棠棠，让她做一回鸽子。

人类的本质是鸽子，咕咕咕。

后面排队的人不耐烦了，在后面催促：“要聊天能不能回家聊？”

“快点快点！”

姜醒瞪回去：“在选。”她飞快地把棒棒糖塞贺铭南手里。

——回家聊就回家聊，我们就住一块儿，没想到吧？回家聊吓死你。

贺铭南轻声安抚后面的顾客，很快处理好了小骚动，姜醒不得不佩服他应付这些事的能力。

果然，出色的人做什么都很出色。

姜醒看她同桌的滤镜今天也稳稳地厚到了两米八。

“要不要试试半糖加芋圆？”

“好呀。”

贺铭南说什么都好。

姜醒捧着奶茶，看了一眼时间，离贺铭南换班的时间还早。

连老板自己都亲身上阵做饮料了，还是忙不过来，姜醒趁着老板从后面备餐间出来的间隙拦住他，不知说了些什么。然后，贺铭南就见姜醒穿着他们店里的小围裙，站到他旁边，利落地说：“你准备小料，我收银。”

贺铭南惊讶：“你怎么会……”

下一秒，他就看见姜醒熟练地操作收银界面和POS机。

姜醒冲贺铭南轻轻眨眼：“我怎么不会？”她会的可多了呢。

前几年，秦女士要学人开店做生意，开到最后姜醒在店里的时间比秦女士还多，只是可惜那个店最后还是没开下去。

姜老爸的态度比姜醒要乐观得多，他一向的态度——花点钱，让你的艺术家老妈认清自己，这有什么不好？既然有人生来是要挣钱的，那就有人生来只适合花钱啊。

好有道理，无从反驳。但是前半段的槽点有点多，首先，那花的是一点钱吗？其次，在他爸眼里，她妈随便在镜头前面说句话，那都是大艺术家。

情人眼里出西施。所以说，人类凭什么脱单？全靠瞎。

话说回来，有了姜醒帮忙，贺铭南的压力顿时小了许多，只不过贺铭南有些疑惑：“你怎么让老板答应你的？”

姜醒歪头，莞尔一笑：“秘密。”

他们从店里走出来的时候，太阳早已落山。天空呈现出湖水一般静谧幽深的蓝，半月挂在天边，边缘清晰得像是烫了一圈金边。

姜醒看到三三两两的学生结伴往广场地下一层走，有的人拿着冰鞋。她好奇地问：“他们是去滑冰吗？”

“下面有个冰场，你想去吗？冷不冷？”

姜醒：“不冷，走。”

“我都不知道这下面开了滑冰场。”她说。

贺铭南被姜醒拽着在前台取了冰鞋准备换上，姜醒拦住了他：“你等一下。”

姜醒跑去前台问了什么，前台摇摇头，然后她折回跟贺铭南说：“等一下，我买个东西马上回。先别换鞋啊！”

贺铭南坐在换鞋休息区等她，没过一会儿，姜醒手上拿着个小东西回来了。他一看，是一盒创可贴。

贺铭南懊恼地说：“你叫我去买就好了，还专门跑出去。”说完，他又担心地围着姜醒绕了一圈，左右打量，“你哪里受伤了吗？”

姜醒失笑：“我哪里都没受伤。”

然后，只见姜醒抽出好几张创可贴塞到贺铭南手里，对他说：“冰场租借的这种冰鞋后跟非常硬，磨脚得很，你把脚后跟的位置多贴两个创可贴，本来想买后跟贴，结果没货了，你先凑合用。”

贺铭南没想到这一层，他刚要开口说什么，就听姜醒说：“好了，我知道我细心，本人一向如此，不用夸了。”

好的，感动的话收回来。他的动作比姜醒快，已经穿好鞋站起来。

看到姜醒还在跟鞋子上的搭扣较劲，他一声不响地迈着婴儿学步一样的步子走过去，蹲下，帮她把搭扣一个一个扣好。调整了搭扣的长度之后，他用手捏了一下姜醒的脚踝：“紧吗？”

麻酥酥的感觉从姜醒脚踝处蔓延，一颗汁水饱满的紫葡萄在心口炸开，酸酸甜甜。

“不紧。”

姜醒忙摇头，急急忙忙要站起来，结果没扶稳，上半身一下子向前栽倒。

贺铭南还蹲在长椅前，见她栽倒，伸手去扶，但是不占优势，脚下一绊，贺铭南被姜醒带倒，两人齐齐摔倒在地。

两人大眼对着大眼。

姜醒尴尬地抬起一只手：“嗨。”

一秒、两秒、三秒……

短暂的愣神之后，她飞快地爬起来，她爬，她爬……不好意思，脚滑，没爬起来。

贺铭南利落地起身，把她扶到椅子上。

姜醒：“没压着你吧？”

贺铭南：“你摔到哪里没？”

两人问候的声音同时响起。

姜醒站起来："我没事，我们快走。"她把蹭红的手往后收了收。

结果，姜醒刚快速往前走了两步，一扭头发现……

"贺铭南，你不会是第一次滑冰吧？"

贺铭南慢腾腾地跟上来，紧紧地抓住扶手："抱歉，我还不太会，如果你不介意……"

姜醒："这有什么抱歉的？没想到我有幸拥有你的第一次！"

话是这么回事没错，但为什么总觉得哪里怪怪的？

于是，姜醒带着第一次滑冰的贺铭南进了冰场，贺铭南跟她说："你先去滑，我自己摸索一下。"

姜醒本想留下来，但是因为贺铭南的坚持，她便取了个折中的办法："我滑两圈就来。"

随后，姜醒像离开屋檐的燕，脚下轻轻一滑，便滑出去好远。她穿着奶白色的羽绒服，在冰面上轻盈得像一只鸟儿，有着丰满美丽的羽毛，还有可爱的圆滚滚的小肚子。

姜醒脚下灵活地转向，一个转身，便成了倒着滑行，脸正对着贺铭南的方向。

贺铭南朝她挥挥手，她粲然一笑，也跟着挥手。

姜醒就一会儿没注意到贺铭南，等她再去人群里找他的身影时，发现他正在一群穿着紧身衣的萝卜头后面，聚精会神地偷师。

一群小娃娃跟在老师身后，在练花滑，正好今天教练在教他们基本功，贺铭南被吸引了过去。

姜醒滑到他的身后，拍拍他的肩膀："好呀，你宁愿偷听人家教，都不要我教，我教得不好吗？"

贺铭南想到了姜醒教他华尔兹时发生的事情，他说："姜老师，我在等你呀。"

姜醒低头莞尔一笑，拉起他的手就滑动起来："姜老师带你走着。"

姜醒把贺铭南丢在冰面中央，然后滑到距离贺铭南不远的地方，停下，向他伸出手："来，你向我这里滑，可以慢一点。"

她低估了贺铭南的学习能力，她原本做好了看贺铭南笑话的准备，没想到他只是速度不快，但是脚下非常稳，发力点也被迅速掌握。

“你运动细胞也太好了吧。”姜醒惊叹。

“运动细胞强不好吗？”

下一秒，向她驶来的贺铭南稳稳当当地握住了她的手。两人都戴着手套，贺铭南手掌灼热的温度透过毛线手套一点点传递到她的手心。

无论是轮滑还是真冰，其实就是那么回事，站在冰面上就不要怕摔跤。

贺铭南不怕跌倒，他虽然艺不高，但胆大，摔跤是他最不害怕的事情。他站在冰面上，就做好了跌倒的准备。

别说，他看起来还真是挺潇洒。

贺铭南还跟炫技似的，在姜醒面前转了一圈，末了，他微微张开双臂，做了个漂亮的登场亮相姿势。

姜醒给他“啪啪啪”鼓掌。

“真不错，哪学的？不会是刚刚跟那群小萝卜头……”

贺铭南：“怎么样，是不是很能干？”

姜醒竖起拇指：“不愧是我看中的人。”

明知说者无心，但贺铭南听她这么说的时候还是开心了一下。

可开心不过一秒钟，就听她说：“没想到你学得这么快，本来棠棠发消息给我说他们也在，我还让他们慢点来。我去边上催催她，告诉她赶紧的，来看你的学习成果。”

贺铭南脚底下一个踉跄。

惨，弄巧成拙。早知道就装学不会了！他现在一屁股摔倒在地上，要抱抱才能起来，来不来得及啊？

白棠棠走都走了，居然又回来了！啊，世界上怎么会有这样的事情呢？

姜醒看着捂着屁股若有所思的贺铭南：“你怎么了？屁股疼？上火？痔疮？”

治痔疮，不能慢慢来。贺铭南要晕过去了。

“不，我不上火。”

是他的心口蹿火，都是月亮惹的祸，生活又给他上了生动的一课。

贺铭南最后还是没有逃过小时候吃饭被家长叫起来表演节目的命运，即使他小时候没有遭受这样的待遇，今天也给他补齐了。只不过这个含辛茹苦，看孩子横看竖看，怎么看怎么好的“家长”变成了姜醒。

就连旁边扎着小辫在冰场上滑来滑去的小天使们也一个个过来凑热闹，给贺铭南鼓掌。

“大哥哥，你真好看。”

受到孩子们冷落的姜醒，在旁边哭丧着脸：“哥哥好看，姐姐就不好看了吗？”

一个小男孩小心翼翼地说：“姐姐，你是仙女吗？”

姜醒：“啊？”

小男孩：“听说仙女姐姐都会给糖吃，是真的吗？”

姜醒的嘴角抽搐，她走过最长的路，是小学生的套路。

“没有！”

小男孩失望地走了。

旁边的白棠棠一阵爆笑：“不行了，这是我今年遇到的最搞笑的事。”

另一边，贺铭南摸了摸自己的口袋，里面躺着一根棒棒糖，那是白天姜醒给他的。是他的棒棒糖。

时间差不多了，姜醒二人和白棠棠、程舟他们几个准备回家，走出冰场的时候，姜醒回头看了一眼。

“怎么了？”白棠棠问。

姜醒环顾一周，没什么特别的地方。

她摇摇头：“走吧，可能我看错了。”她总觉得刚刚有视线落在他们身上。

“走。”

他们的身影走远。

姜醒的感觉没有错，在他们走远之后，有几个人从角落走出来，其中一个女生说："刚刚那个是十三班的贺铭南吗？"

"嗯。"另外一个清秀的女生盯着他们消失的方向，郁郁寡欢。

"怎么都放假了，他还和姜醒玩在一起，不是说他们关系不好吗？"

"你不是看见了吗？他们哪里像不好的样子？"

"小岳，你不玩了吗？"

"肚子不舒服，堵得慌，我先回了。"她说。

如果姜醒在这里，她一定能认出来，这个离开的女生正是她那天碰到过的，岳轻灵。

第十四章

地球也不过是百万圆点中的一个

姜醒和贺铭南回到家的时候，一开灯吓了一跳，一个年轻男性正稳稳当当地坐在客厅的中央。

姜醒一开始没看清，还以为家里进了贼，她举起超市买来的大葱就要往前冲。结果一秒后，她陡然停下了动作。

她喊了一声："姜风眠？"

贺铭南松开握成拳随时准备出手的手。哦……姓姜，是姜家人。

只见这位年轻男性外貌出众，十分瞩目。长着一张明星脸，他站起来的时候，贺铭南有一瞬间的惊讶，个子很高，脖子以下全是腿。

贺铭南的目光悄悄地从姜风眠的腿缓缓移到自己的腿上，他比了比，还好还好，跟眼前这对金华火腿比起来，他这个鸵鸟腿也不逊色。

这就放心了。

也不知道他在放心什么。

姜风眠站在灯火通明的客厅中央，温言细语："嗯，我回来了。"

他笑了一下，像夏日傍晚的太阳，温度刚好，灿烂而不灼人。

姜风眠，姜醒的哥哥。他的长相十分具有欺骗性，第一眼见到他的人，对他的高频形容无外乎"优雅""高贵""华丽"……

姜醒小时候无意间看到过女同学给他写的情书，里面那些词语用的什么“天使下凡”“雪花般纯净”……姜醒都看呆了。

姐姐们真的太单纯。实际上呢？谁用谁知道，这个外貌骗子！

姜醒扭头不理她，对贺铭南说：“我们把买的东西摆出来吃吧，我先去楼上换个衣服。”

贺铭南发觉姜醒和姜风眠之间气氛诡异，便把吃的放在桌上，也跟着去换了一套休闲居家的服装。

等他出来，姜风眠还跟雕塑一样地在客厅的白色沙发上坐着。

他一身带着毛领的枣红色骚气大衣，越发显得他肌肤雪白通透，从他的五官上可以看出姜家兄妹样貌相似的地方。尤其是眼睛，桃花瓣一般的眼，眼尾微微上挑，看人的时候深情又勾人。

贺铭南和姜风眠两个人在客厅相顾无言，两个美男各有千秋，共处一室杀伤力巨大，可惜最应该欣赏这副赏心悦目画面的某个人不在。

如此静谧的夜晚，让人忍不住想吟首诗烘托一下气氛。

沉默，是今晚的康桥。

贺铭南坐在餐厅饭桌上，专心致志低头看大理石桌面的花纹。

姜风眠目光炯炯地瞪着他，好像要把他瞪出个洞来。姜风眠上下打量贺铭南，就像每一个严格审视妹妹身边异性的大舅子一样。

这小子……个子挺高，眼睛挺大，脸长得还行吧，难道，这就是现在最流行的“小奶狗”？

但是同为雄性，男人的嗅觉告诉他，眼前这个男孩子远没有他表现出的这样无害。

“呵！”姜哥哥突然诡异地冷笑一声。他迟早会让妹妹认清这只“小狼狗”的真面目。

姜哥哥眼中闪过一道光，妈妈，放心吧，他的妹妹，他来守护。

贺铭南完全不知道姜哥哥就在那么两分钟的时间内脑补了那么多乱七八糟的剧情，他看着桌上的菜，心想多了个人，他们买的东西就显得有些不够吃，于是他站起来，准备去厨房炒盘炒面加餐。

椅子脚拖动的声音打破屋内的寂静，姜风眠正陷入自己脑补的剧场里，被突如其来的声音吓了一跳，差点就要从沙发上弹起来。然后他左右看看，发现没有人注意到他失态的样子，于是又安心地坐了回去。

直到姜醒循着饭香下来吃饭。

贺铭南正巧端着饭菜从厨房走出来，姜醒顿时星星眼，她摸摸自己扁扁的肚子。

唔，好饿。

姜醒穿着粉白色的上面挂着一个毛球的拖鞋跑到桌边坐下，坐下之前不忘拿了两副碗筷，她笑眯眯地把其中一双筷子递给贺铭南。

“给，大厨。”

没人喊姜风眠，但是他也自觉地坐在饭桌上，并不屑地想，不就炒了个炒面吗？就成大厨了。

哼。

姜醒暗暗地看他一眼，姜风眠顿时向他们露出一个和蔼可亲的微笑，然后他直接凑到姜醒旁边问：“他有碗筷，那我的呢？”

姜醒淡定地夹了一块鸡肉，然后对贺铭南说：“你告诉他，自己有手，自己去拿。”

姜风眠顿时气呼呼地扭头，对贺铭南说：“你不用告诉我，你告诉她，我有耳朵，听得见。”

被兄妹两人夹在中间做夹心饼干的贺铭南，眼观鼻鼻观心，它吵任它吵，明月照大江。

是小龙虾不好吃吗，还是炒面不美味？

姜醒给姜哥哥一个白眼让他自行体会。

然后，只见她端着自己的小碗，跑到了贺铭南的边上坐下，对贺铭南说：“南南，我想吃虾。”

贺铭南剥了个虾，放她碗里。

贺铭南面前的虾壳很快堆起尖尖的小山，虾肉他却没吃几个，全进了姜醒肚子。姜醒吃到最后也有些不好意思，于是她看看自己的碗又看看贺铭南的碗，飞快地剥了一只虾扔进贺铭南的碗里。

不光是贺铭南，就连姜风眠都愣住了。他拖着沉甸甸的步伐，慢吞吞地从厨房拿了碗，又慢吞吞地坐下来，拿起碗筷。

生无可恋，妹妹长大了，再也不疼爱仰慕哥哥了。他这个哥哥太没用了，呜呜呜。

他这副有气无力的样子，一直持续到他看见贺铭南的碗里的虾。

姜风眠放下筷子，深深地叹了口气，抹了抹自己不太湿润的眼角："姜醒，我活了十九年，都没有吃过一只你剥的虾，你们……怎么这么残忍，在我面前这样？"

姜醒不为所动。

然后下一秒，姜风眠看见自己的碗里多了一枚贺铭南剥的虾。

姜哥哥愣住了。有生之年，他还能吃到一个比他还小的男孩子剥的虾？他们不应该是敌对阵营吗？

他突然像一个泪点很低、突然就被感动的老父亲，颤颤巍巍地把虾放进嘴里。然后，他真的哭了。

天啊，好辣啊！辣哭了。

贺铭南递给他一杯凉水，心想，姜哥哥好像真的有点可怜，只是吃个虾都感动哭了。

——以后我跟姜醒一定要对他好一点，哥哥太可怜了，这个性格以后一不小心就要成孤寡老人，孑然一身。

吃人的嘴软，拿人的手短。在吃了贺铭南的虾之后，姜风眠感觉自己的立场有点动摇。

他又不动声色地尝了一口贺铭南做的面。顿时，一阵暖流汇聚到他的胃里，受长途旅行折磨的胃瞬间得到了安慰。

他看贺铭南的目光顿时都变了。

姜风眠也端着他的小碗，坐到了贺铭南的边上，于是姜家长方形的餐桌上出现了奇怪的一幕——姜家兄妹两人，占据了贺铭南一左一右的位子，飞快地抢盘子里的面。

姜醒的筷子和姜风眠的筷子同时伸向炒面，终于，他们在炒面的盘子上狭路相逢。最关键的是，炒面就剩下那么一口。

姜醒对贺铭南说：“南南，你告诉他，再不松手，他明天就别想再蹭我们的饭吃了。”

姜风眠不甘示弱：“弟弟，你告诉她，这里是我家，凭什么她说我不能吃，就不能吃？”

贺铭南非常淡定，就当没听见。然后他伸出筷子，轻轻隔开两人打架的筷子，把最后一口炒面放进自己的碗里，吃掉，没了。

随后贺铭南站起身礼貌地微笑：“我吃好了，你们慢用。”

还在大眼瞪小眼的姜醒和姜哥哥无言以对。

贺铭南准备的晚饭，姜醒和姜风眠洗碗，两个人挤在厨房洗碗池，姜风眠想和姜醒搭话，姜醒还是不理他。

他知道自己理亏，也不生气，对姜醒说：“醒醒，你去沙发上歇着吧，这里我来。”

这是姜风眠今晚与她碰面以来说的第一句人话。

姜醒甩甩手，擦干净手上的水珠，也没跟他客气，转身走了。

贺铭南正坐在客厅，没事看了两眼茶几上放着的杂志，见到姜醒走过来，关切地问她：“怎么了，不高兴？”

姜醒摇摇头，她难得像今天这样，情绪有些低落。

等到姜风眠坐过来，非要跟他们挤在一起的时候，姜醒终于非常受不了地跟他说：“姜风眠，你屁股太大了，又大又烫，能不能往边上挪一挪啊？”

姜风眠委屈：“姜醒，你瞎说什么呢？茱莉亚说她最喜欢我的屁股了，说我这个是翘屁股。”

茱莉亚是谁？

姜醒嘴角抽搐：“桃心翘屁股，你当你是柯基呀？”

贺铭南深吸一口气，他终于知道姜醒怼人的功力是从哪里来的了。原来，这都是从小跟她哥练的童子功。

了不起。

姜醒看了一眼旁边有些在状况外的贺铭南，抢走被姜风眠抱着的抱枕，搁在自己怀里，对贺铭南说："晚上看到某个人太生气了，所以没有给你们做介绍。我现在重新介绍一下，姜风眠，我哥哥。我亲生的，他捡的。"

姜风眠夺过抱枕想要堵住姜醒的嘴："你才是充话费送的。"

姜醒从抱枕和沙发的缝隙里勉强伸出脑袋："你不是垃圾桶捡的，你能做出那么坑爹的事吗？"

围观全程的贺铭南，紧张，刺激，不知所措。他默默退到小角落，把主场让给姜醒两人。

过了一会儿，姜醒整理了一下发型，然后非常努力地恢复自己的形象。一扭头，发现贺铭南都蹲小角落去了。她只好非常歉意地把贺铭南拉起来，然后把他重新安顿在柔软的沙发上坐好，接着对她哥说："这位呢，是我的好哥们，我的同桌，也是我千辛万苦、三顾茅庐请来的小老师，贺铭南同学。我们家的客人，你对人家客气一点，听明白了吗？"

姜风眠若有所思地点点头："大致明白，就是个大学霸的意思。"

姜醒："差不多吧。"

紧接着，她就听到姜风眠问出了一句他非常经典的台词，他问贺铭南："贺学霸，你的梦想是什么？"

救救她，她要昏厥了。

她捂住姜风眠的嘴："你不要管他，他逢人就要问。"

贺铭南终于明白了，一个人的人设崩塌，只需要一句话。

后来，贺铭南才知道姜风眠是怎么回事。姜哥哥有一个不为人知的梦想，他想要成为一个创作型歌手。可现实条件不允许，因为他唱歌对于听众来说无疑是一种残忍的折磨，只要他一拿起麦克风，就有人耳朵遭受荼毒，被他拉着去 KTV 的朋友们都苦不堪言。但是没有人敢告诉他真相，好好的一群朋友，怎么就有没有一个人敢说出真相？

姜风眠实在是交友不慎啊。

有一天，姜风眠把这个梦想告诉了他们亲爱的爸爸，姜父大为震惊，怎么回事？好好的儿子怎么突然就要搞艺术去了？姜风眠身上有什么他没发现过的艺术天赋吗？

于是，他冷静下来，听姜风眠为他献唱了一曲《父亲》。

唱完之后，姜善同志问：“你这个唱的是啥歌呀？”

姜风眠：“刘和刚的《父亲》呀，老爸你没听过吗？有名的经典，您再听听。我的老父亲，我最疼爱的人……。”

姜爸爸和蔼地拍拍他的手背：“《父亲》我听过，但我总觉得你这个不像是父亲，像是要了老父亲的命。”

姜风眠难以置信：“怎么会？！”

别人没有告诉他的真相，姜爸爸必须要告诉他，让他正确地认识自己，姜爸爸劝他：“儿啊，你还是学学我给你规划的工商管理吧，以后还能继承家业。”

姜风眠不相信，他不信。要他相信他其实是个五音不全的人，就相当于要打碎他的信仰，打破他的灵魂，这怎么能行？

他想了三天三夜，终于想明白了，这一定是姜老爸劝退他的手段。一定是因为爸爸不能理解他要走艺术道路，所以才这么说的。他不能轻易地就被苦难打到，他愈挫愈勇，要和命运作斗争。

于是，在他高三那年，姜风眠将他一直以来的计划付诸行动了——他搞了一出离家出走。

他走的时候没有预兆，悄无声息，连姜醒这个做妹妹的都不知道。总之，在大家察觉家里的高考生跑路了之后，普遍反应都是——姜风眠呢？就放在这里的，这么大、这么高的一个姜风眠呢？咋一眨眼就没了？

那段时间家里都要翻天了，鸡飞狗跳，姜醒还要安慰她方寸大失的母亲大人。

别看现在秦悠然和姜善夫妻两人对兄妹两人的教育方针就两个字——随缘。但之前不是这样的。

之前秦女士非常坚定地认为，虽然这辈子不一定能成为艺术家，但是成为教育家还是有希望的。她和那些一心为儿为女，望子成龙、望女成凤的母亲一样，把目光都放在了姜风眠和姜醒身上，一个要高考，一个要中考，主要还是姜风眠，姜醒的成绩比哥哥稳定多了。

那段时间，秦女士觉得自己要累疯了，但是她咬咬牙，都是为了这个家，她操碎了心……

然而，姜风眠给了她迎头一击。

她从来没想过，养大一个孩子是这么费劲的一件事。她说东，姜风眠向西。

姜风眠消失之前，两人在家爆发过几场激烈的争吵，他们彼此不能理解，就好像他们说的不是同一种语言。

秦女士事无巨细地做了一张时间表，里面规定了兄妹两人什么时候起床，什么时候喝牛奶，什么时候需要补充水果和营养品……还有各种补习课就不多说了。

最让姜风眠接受不了的，姜妈妈给他买了个智能手环，可以记录分析他的运动作息，包括心率、步数、睡眠质量……

原本是一个很好的智能工具，外形时尚，他自己也觉得好用。但是秦女士不知道从哪里看了一个电视剧，还是个刑侦类美剧，里面设置了一对高中小鸳鸯，其中有个细节，那个高中生戴了个运动手环，他每次遇见心动对象心率都会飙升。

然后，可怕的剧情发生了，可怜的男生对象，挂掉了。没错，因为这是一部侦探剧，恋爱撒的糖都是假的，只有死亡和悬疑是真的。

这个手环的作用到这里就结束了吗？没有。电视剧里，男生被怀疑谋害女生，最后排除他犯罪嫌疑的有力证据，就是他手环上的使用数据。

男生在女生判定的被害时段里，正在睡觉，他的手环显示，他正处于深度睡眠，睡眠状态良好，心跳正常。

凶手不是他。

真的不是他吗？最后的镜头停在男生在阳光下意味深长的微笑。

普通观众可能看完之后，会跟着剧情走，忍不住猜测凶手究竟是谁。但是秦女士绝对不会这么想，她关注的点是，高中生是不是早恋啊？那个智能手环能监测出看见心动对象心脏狂跳，是不是真的？

于是，秦悠然女士做了一件事，比小时候偷看人上锁的日记还过分的事，她拷贝了姜风眠的智能手环的数据，跑去盘问他，每个心跳加速的时间段都在干吗？

“你有没有喜欢的女孩子？有没有干坏事？”

一开始面对她的质疑，姜风眠还能解释说：“打篮球，跑步，体育课……”

安抚了秦女士一段时间之后，她又按捺不住自己的多疑：“你一个马上就要考试的人，每天做那么多运动干什么？你究竟是运动还是跟女孩子一起干坏事你自己心里清楚！你们做到哪一步了？”

秦女士的歇斯底里吓到了姜风眠，她的怀疑指责毫无根据，全部都是她自己的臆想，却要强硬地把锅扣在姜风眠头上。

“妈，我没你想的那么龌龊。”姜风眠干脆摘了手环。

结果秦女士更忧郁了，她声音不大，就是一双眼哀怨地看着他：“你是不是心虚？”

秦女士就是有这样的本事，让人左右为难。要是跟她吵，怕把她气倒了。不跟她吵，能把自己憋出毛病。

姜风眠也体谅妈妈的付出，但是压垮骆驼只需要最后一根稻草，他觉得好累。每天睁眼，就好像溺水的人，浸泡在一片汪洋里。

那天，他起床之后喝了一杯冰牛奶。秦女士冲出来，懊恼地说：“你怎么能喝冰的？”

正值炎热的三伏天，姜风眠不知所措，他喝点冰的不行吗？秦女士说当然不行，老一辈的习惯，就应该喝热水。

“喝冰的伤了胃你今天怎么看书？”

最叫人难受的，是她强硬的态度不是冲着姜风眠去的，而是非常自责。

“一定是妈妈哪里没有做好，才让你喝了冰的东西。”

心好累。

姜风眠轻轻放下手中的玻璃杯，什么话都没有说。

“你听见我说的话没有？”姜妈妈还在后面追问。

“嗯。”

姜风眠跑出去吹风，白鸽振翅，广场高台上他在手机唱歌软件里点了首歌——风中有朵雨做的云。

听歌路人送了他一束鲜花，求他快别唱了。

姜风眠叹息，唉，鱼哭了水知道，他哭了谁知道。

第二天的早饭是姜风眠去买的，姜醒穿着睡衣从楼上下来的时候，姜风眠刚煮好咖啡。

他刚要开口跟姜醒说话，姜醒一闻到咖啡的香味就捂住肚子，直奔厕所。

都说咖啡帮助代谢，对于姜醒来说简直有奇效。

从卫生间出来后，姜醒浑身通畅，她看见姜风眠还在原地举着咖啡壶，一言难尽地看着她。

姜醒给他一个不屑的目光：“没看过人早晨排宿便的吗？”

姜风眠放下咖啡壶：“这我就要给你科普一下了，宿便这个说法并不准确，医学上并不存在这个说法……”

夹在他们两个中间，正在啃面包的贺铭南，淡定地喝了一口牛奶，然后把面包咽了下去。

贺铭南和姜醒对视一眼，说：“早上好。”

“早。”

“今天还要出门去帮忙吗？”

“嗯，最后一天了。”

“好的，那你路上慢点。”

“放心。”

和贺铭南对话，姜醒的画风都变了，瞬间切换进入“岁月静好，无事发生”的状态。

直到贺铭南走后，姜醒反手就把沙发上的抱枕一个过肩摔，扔到了姜风眠头上。

不疼，就是发型乱了。

早晨起来穿着优雅睡袍凹造型的哥哥——发型就是男人的第二张脸，毁容了，心在滴血。

姜风眠捡起落在脚下的抱枕，气鼓鼓又很无奈地把抱枕揣怀里，拉着姜醒在沙发上坐下，他说：“我们聊聊。”

姜醒：“聊什么？聊你怎么丢下我跑掉，还是给我发假消息，放烟幕弹，害我大半夜地跑去找你扑了个空，说好一起走。”

如果贺铭南在这里，听了一定会吐血三升。他一直以为姜醒气姜风眠不告而别，没想到，还不止这个原因。

——说好一起走，你却放了手。

“姜风眠，你现在厉害了，学会声东击西了。”

“不是，妹，你听我说。”

“我不听！我不听。”

“不！你要听。”

姜醒隔空给姜风眠丢去一个紫薇捂耳朵的表情：“我不要听，我不要听！”

“你不听我要把你所有的漫画书都扔掉。”

“你敢扔，你一屋子的手办就跟你永别了！”

姜风眠：“你的一抽屉唇膏……”

姜醒微笑：“你的球鞋？”

“来呀！”

“互相伤害呀！”

“谁怕谁呀？”

“怕你？”

姜醒：“谁怂谁小狗。”

姜风眠：“好呀。”

下一秒，姜风眠：“汪汪汪。”

这就停战了？姜醒还有点不太习惯示弱的姜风眠。

他说：“妹妹，你跟我不一样，我就不是学习的材料，但是你不同，你从小就会念书。”

姜醒跷起二郎腿：“我现在不啦，我现在在享受人生。”

姜风眠：“什么？”

“抽烟、喝酒、烫头发，但我还是个好女孩，怎么，没见过呀？”

“你骗我。”

“我骗你，你找我同学随便问，不然我怎么假期还要补课呢？”

姜风眠恍恍惚惚，他感觉他就消失了一阵子，怎么世界就变了？

姜醒说：“哥，其实你的感受我都明白，你总觉得我不明白。我是真心都打包好了，想跟你出去散散心的，但你不肯带我，你就是胆小，怕担责任。”

“对不起，醒醒……我……”

“你先别说，听我说。”

“好。”

“在你眼里，我是不是一个只会念书，瞧不起学习不好的，性格很差劲的人？”

姜风眠：“你怎么会这么想自己？”

“如果不是，为什么她到最后也没有向我求助……”姜醒摇头，“你还记得我初三的同桌吗？”

“那个脸圆圆的女孩子？”

“你还记得她呀。”

“是不是很可爱的一个女生？”

“嗯，感觉很开朗。”

“她走了。”

姜风眠一时半会儿没反应过来：“走去哪儿？”

姜醒苦笑：“天堂。”

姜风眠：“对不起，我没想到是这个‘走了’，她怎么会……生病了？”

姜醒的手指抠了抠沙发：“她是病了，抑郁，还有精神分裂的倾向。本来住院治疗之后在家里休养，我还去看过她，她家里人说她有所好转，但我没想到她前一天在空间上写想看日出，还回复了我的留言，第二天人就没了……”

姜醒哽咽，这些话不知道在她的心里憋了多久。

“她家里的情况不太好，父母不和，父亲酒喝多了总打她撒气。”

其实，现实情况比姜醒所说的要更严重一些。孟雪伊的父亲不喜欢她是个女孩子，他用最恶毒的语言去贬低羞辱自己的孩子，直到她承认自己一无是处，甚至怀疑她究竟是不是亲生的。

就说姜醒家吧，姜家父母子女之间有什么矛盾，他们的争吵是有底线，他们明白，他们彼此相爱，并十分确定。

但是孟雪伊的家庭不同，父亲的暴躁、多疑和懦弱在一点点吞噬这个家庭的生机。旁人很难想象，身为一个丈夫和父亲，他无止境的怒火和恨意从何而来。

姜醒记得她说过，她最崇拜的偶像是草间弥生，那个以夸张的“波点”闻名的经典艺术家。

草间弥生的童年坎坷，父亲风流成性，母亲强迫她去跟踪自己的父亲，家庭的压抑几乎令她窒息。直到某一天，草间弥生眼前出现幻觉。在她的自述里曾提到，她看见桌子铺着的红花桌布——然后是屋顶、窗户乃至整个世界都充满了同样的红花，直至将她完全淹没。

后来，医生确诊这是一种学名为“神经性视听障碍”的疾病。

草间弥生离家后，把一直折磨着她的幻觉转化为艺术，成为无数人的精神先锋。

孟雪伊最喜欢她的一句话："地球也不过只是百万个圆点中的一个"。

当人类把自己巨大的痛苦放到宇宙的维度里去看，一切就都变得渺小而微不足道了。

阳光躲在乌云的后面，姜家的客厅也因此显得暗了几分。

"哥，我经常会梦见她，她在怪我为什么不多关心她一点。"姜醒紧紧地皱着眉头，"你说，如果我多跟她聊两句她是不是就……"

姜风眠一把抱住姜醒："不是你的错，别说了。她家人都没能阻止的悲剧，你就能阻止吗？你做的已经很好了，真的。"

姜醒还在说："我鄙视麻木冷血的人，但实际上，我跟他们也没有区别。我只想着自己，我没有任何精力去关注我身边的任何人。我就是猪，唯一比猪强一点的地方就是我还会考试，但猪能贡献猪肉，我什么都贡献不了。"

姜风眠拿茶几上的苹果堵住她的嘴，狠狠地捏了一下她的鼻子。

他听她这么自责，情绪也跟着激动："瞎说什么，呸！我发现你也是发起神经来什么脏水都往自己身上泼，这话能这么乱说吗？

"你是猪我是什么？所以你要跟我走，是因为这件事心里难受？"

别说，姜哥哥哄人还真是挺厉害。他一打岔，成功地吸引了姜醒的注意力。

在他们没有注意到的时候，家里的门开了一下，又被关上。贺铭南帮忙的奶茶店提前歇业，老板给每个员工封了一个红包，数额不大，主要是为了讨个彩头，祝他们来年事事顺利，心想事成。

于是他就提前往家走，没想到一开门，便听到了这一串令人惊讶的对话。

他终于明白，为什么姜醒之前非常抗拒有同桌。

贺铭南不想打断他们兄妹谈心，他把门带上，在门外的墙上靠了片刻，不知道他们的话什么时候说完，他又去楼下的便利店坐了一会儿。

便利店今天有免费的豆浆，店主送了他一杯，红枣味的，贺铭南在窗口坐着，掀开杯盖，腾腾热气冒上来。

姜家。

“呸呸。”姜醒拿开苹果，连连吐舌头，“苹果都没洗过就往我嘴里塞。”

她抱着抽纸盒，抽了好几张，用力擤鼻子：“你还能是什么？我是小猪，你就是猪哥呗。”

呸，真不要脸，还把自己说得萌萌的，小猪。

姜醒：“想跟你走倒也不是全为了这件事，主要是担心你语言不过关在国外混不下去，连饭都不会点怎么办，你不得带个翻译吗？”

事实是，不仅是有影响，影响还非常大。

让姜醒震动的这两件事太巧了，前后脚发生，让当时的姜醒措手不及，受了不小的打击。

同桌一条鲜活的生命说没就没了，但是老师还一个劲找他们谈话，叫他们不要受到影响，一定要好好考试。姜醒理解考试的重要，但是她不能理解，是不是它重要到他们都不能留一点时间来难受？

原本开朗的哥哥闹离家出走，背着包，拎着行李，转身就走了。

这是对姜醒的背叛。没错，就是背叛。

所以说，她讨厌离别，生离和死别都讨厌。但是这些话现在都没必要说了，时间不一定能抚平一切，但它可以把很多东西冲淡。

听了姜醒的回答，姜风眠“呵呵”笑了两声。

“呵，姜醒，你也太小瞧你哥了。this、this and that（这个，这个还有那个），我还不会说吗？”

姜醒耸肩，行。

姜风眠温柔地摸摸她的脑袋：“虽然我不熟悉你说的这个女生，但我听你说完，我觉得她很可敬，她一直在努力地生存，直到生命的最后一刻，都心向阳光不是吗？我想，她也不希望她的死一直困扰你，让你变得不开心。”

他又问："她最后和你在网上留言说了什么？"

姜醒似乎是想到什么愉快的事，微笑着眯起眼："她说，姜醒，爱你呀，么么哒。"

姜风眠搂了搂妹妹的肩："你还真是小讨喜呀。"

姜醒微微昂起下巴："那可不是。"

"妹，你很多地方要比我强多了。"

"你才知道？"

姜哥哥叹了口气："为了安慰你，我给你唱首歌吧。"

姜醒一脸惊慌：不，不是，哥，咱有话好好说，能不能不要一言不合就唱歌？

"你想听哪首？"

姜醒捂住自己的嘴，被命运扼住喉咙，无法说话。

姜哥哥翻了翻自己的歌单："就这首吧，《友谊地久天长》。"

听见这个歌名，姜醒突然就放弃了挣扎，这首歌，她确实很想听。

窗外，淡金色的太阳重新探出头。她放松身体，把身体的重量交给沙发靠背，整个人都在陷在软绵绵的沙发里，在阳光里懒洋洋的，像一只伴着音乐、缓缓摇动尾巴、昏昏欲睡的猫。

"怎能忘记旧日朋友，旧日朋友岂能相忘，友谊地久天长……"

幸好姜哥哥选择了背景乐外放，伴着熟悉的旋律，姜醒也跟着他哼两句。不得不说，她哥这个调子，能听是勉强能听，难听也是真的难听。

"说起来，你这半年过得好吗？"她问。

姜醒很想痛斥她哥这个逃兵，但是她也很想知道，他这半年来过得好不好。

"你终于想起来问问我好不好了？！不好！"姜风眠哭诉。

他跟姜醒对坐着，姜醒抽纸，他也抽纸，大有姜醒再说一句他的不好，他就要哭给她看的架势，姜醒真是怕了他。

当时，姜风眠因为怕老爸、老妈穷追不舍，不敢带姜醒一起跑路，不仅不敢带她，还把假的集合地点透露给家里人知道。他就躲在暗处，看到姜醒气急败坏地被捉回去之后，才匆匆赶往机场。因为这个时间差，家里人以为他早就登机跑了，为了双重保险，他还买了两张目的地不同的机票。

他这个法子，真是一举两得，飞机落地的那一刻，他给自己点了个巨大的赞。直到后来他才有胆子又暗搓搓加回了姜醒的微信和QQ——因为姜醒全把他拉黑了。

好在姜风眠虽然拎着他大大小小还很贵的行李箱离家出走了，但人没失联太久，最多就是打死不说在哪个国家。

秦女士表示脑壳疼，两个娃，大的小的，她都管不了了，看见他们就头疼。后来，她一个开心理诊所的朋友给她出主意："你这个是生活重心太过于依赖家庭，你要学会从生活中别的地方汲取能量。"

一开始，秦女士还辩驳，她怎么就依赖家庭了？

朋友给她一一列举了一些她过度的行为："你喂养孩子，规划孩子的生活，他们依赖你，而你习惯了被他们依赖。但是孩子会长大，会有他们自己的想法，你这是心理上还没能转变过来，接受不了他们有一天不再事事需要你。"

其实这事不难办，眼不见为净，换个生活方式吧。

秦女士经历了剧烈的思想斗争之后，人到中年，豁然开朗，再睁眼看这个世界，截然不同。幸好，她脑筋转得快，人也不是小心眼的，她决定把孩子的教育全权移交给孩子爹，爱谁谁去吧，反正她要过新生活去了。

那天，她牵着宝贝女儿姜醒的手，郑重地把它放在姜老爸宽厚的手里。

"你们暂时过一阵，老妈要去追梦了。"

姜醒："妈？！你追什么梦？"

秦女士："这就不用你们管了，只许你们有梦想，不许我有梦想吗？"然后，秦女士挥挥衣袖，飞英格兰去了。

被安排在家带娃的姜爸爸很慌，虽然这个娃也十六岁了，年纪不算太小，也已经是二宝了，但，还是慌。

每一个家庭成员，在姜风眠走后，都发生了变化。

人生来就处于不断的变化之中，只是变好或变坏，也可能是交替进行。

姜风眠给姜醒说了这半年的经历。他先申请了一个欧洲音乐学院的预科，先从语言补起，上了小半学期的语言课，还有一些基础训练，他自我感觉非常有希望进入音乐学院。

说到这里的时候，姜醒看着他，一言难尽："你这个音准，是认真的吗？"

姜风眠揉乱她的发顶："你哥我小提琴十级，好吗？"

姜心叹息，哦，还真是可惜呀，他的梦想是歌唱家。

"好了，你不用说了，听我说。"姜风眠及时让她闭嘴。

姜醒把要说出口的话吞回了肚子里。

姜风眠又说，他还没放假呢，一看姜醒要被人拐走了，火急火燎地就往回赶，到现在时差都还没倒回来，困。

说到困，就不得不说，他们现在不仅困，还饿。又饿又困。

姜醒揉揉眼睛一看，不得了，都下午一点了，他们居然就在这里不吃不喝地聊天聊过了饭点？

说到饭点，他们这段糟糕的对话就再也无法回到它原有的轨道上了。

没有一个中国人，可以拒绝吃。川鲁粤淮扬，闽浙湘本帮。酸甜苦辣咸酥麻，煎炒煮炸焖炖焗。

谁在吞口水？

贺铭南出现得恰到好处，电子门锁的声音终于被姜家兄妹注意到。

姜醒一回头，看见贺铭南惊喜道："贺大厨……哦，不，贺老师你终于回来了。"

此处需要配上催人泪下的音乐和央视播音腔："她一回头，就看到感人的一幕，哦，她的焖猪蹄、炸鸡腿、烤五花、酱牛肉……”

贺铭南看着眼前两双炙热的眼睛，不由向后微微退了半步。这，这是怎么啦？

第十五章

世上鲜花会盛开，壮丽不朽的事物会接踵而来

姜家兄妹一脸严肃："贺铭南，你知道吗？你摊上大事了。"

贺铭南："什么事？"

"爸爸妈妈都有事，这两天回不来了。"

贺铭南舒了口气，他还以为是林城要地震了呢，这么严肃。

秦女士不在贺铭南是知道的，她出门的时候还跟贺铭南和蔼地打了招呼，旅行，说走就走。但姜爸爸又是怎么一回事？

姜醒说，因为她爸在海外的项目出了问题，临时需要出差，走得匆忙。但她爸留消息了，说是争取三五天就回。

她摇摇头，男人的嘴，骗人的鬼。他爸这个钱眼里的工作狂，说是三五天，还不知道什么时候能回。

贺铭南："所以……"

姜醒和姜风眠："所以，我们要自力更生了。"

尤其是之前刚回来的时候还横眉冷对、鼻子不是鼻子、眼睛不是眼睛的姜风眠，瞬间变脸，拉着小贺的手，亲切地跟他说："弟弟，人生在世，衣食住行，过日子就是吃饭穿衣，吃饭乃是头等大事。这等大事，我们就托付给你了！"

于是，作为家里唯一一个会做饭的人类——贺铭南，一进门就被绑架了，被他们一左一右，架到了厨房。他的两个小狗腿，姜醒左手拿着葱姜蒜，姜风眠右手拿着酱醋油，两人挂着营业性的笑容，热情地问他：“请问大厨，我们中午有什么吃的？”

姜醒：“贺贺，你做什么，我吃什么，我不挑。”

“我也不挑。”

“你做什么都好吃。”

“没错。”

手上被塞了一个锅铲的贺铭南想问，两位是去德云社进修回来了吗？

贺铭南简单做了一顿饭，三人收拾好碗筷，姜醒满足地隔着毛衣摸摸肚皮，呵了一口气，幸福。

贺铭南拿起外套对他们说：“走吧。”

姜醒和姜风眠：“去哪里？”

贺铭南：“去超市补充粮食，再不去，就要断粮了。”

主厨贺铭南也没想到，东西总是这样，买的时候觉得多，但是用起来飞快。冰箱备着的菜也是，添了姜风眠这么一个战斗力之后，冰箱里的存货飞速见底。

贺铭南把米饭在电饭煲里煮上，上面铺了几片香肠，这样等他们一回来，就有香喷喷的米饭吃了。

姜风眠开车，把三人拉到了超市。

走在路上，贺铭南还是有些难以置信，他突然就从孑然一身的小青年，变成了家里有两张嘴等着吃饭的“老父亲”。

“姜哥哥，听说你在外面留学。”

“是的。”

“你在外面不做饭吗？”

姜风眠打了一个左转灯，驶进地下车库，在地下车库绕了好几圈，直到地下四层才有绿色提示灯显示有空的停车位。

他开车倒是很稳，坐在后座的贺铭南一点也感觉不到颠簸，但是看他刚刚在路上的时速其实不低。

看不出，姜风眠是个又快又稳的“老”司机。

每个人的开车风格都不一样，从开车习惯也能看出一点对方的性格。

姜风眠回答贺铭南刚刚的问题，他挺不好意思地说：“我找了一个长期饭票，他真是个好人。”

室友找得好，吃饭没烦恼。

好的吧，也是一种生存的方法。

在遥远的欧洲的室友打了个喷嚏，横空飞来一张好人卡。

三人并排走在超市里面十分养眼，尤其是姜醒，身边的两个帅哥各有千秋，一个明朗白净，一个妖孽华丽，怎么看都不是人间凡品。

姜醒的样貌也十分明丽出众，一对正逛超市的小情侣正手拽着手往前走，走着走着，情侣里的女生差点撞货架上，她男朋友拽她：“不要再看了，再看那两个帅哥也不是你的。你的，在这里。”

女生扭头：“我看什么了？我什么都没有看。”

过了两分钟，他们又在去蔬菜区的路上看见了姜醒一行。

这一回，变成了那个女生一个劲捶男生的肩膀：“你的眼睛长在谁身上了？跟你出来是为了让你看别的女孩子的吗？人家小姑娘是不是又年轻又漂亮？”

男生：“老婆，我没有呀……我，我就是看他们个子高，好奇他们是不是混血不行吗？”

“混什么血？西伯利亚、埃塞俄比亚还是塔斯马尼亚？”

小姐姐怎么地理学得那么好呢？知道这么多名词，那她知道最后那个地方是地名不是国家吗？

强行押韵惹的祸。

两个人打打闹闹走远了。

听到他们对话的姜醒没忍住笑了。

她背着手，上下打量她旁边的大帅哥和小帅哥。

姜风眠连忙说："不是我，我是不是混血你不知道吗？"

姜醒："你充话费送的，谁知道是不是办的国际漫游套餐。"

上一回他还是垃圾桶捡的。

贺铭南绷着俊俏的小脸，声音冷冷淡淡的："我要是少数民族国际血统，我就应该高考加分。"

赢了。这个心里只装着学习的小伙子以后要是一直不开窍，可怎么办？

姜醒长长叹口气，操碎心。

贺铭南和姜风眠脑袋上挂着问号，醒醒怎么又惆怅了？难道不是混血，不配做她的哥哥（同桌）？

姜风眠遗憾地摸摸自己的帅气脸蛋。

——唉，现在重新投胎也来不及了，妹，你就凑合看吧。

谁还不是将就的呢？

逛着逛着，三人走到蔬菜区，贺铭南问他们想吃什么菜，他左手拿着扬州青，右手拿着小白菜。

姜醒眉头一皱："它们不是同一种菜吗？"

然后，姜醒终于看到了自己熟悉的蔬菜——西红柿。

"这个我知道怎么挑，屁股又深又饱满的好吃。"

贺铭南："那个圆圆的，叫果蒂，不是……"屁股。

"差不多吧。"

姜醒挑眉："明天给你们做番茄意面。"

姜风眠警惕地说："你做的能吃吗？不会吃完就食物中毒了吧？"

姜醒："你就不能想我点好的？"

姜风眠摊手，他看看积极要动手表现的妹妹，又看看他们眼前的贺铭南，恍然大悟。于是立马改口："那我就等着了，期待。"

反倒是贺铭南，他站在姜醒的身边，一边选菜，一边关心地问："那你还需要什么配菜吗？要不要芦笋？西餐我就不擅长了。"

这一回换姜醒微微脸红了：“我也就只会那么一点点三脚猫功夫，明天你做菜，我就在旁边占一个小锅，不耽误，行吗？”

贺铭南理所当然地说：“这算什么事，有什么不行的？家都是你的。”

姜醒：“那不一样，还是要问你的。”

姜风眠看着两个小朋友羞涩克制的对话，抿嘴偷笑，哦哟，现在的年轻人。

还真是小孩子呀，他摸摸耳垂。他想，还是要找机会，让他们见识一下成年人的世界。

逛了一圈下来，姜醒有点累，她停下脚步捶腿，然后看见从她眼前走过的一家三口。

打扮可爱的小孩坐在购物车的小座椅上，年轻的爸爸妈妈推着他往前走，小孩开心得直拍手。

姜醒眼巴巴看着小孩被爸爸妈妈推着走路过了他们，然后，她又看见小情侣推着宠物车走过，小狗狗坐在宠物推车里，推车里还能看见小狗的玩具。

姜醒的目光一路追着小推车移动。一双大眼写满了“好羡慕”。但她已经是个大人了，她不能这样。

姜醒甩甩头，想把坐购物车的想法从脑袋里赶出去。她放缓脚步，姜风眠一个人自顾自走在前面，这时，一个声音在她的身后说：“坐上来，我推你。”

姜醒条件反射地说：“这怎么行？我是个大人。”

此处需要放大加粗，不仅是大人，还是林城私立高中扛把子大姐大。

贺铭南轻笑：“真的吗？可就算是大人，也有累的时候，坐吧。”

姜醒左右看看，小声问：“我不会把推车给坐坏吧？”

贺铭南哭笑不得：“如果坏了，一定是我坐的，跟你没关系。再说，你才多重，身上没二两肉，想坐坏人家的购物车，恐怕有点难度。”

姜醒还在犹豫的时候，突然，贺铭南站在她的身后，他身上带着清爽的阳光气味。属于他的味道瞬间侵占了她的鼻腔，她不知如何形容这样的瞬间，就好像青柠气泡水一瞬间冲上头顶，把她淹没。

他说：“我帮你。”

他说这句话的第一秒，姜醒还没有反应过来是什么意思。

话音刚落，姜醒就感到自己突然腾空，她被一双修长有力的手臂抱起来，稳稳地放进购物车里。

姜醒的脑子瞬间蒙了，这个过程开始得太快，结束得也极其迅速。在她还没有反应过来的时候，她已经稳稳当当地坐在了购物车里。她这才意识到，贺铭南重新推了一辆小推车，把她装在里面，然后几包零食落在她的怀里，都是她喜欢吃的东西。

姜醒呆呆地抱着零食，周围还零星散落了几包巧克力和饼干。

她坐在散落的零食中间，只听贺铭南说：“车里的乘客坐稳扶好，我们要发车了，请不要把头、手伸出窗外，也不要企图中途跳车。”

姜醒狂笑：“谁要中途跳车？！”

——贺铭南，你这个魔鬼。

然后贺铭南推着车就跑，姜醒坐在里面，气流吹起她的头发，空气里留下一串她肆意的笑声。

“啊——哈哈哈！快一点，贺铭南，你再推快一点！”

然后他们看到远处有穿着深蓝色制服的工作人员，贺铭南连忙转了弯，躲开工作人员。

罐头区域的人非常少，放眼望去，几乎没有顾客。

贺铭南笑的时候露出一排白牙，爽朗阳光，他提醒姜醒：“车里的小朋友，我要加速了，Ready（准备）？”

姜醒小朋友：“来吧！”

姜醒的 颗怦怦跳的心随着贺铭南的加速 起飞扬了起来，好像整个人都轻飘飘浮在半空，被欢笑声拥抱。

贺铭南在姜醒的身后推着她，她穿着米色高领毛衣，一低头，暖烘烘的毛衣就能把她整个下巴都包起来，她下身穿着条浅蓝牛仔裤，一脚蹬小牛皮靴子，青春无比。

贺铭南的视线落在她的发顶上，一头秀发乌黑浓密，就跟广告里的一样，胜似绸缎，让人见了忍不住要伸出手摸一摸，验证一下是不是那样柔滑。

今天姜醒出门的时候把头发披在肩上，贺铭南难得见她披发的样子，觉得又新鲜又好看。

她身上好闻的清香随着流动的空气萦绕在他的鼻尖，那似乎是她的洗发水香味，又似乎是她的身上散发的体香。

姜醒回头，正巧捉住贺铭南看她的视线，她促狭地问他："看什么，看我吗？"

贺铭南："嗯，看你。"

无论过多久，他的回答总是如此简单直接。

姜醒眨眨眼又问："好看吗？"

贺铭南身后是一排排节日礼品的货架，高高的货架上，铺满了大红金黄，夺目气派。他握着购物车的手紧了紧，点头微笑："好看。"

他说这句话的时候，笑意深入眼底。

姜醒背对着他："哦……这样呀。哪里好看？"

这真是贺铭南从小长到大面临的最难的问题，他想要赞美姜醒，想要赞美她的灵动，她每一次眨眼、歪头和微笑，甚至什么表情都不做，都充满了活力。

贺铭南心想，这世界上应该没有人会想要拒绝姜醒提出的要求。

她这么美好，好到每一个与她亲密无间的朋友都想把最好的捧到她面前，不忍她露出一点点失望的表情，包括他。

结果，贺铭南说："你好看。"随即他又补充，"头发好看。"

——我替头发谢谢你？

"那我和我的头发哪个好看？"她问。

"算了，你别回答了。"她立刻又说。

姜醒的手无意识地撩动头发，一双黑亮的眸子没什么力度地瞪了贺铭南一眼。贺铭南被她的目光网住，胸口好像藏了一只被风吹鼓的大口袋，迅速地鼓胀起来，他觉得自己应该说些什么……

“咳咳。”

突然，两声清咳传来。

他们一抬头，就看见有个人抱着手臂靠在货架上，在货架的尽头等着他们。

姜醒从车上下来，喊：“哥。”

姜风眠：“玩得好开心哦。”

姜醒：“还好还好。”

姜风眠：“哥也不要咯。”

姜醒：“那还是要的。”

不小心就把还有个哥给忘了，真不好意思。

姜风眠生闷气。

——明明是三个人的电影，我却不能有姓名。

他阻止了姜醒后面的话：“不要解释了，我都懂。”

姜醒在原地风中凌乱。

——哥，你懂了什么？

在姜家爸妈回来之前，贺铭南先见到了姜醒的姨妈一家，包括姜醒的小表弟。

小表弟是个酷酷的冷面小帅哥，不怎么讲话，跟姜醒也不怎么对付。姜醒悄悄跟他讲：“他从小就脾气古怪，如果他对你不礼貌，你就当他是个屁。”

贺铭南：“这么严重？”

“你看着吧。”姜醒耸肩。

果然从见到小表弟那天起，小表弟就没给过他们什么好脸色。

姨妈是秦女士的小妹妹，小表弟和姜醒的年龄差距也很大，贺铭南看他的年纪也就是幼儿园，最多最多幼儿园大班不能再多了。

小表弟粉雕玉琢的，就是脾气大，进来之后不喊人，姨妈反复提醒他要喊人，这个傲气的粉娃娃抱着他的茶杯，不情不愿地喊了一声：“醒醒姐姐。”声音含含糊糊的，也不看姜醒，“不想理你”的眼神几乎要飞到天上去。

作为他们幼儿园的扛把子，他也有他的脾气。

姜醒也不惯着他，捏着嗓子，古灵精怪地问：“什么？你在喊谁？”假装听不见。

小表弟在他妈的威逼之下，无奈只好又提高声音来了一遍，姜醒这才放过他。

贺铭南在一旁偷笑，过年了，他没办法去蒙市探望叔叔，便给他写信，他在里面提到姜醒，他说，她教的“小孩”十分可爱，坚持十年如一日和熊孩子作对。

恭喜姜醒，在贺铭南眼中，喜提“熊孩子克星”称号。

姨妈把小表弟放在姜醒家里玩，姜风眠主动提出要带他们出门长长见识。

姜醒也不知道她哥要带他们见识什么，到了目的地，姜醒才发现，他哥居然把他们一车未成年拉到酒吧来了。

姜风眠在驾驶座上问姜醒：“你不会从来没来过吧？怕了？”

姜醒看看车后座坐着的贺铭南，嘴硬：“怎么没来过，你去学校问问我醒姐怕过谁？”

贺铭南在后座抠抠这儿，抠抠那儿。他心想，姜醒怕的可多了，怕太高，怕太黑，怕太痛……

贺铭南本打算说，他们这一群未成年的就算了，结果他的话刚开个头，姜风眠就说：“放心了，我朋友的场子，不会把你们卖掉的。”

姜醒大手一挥：“去，谁不去谁小狗。”

一直在后座闭目养神的小表弟从口袋里掏出一副十五块钱淘来的圆框墨镜戴起来，配上他的风衣外套，开门就往外走。

还在停车的老司机姜风眠喊他：“往哪儿去？”

小表弟冷着小脸，面无表情地说：“走啊。不是要喝酒吗？”

姜醒眼疾手快，一把从地上捞起小表弟抱在怀里，怕他乱跑跑没了。

戴着墨镜马上就可以拉二泉映月的小表弟拼命挣扎：“放我下来！”

小孩长得快，年纪不大，个头不小，他这么一挣扎，姜醒细胳膊细腿的还真不占优势，

本来抱得就勉强，这下要彻底翻车了。就在这时，小表弟捶姜醒的手被贺铭南一把捉住，贺铭南脸色非常严肃地看着他。

姜醒没有注意到贺铭南的眼神，但是小表弟从里面看出了威胁，欺软怕硬的小家伙试图抽出自己的手，可贺铭南的双手就跟铁钳一样，他怎么抽也抽不动，只好识时务地安静下来。

两泡泪水含在圆溜溜的大眼里，他弱弱地喊：“哥哥，我想下来。”

被小表弟的脑袋挡住视线的姜醒只感到怀里一空，小表弟就从她的怀里被贺铭南接过去，到了他怀里。

贺铭南单手抱着小表弟，轻轻松松，显得毫不费力。

最奇怪的是，难搞的小屁孩在贺铭南怀里不哭不闹，只低着头，把自己的脸藏在贺铭南的外套里。

姜醒奇怪地说了一句：“人间奇观，今天给我看到了呀。”

小表弟抬起头，刚要反驳，只见贺铭南抱着他的那只手轻轻拍了一下他的背，低声问他：“刚刚哭累了吧，口渴吗，喝点水？”

小表弟看见贺铭南警告的眼神，哪里是温柔大哥哥？明明就凶狠凌厉，像故事里面吃小孩的魔鬼。

“说话。”贺铭南说。

小表弟疯狂摇头：“不渴，嗝。”他吓得轻声打了个嗝，然后一双小肉手捂住嘴，不敢再发出声音。

姜醒摸不着头脑，只好挠挠头说：“他跟你倒是投缘，乖得很。”

乖小孩小表弟又想哭了，他冲姜醒伸出手，想回姜醒身边，姜醒完全没有接收到他的暗示，还在那里说：“这下好了，以后他就交给

你带。”

小表弟在墨镜后面留下悔恨的泪水。

这人呐，就怕对比，这一比较，就比较出姜醒的温柔可爱了。

小表弟扒着贺铭南的胳膊，无声流泪。

“等等。”姜醒喊住贺铭南。

她伸手把贺铭南的头发揉乱，又把自己的头发放下来，然后挺了挺胸：“走。”

她解释说：“这样看起来年纪大一点。”

——真的吗？姜醒你是认真这么认为的吗？

结果，他们在门口还是被拦了下来，门口的工作人员让他们出示身份证件。

姜醒说：“我们来参加朋友孩子的百岁答谢宴会。”

门口的安保面无表情：“抱歉，里面的情况我们不是很了解，您只要给我们看证件，就可以进去了。”

姜醒：“我们一家三口出来匆忙，忘记带证件了。”

安保看看姜醒又看看贺铭南，最后目光落在小表弟身上。

姜醒呵呵一笑：“我们看着比较显小是吧？真是没办法呢，呵呵呵……”

然后，她戳了小表弟的腰一下：“宝贝，你说是不是呀？”

小表弟在贺铭南的脸颊上亲了一口，奶声奶气地喊：“爸爸！我想进去尿尿。”

这孩子，怎么随便认爹呢？张口就来。姜醒悄悄瞪了他一眼。

但是看贺铭南抱着小孩笑眯眯，一点脾气都没有的样子，姜醒又想，贺铭南的脾气就是太好，她一定要好好跟他讲讲，这样的好脾气到社会上容易被骗，不行的。

姜醒冲安保大哥微笑：“孩子又长得有点着急，我们家基因比较特别。你看，孩子都闹着要上厕所了，不能让他尿在身上吧。”

身强力壮肱二头肌发达的黑西装安保一抬手，指向斜对面的公厕标志。

这个社会，想要做点事就是难啊。

这时，停好车姗姗来迟的姜风眠终于来了，他来了之后报了个名字，壮得跟一堵墙一样的安保人员就默默地让开了。

那她刚刚忙半天是在干吗？

姜风眠无声地揉揉她的发顶，被她严肃地拍开。她决定不理她哥一分钟。

进了酒吧，姜醒才知道里面别有洞天，姜风眠带着他们要了一个包间，上了一大堆果汁。

姜醒喝着果汁满头的问号，说好的长见识，见识呢？是家里的水果不好吃，还是外面的鲜榨果汁不好喝，要来这个水晶房喝果汁？是因为这里的果汁八十块一杯所以滋味特别好吗？

然后，当姜醒看到他哥打开了水晶墙里面镶着的镜面电视，屏幕上显示——欢迎点歌。

姜醒都惊呆了，所以，她哥就是带他们来了一个要查身份证的KTV是吗？

骗子，男人都是大骗子。

姜醒愤然放下手中的橙汁，叫人上酒了！

小表弟奶声奶气地喊：“我也要。”

姜醒把一杯热牛奶塞到他手里：“你的。”她一本正经地说，“这是特调奶油甜酒，知道吗？”

小表弟将信将疑，抿了一口发现上当受骗，他甩开自己的墨镜，撇嘴就要哭，被贺铭南给瞪了回去。然后他的哭声硬生生转了个调，变成了小猫叫：“喵？”

姜醒：“喵喵喵？”

这时候，进来送果盘的服务生小姐顺嘴夸了一句：“先生真会哄孩子。”

KTV的昏暗灯光催人老啊。

坐在贺铭南身边抱着奶杯的小表弟小脸皱成一团，这是他幼儿园大班扛把子人生中最难堪的一天。

姜醒点点头，还是服务生小姐姐会说话，她就说，他们这个组合，怎么门口大哥就是不信呢？

乖巧的学生总是相似的，不乖的小孩，各有各的不同，但是他们偶尔也会在同一个地方相遇。

姜醒的包厢的门被人打开，那人探头一看，连忙退出去："对不起，对不起，走错了。"然后下一秒，又被推开，"醒姐，还有……南哥？"

姜醒抬头，眯眼一看，这不是严俊昊吗？

严俊昊一见到贺铭南，就像是见到亲人那样亲切，一个绣扇扑蝶、猛禽展翅，这位高壮大哥就朝着贺铭南飞扑而来。

姜醒的表情僵硬："注意，不要压到我们的'儿子'。"

严俊昊一个仰倒："什么？你们什么时候，背着我孩子都有了？"

姜醒僵硬的表情都要挂不住了。

——怎么说话呢？

姜风眠咳嗽两声："咳咳，注意你们的用词。"

小表弟不理他们，迈着小短腿悄悄拿起桌上刚上来的鸡尾酒，酸酸甜甜就是好喝。

贺铭南一扭头，就看到小表弟偷喝酒，他不动声色地抽走小表弟手里的杯子，跟小表弟换了杯喝的，小声对他说："你喝这个，白的，带劲。"

小表弟的眼睛亮晶晶的，他终于要成为喝白酒的男子汉了。

他说："谢谢哥哥。"

他猛喝一口，来，情谊都在酒里了。下一秒他的脸色大变，这不是白开水吗？多么痛的领悟，贺铭南跟他姐一样，都不是好人。

这时，严俊昊说："南哥，你们既然也在，我叫他们过来串门！"

严俊昊一屁股坐在贺铭南和姜醒之间，把两个人隔开，贺铭南的脸色本来就很难看了，等到严俊昊说完这句话，他的脸已经比锅底还黑了。

这个世界上，怎么会有这么没有眼色的人呢？

“谁？”贺铭南问。

“就宁逸和韩辛呀。”

“别来了，我过去。”贺铭南不想让无关的人来打扰。

“这怎么好？”

“就这么说。”

贺铭南站起来，俯身对姜醒轻声说了两句。

姜醒微微上挑的狐狸眼在变幻的灯光里更显得婉转多情，细碎的光斑在她双眸中流转，她随手端起桌上的高脚杯，施施然站起来，拦在严俊昊面前。

“严俊昊，你来打招呼，可以，但妄想把人拐走，做梦。”

严俊昊猛然愣住，他呆呆地看向贺铭南，脸上写满了震惊——哥，你这么快就屈服了吗？

姜醒拿了一块果盘里的苹果放嘴里，说：“你知道今天这个包厢的主题是什么吗？”

严俊昊傻傻的：“什么？”

姜醒指着贺铭南：“谢师宴！贺老师是我们的主角，你把我们包厢的主角给拉走了，我们在这里唱什么独角戏？”

她的指尖一转：“你看，主位上的是谁？”

她指的正是姜风眠，他在角落的点唱机边上支着头，优哉游哉地晃动着跷着的二郎腿，好一副风流贵公子的模样。

严俊昊再次呆滞：“谁？”

姜醒一本正经地胡说八道：“家中长辈。我家里的长辈，小辈，都来了。所以呢，人就不借你了。话说回来，你来干什么的？”

严俊昊跟着她的思路走：“我来吃饭的。”

姜醒这才知道，这家店真是全包，晚上八点前还做餐饮生意，严俊昊他们吃完没走，干脆留下来玩一会儿。

姜醒点点头，指着门口：“好，那你赶紧跟他们玩去吧。”

贺铭南在后面补充：“你们要包厢的时候没查身份证吧？他们十点钟还要挨个查身份证。”他装模作样地看了一眼时间，“已经九点了，你们不剩什么时间了，还不抓紧。”

被贺铭南和姜醒联手这么一忽悠，严俊昊这个傻大个忙不迭地跑了。跑的时候十分心急，脚下绊了一下，龙卷风一样出了姜醒他们的包厢。

小表弟老气横秋地叹了口气：“唉，现在做哥哥姐姐的人啊……”

姜醒揉了一下他的脑袋：“就你感慨多。”

然后，贺铭南和姜醒这两个毫无心理负担、胡说八道的人相视一笑，隔着小表弟击掌。

姜醒端着一杯饮料敬他：“小贺老师厉害。”

贺铭南与她碰杯：“还是醒姐厉害。”

“不不不，小贺老师犀利。”

“不，还是醒姐会说话。”

十分钟前还是百岁宴，转眼就成了谢师宴。

姜风眠看着他们一杯饮料推来推去，半天也没喝一口，头疼地摇摇头，然后起身说：“你们在这里等一下，我去找一下朋友就回来。”

小表弟从沙发上跳下来，跟着走出去：“我去上厕所，你们不用跟，我跟着大哥哥。”

被点名的姜风眠和小表弟大眼瞪小眼，对视了半晌，他败下阵来。

行吧，跟他。

“好的，我的小少爷，走。”

房间里面就剩下姜醒和贺铭南两人。

酒不醉人人自醉，贺铭南抿了两口果汁，脸红扑扑的，双眼发亮，视线越发离不开姜醒那双弧度完美的眼睛。

当他专注地看着某个人的时候，双眼仿佛深不见底的漩涡，浩浩渺渺，白浪如山。

他问姜醒：“谢师，谢我吗，你想怎么谢我？”

姜醒看着他的眼睛，一时间竟不知说什么才好，她不忍从他的脸上挪开眼睛，想了想说：“那我给你唱首歌吧。”

她把食指放在嘴唇上，做了一个“嘘”的手势，促狭地在贺铭南耳边说：“在我哥那个魔音大王回来之前。”

贺铭南开怀大笑，双眼弯弯：“好。”

只是他没想到，姜醒送给他的是一首《感恩的心》，还配合手语舞！

“感恩的心，感谢有你。感恩的心，感谢命运……”

当贺铭南刚想说什么的时候，姜醒的表情却认真了。

她站在屏幕前，虚提了一下不存在的裙摆，微微半蹲，她凝望着贺铭南说：“小贺老师，谢谢你。”

他们之间隔着从演唱台上到台下的距离，隔着五颜六色的灯光。

姜醒在心里默默数，他们隔着七步路的距离，隔着他们每一天相处的时光。

他们只要站起来，走几步，就可以面对面站在一起，但是贺铭南心里清楚，就是这么几步路，是隔着整个银河系的距离。

贺铭南拿起茶几上的另一只麦克风，麦克风上套着灰色的一次性海绵套，他的声音清晰而遥远地从麦克风中传出。

他问：“姜醒，你有没有想过，以后大学考去哪里念书？”

姜醒握着麦克风说：“念高中之前，没有想过，在你问我这个问题之前，我没有想过。但是我保证，我从现在开始想。”

“贺铭南。”姜醒喊他的名字。

“嗯。”他答。

“你想去哪里念大学？”

大学啊……听起来还真是一个遥远，其实又不那么遥远的词。

贺铭南知道，这时候，如果是一个会哄女孩子的人，他的标准答案应该是“有你的地方”。但未来不是儿戏，也不是一句随口的讨好，它容不下轻浮和侥幸。它满载着希望，它是海豚跃出海面时，折射的阳光。

他说："我想去北京。"

北京，有着全国考生憧憬的学府。

姜醒听了，非常肯定地说："你一定可以。"

她又问："如果我也考去了北京，我们还一起上学，念书，下课，好不好？"

贺铭南点点头，笑的时候露出整齐的大白牙："当然好呀。"

姜醒又问："那如果我没有去北京，去了别的地方，怎么办？"

贺铭南说："和你同桌，我觉得好幸运。大学只有四年，人生却还有无数个四年，这四年，难道会比高中的三年更难熬吗？"

不会。

灯光交错。

贺铭南又问她："姜醒，你有梦想吗？"

姜醒大跌眼镜："你也学会问这句话了？"

贺铭南哭笑不得："我是认真的，我觉得梦想的样子很美。"

姜醒坐在高脚椅上，左右摇晃着椅子，她抬头仰望，看见屋顶上的水晶灯还有耀眼的光。

她说："有一个模模糊糊的影子，但是还不真切。"

贺铭南："它会变清晰的。"

姜醒又想起贺铭南上次说他自己的梦想的样子。她放下话筒，站在圆形的小舞台上，冲着贺铭南举杯："那让我们干杯，为了梦想——"

"为了梦想！"

两人遥遥举杯。他们之间，好像又走近了一步。剩下的，是两颗赤诚跳动的心，在这小房间里怦怦跳动。

姜醒始终记得那句"世上鲜花会盛开，壮丽不朽的事物会接踵而来"，她已经准备好了，奔向她的壮丽与不朽。

这时，姜风眠推门而入，一进门就听见他最热爱的话题。聊梦想，怎么能少了他？

姜风眠拉了一下他身边人的背包带，说：“夏夏，你的梦想是什么？”

姜醒一看，姜风眠终于把他说的朋友给领过来了，一起回来的还有因为逛困了挂在他胳膊上的小表弟。

姜醒没想到姜风眠说的朋友是个清秀漂亮的女孩子。

穿着一套杏色毛衣裙的女孩和他们打招呼：“你们好，我是风眠的朋友。”

姜醒：“哦……”

贺铭南也：“哦……”

姜风眠想打两个小孩，他们究竟在瞎“哦”什么？

姜风眠介绍说：“韩冰夏，你们叫她夏夏姐就好。”

在他的介绍下，姜醒才知道，这位漂亮的韩小姐是酒吧的少东，她比姜风眠还要大一届，是她哥的学姐。

姜醒悄悄问韩冰夏：“我哥他是在追你吗？”

韩冰夏一个劲捂嘴笑，连连摆手：“没有啦，我们是好朋友。”

姜醒第一个不信。

“姐姐，你英文名叫 Julia（茱莉亚）？”

韩冰夏惊讶：“你怎么知道？”

姜醒心下明了，果然有猫腻。

另一边，姜风眠把小表弟交给贺铭南照顾。

小表弟睡得迷迷糊糊的，抬眼皮一看，他便从姜风眠的怀里到了贺铭南身边，也不知道做了什么噩梦，他有些害怕地梦呓，小声叫着：“不要了，不要再跟二姐姐学习了。”

贺铭南坏心眼地跟他在梦里面搭话：“二姐姐是谁？”

小表弟在梦里真是个实诚孩子，他答：“就是姜醒啊。”

贺铭南又问：“姜醒学习很好吗？”

小表弟“哇”的一声哭出来：“学习太好了，不要再跟她学了！”

贺铭南再问，小表弟翻个身，把脸埋在沙发上的靠枕里，小屁股撅在外面，一个标准的“顾头不顾腚”的睡觉姿势。他还把脑袋在抱枕下面，调整了一个舒服的角度，随后浅浅的鼾声跟着响起来。

贺铭南侧头，看向正和韩冰夏说话的姜醒，他靠在软绵绵的沙发上，刚刚喝下的饮料仿佛带着酒精，顺着他的血液缓缓入侵他的神经，不然，他怎么会看姜醒好似雾里看花，视线朦胧，人却是越看越可爱。

姜醒还不知道自己已经掉马。她学渣的马甲，是怎么也穿不住了。

再看点歌台的姜风眠，当姜风眠拿起麦克风，就像是美少女战士拿起月棱镜。准备好，他要变身了。

等到姜醒八卦的注意力从韩冰夏身上挪开的时候，她就不得不面对这个令人惊恐的事实——她哥终于要开嗓了。

姜醒觉得她这个做妹妹的也不能当众拆台，尤其是当着漂亮姐姐的面，但是她真的很怕，他哥不需要唱完一首歌，就再也没有女朋友了，可能连朋友都没得做。

没错，姜风眠唱歌的杀伤力，对于姜醒这种听力正常的凡人来说，就是这样巨大。

随着伴奏的音乐鼓点逐渐密集，姜风眠唱响了第一句。

姜醒往贺铭南的身边一歪，她一双白嫩嫩的小手捂住了贺铭南的耳朵。

——保护我方贺贺不受姜风眠的魔法攻击！

结果，让姜醒万万没想到的一幕发生了，她看见韩冰夏拿起了包厢茶几上的小摇铃，带着和煦的笑容给姜风眠伴奏。

是她的耳朵有问题，还是漂亮姐姐的耳朵有问题？

漂亮姐姐满脸真诚，陶醉在歌声里。

姜醒眨眨眼，真的没想到这个世界上居然还有人能够如此欣赏姜风眠的歌。她开始怀疑自己的耳朵，为了验证这一点，她松开了捂着贺铭南耳朵的手。

下一秒，贺铭南抓起她的手，又放回了自己的耳朵上。好的，看来她的耳朵没出问题。

姜醒看着韩冰夏，感叹，姐姐，爱情使人盲目啊。

韩冰夏除外，姜哥哥唱倒了一片，他见姜醒他们实在困了，便提早结束，把人送回了家里。

姜醒一觉睡到日上三竿，等她醒来洗漱之后，到客厅里一看，昨天刚见面还用鼻孔看人的小表弟今天就已个小尾巴似的黏着贺铭南。

贺哥哥长，贺哥哥短。

贺铭南使了什么魔法？

小表弟兴奋地说：“贺哥哥，你打游戏太厉害了，我好崇拜你呀！”

小表弟的小名叫嘟嘟，因为他们家姓很少见，就姓都。

姜醒都不轻易喊他小名，他却拽着贺铭南的衣服让贺铭南喊自己“嘟嘟”。

姜醒一头黑线，小男孩跟着大哥哥这么会撒娇，这么嗲的吗？

姜醒不怎么玩游戏，但是她从后面瞄了几眼，贺铭南看起来确实很厉害，他还答应嘟嘟表弟要送他装备。

小表弟注意到姜醒站在他们身后，给了姜醒一个高傲的眼神，抱紧了贺铭南的胳膊，就差振臂高呼：“看呀，我们男人与男人之间的战友情！”

姜醒冲他做了一个鬼脸，行吧，一起在《穿越火线》扛过枪也算是战友了，就是这位小朋友年纪也太小了一点。怪不得现在新闻都说，未成年儿童接触网络的时间越来越长，近视的年纪越来越小。

午后书房，姜醒和贺铭南一起写作业。

姜醒拿着一个基础的物理问题，她咬着笔，脑袋搁在他手肘的边上，晃着两条细长的腿，一脸苦恼地问他：“你快给我说说，这题怎么做。”

贺铭南一看，两三下给她解了，还细心地给她说解题思路。

姜醒撑着头，跟着点头。

“懂了？”

姜醒不好意思地眨眼：“我要是没懂，你能再说一遍吗？”她光顾着看人，没顾得上看题。

贺铭南叹口气，问：“哪里没懂？”

姜醒指指他在草稿纸上画的图。

贺铭南温声细语，不见一点不耐烦，他说：“你看，这是力的合成……”

他说完，又问：“明白了？”

姜醒点点头：“差不多了吧。”

贺铭南摇摇头：“什么叫差不多，差不多可不行，我再写一道题，你试试。”然后他轻轻拍拍她的肩，递给她一道题，“这题也是个基础题，你解给我看看。”

姜醒一看，题目果然不难。她看着贺铭南期待的眼神，也不好意思让他失望，于是笔尖在纸上画来画去，磨了磨时间，按照她计划的，“经过一个漫长艰难”的思考过程，终于努力给算了出来。

“呐，给你，对不对？”她对自己的答案非常有信心。

姜醒的书房装修是非常简洁干净的现代风格，是姜爸爸的土豪审美之下，留下来的一块净土。

按姜醒的要求，书房采用了大面积的浅色，包括书桌和纱帘都是明亮的白色，纱帘上还绣着鹅黄色的小花。

姜醒把写着她名字的奖状奖杯都收了起来，书架上放着一罐含羞草与小豆蔻的香薰蜡烛，没有点燃，但仍有阵阵幽香传来，满室飘香。

姜醒侧头看着他，贺铭南的头发乌黑浓密，一会儿不剪，就是一阵疯长，他把头发两边剪得很短，刚剪好的时候姜醒好奇还特意摸过，和掌心接触起来刺刺的。

贺铭南看了点点头，夸她：“不错，都对了。”

姜醒不胜欢喜：“那是不是要给我点奖励？”

贺铭南放下手里的草稿纸，挑眉：“哦？想要什么奖励？”

姜醒：“奖励应该由你来告诉呀，我不要自己要。”

贺铭南微笑了一下，姜醒总觉得他的笑容怪怪的，充满了阴谋家的味道。

她不禁警惕了起来："你这是什么表情？"

贺铭南说："你如实告诉我一件事，我就给你奖励，Deal（成交）？"

姜醒想了一下，点头："Deal。"

贺铭南挪动一下他坐着的方向，和姜醒面对面，极其认真地问："姜醒，其实这些题目，你根本就会吧？"

姜醒的表情泄露了她的惊讶，她连忙收起自己满脸的心虚，耸动肩膀，说："我是真的不会呀！你怎么会这么问呢？"

她的十八线演技实在浮夸，大概就是那种塑料演技，一看就假到不行，但是偏偏肢体动作和语调都一波三折，十分夸张。

姜醒悄悄挪动自己的小脚，屁股只在凳子上轻轻搭了一个边，一副随时要跑路的样子，看得贺铭南满头黑线。

她以为用寒假作业本挡住腿他就看不见她在往外挪了吗？寒假作业本才多大？他要有多瞎才能看不见？

于是，贺铭南霸气地伸手一拦，把姜醒拦在书架和书桌之间。

姜醒惊出双下巴，她的目光审视了一下贺铭南的胳膊，惊呼："哦哟，你的胳膊好长。"

贺铭南深呼吸，他们的对话还能不能好好进行，她能不能说重点？

下一秒，他就看见姜醒抬起手，用手指小心翼翼地捏捏他的胳膊，说："哦哟，这个姿势我只在漫画和电视剧里面看过，你是从哪里学来的？你PM2.5数值不超过二十的家乡也流行这个姿势吗？"

贺铭南脑门上的青筋突突地跳……

他几乎要败下阵来，用尽了全身力气才忍住不生气，咬牙切齿地问她："姜醒，装学渣好玩吗？"

姜醒的脑袋晃得像拨浪鼓："小贺老师，我知道，我的每一点进步你都看在眼里，但是，我真的没有你以为的那样好，我的一点点成就，都是你教育的成果啊！"

"呵。"贺铭南冷冷一笑。

他说："我刚刚给你的题目，是必修二的内容，我没教过。"

姜醒皱眉："那这确实不太对，我怎么记得你教过呢，难道，你是在梦里教的我？"她一边说，一边㞞㞞地蹭着书柜门往下蹲，眼看她就要从贺铭南结实的手臂下面钻出去了。结果，她往下挪一寸，贺铭南的胳膊就往下挪一寸。

——小兄弟，怎么回事，还让不让人上厕所了？

姜醒："老师，我尿急。"

贺铭南："憋着。"

姜醒蹲在地上，抱膝："你这个人怎么这么野蛮？！"

贺铭南也跟着半蹲，姜醒被他困在两个胳膊之间，两人只隔着一个拳头的距离。

贺铭南摇头："我就想听你说实话。"

姜醒伸手去掰贺铭南的胳膊，凭借她横行林城私立高中的臂力，她居然发现她掰不动。什么情况？

姜醒这一回是真的震惊了，她敲了敲贺铭南的手臂，发现他居然是穿衣显瘦，手臂上全是硬硬的肌肉。

姜醒瞪圆了眼："小贺老师，你还有时间搞健身？"

贺铭南不动如山，脸上的表情纹丝不动，一本正经："搬砖搬的。"

姜醒："哦……"

过了两秒，姜醒才反应过来。搬什么？什么砖？贺铭南什么时候搬砖了？

姜醒的手还停留在贺铭南的大臂上，贺铭南问她："摸够了吗？"

她讪讪地收回手，给他一个尴尬的微笑："手感不错。"

贺铭南抱住可怜的一百二十斤的自己，他说："我们要不要找你表弟和你哥哥进来问一问？"

姜醒被他逼得急了，她说："别呀！要不，我们吃个苹果再聊？"

贺铭南不说话。

姜醒说：“我削苹果真的很厉害，苹果皮可以一直不断的，你真的不要试试吗？”

贺铭南的眉头微微拧起。

姜醒再接再厉：“我削的苹果皮又长又薄，削出来的苹果肉又大又圆，错过这次机会，下次就不知道什么时候能再吃到了。心动吗？心动不如行动！”

他为什么要在这个关头吃苹果？请问，这究竟是什么奇怪的姜氏个人技？

姜醒出不去，她只好换了一个策略，扒着贺铭南的胳膊，下巴搭在他手臂上，可怜巴巴地给他清唱一曲励志单曲——铁窗泪。

“铁门啊，铁窗啊，铁锁链，手扶着铁窗我望外边……”

贺铭南拿出一对走在大马路上商家赠送的一次性耳塞，掏掏耳朵，堵上。

姜醒倒吸一口凉气。

——道高一尺，魔高一丈！你有张良计，我有过墙梯！

贺铭南：“我要叫了。”

姜醒说习惯了，随口就接了：“哈，你叫呀，叫破嗓子看看会有不会有人理你……”话说一半，她发现他们现在面对面，贺铭南堵着她出去的路的姿势十分不雅观，容易引起群众不必要的误会。

于是她连忙补救：“不不不，我开玩笑的，小贺老师，南南，小贺哥哥，冷静，我们从长计议。”

贺铭南摘下耳塞，微微皱眉，然后眉头舒展，说：“你再叫一次。”

“什么？”

姜醒愣住。

贺铭南：“最后那句。”

姜醒：“从长计议？”

“不是，再前面。”

“冷静？”

贺铭南还是摇头。

姜醒恍然，试探着：“小贺哥哥？”

这个好听。